圓　　夢

張洛霞

2019

本当にこころからまわりの人、周りのことを感謝しております。

真的感谢周围的那些人、那些事。

前言

【圆梦】是继【追梦】后我的第二部自传体散文集。

我是 1990 年 1 月以自费留学生的身份从中国来到日本后，开始了长达九年的圆梦历程。1999 年 4 月 1 日成为了日本一所大学的正式教员。

在这九年中，我自食其力，以不留下人生任何一个可以非议的生活污点为准则，刻苦学习洁身自爱，经历了独闯海外的艰辛拼搏，也收获了很多经验和知识。所以对我来说，这九年的闯荡也是我人生中最为宝贵的精神财富之一。

从一个小城市普通中学的数学教师一个人单枪匹马海外闯荡到成为海外大学的正式教员，并不是单靠海外九年时间的历练的，它是有很多往年的经历沉淀做前提的。也就是说从我的少年时代开始就经历了不少可以影响我以后行为的事。正可谓："冰冻三尺、非一日之寒"。为了记下这些对我有决定性影响的事，我编写了【追梦】的姊妹篇【圆梦】。

一个人的一生会做很多的梦，也会不断在实现自己的梦。说实话，我现在还在继续做梦、追梦、圆梦。人的一生其实也就是做梦、追梦、圆梦的一生。因此我以【圆梦】来命名我的这本文集，并主要以散文的形式来表现我的圆梦过程。

现在在国外长期生活的中国人在逐渐增多。我们中国人都有着浓厚的思乡情节，但是因为各种原因我们暂时不能长时间地回到家乡与亲朋好友欢聚。那如何做才能使我们海外华人既不耽误工作、又能与亲朋好友同欢呢？现代科技给我们提供了这个方便。我在这方面也做了一些尝试，并创建了"文人墨客"群。由于群友们无私的奉献和陪伴，才使我有了今天的快乐。所以我也将群友们写了出来，并发自内心地对群友们表示感谢。

如果没有这些群友，我的【追梦】和【圆梦】也将不会问世。

【追梦】和【圆梦】的封面书名也分别是由文人墨客群员陈春济先生、荣庆喜先生所书写的。

为了使爱好中文的日本人士也容易看懂这本书，我把每篇散文分成几个小节进行描述。在语言上也尽量平铺直叙，做到言简易懂。

【圆梦】共由四个部分组成。

第Ⅰ部分为[圆梦]。由我的九篇散文所构成。主要叙述了我的梦想以及在圆梦过程中所做的努力和所经历的事。

第Ⅱ部分为[陪伴]。由我的七篇散文和两篇报社记者的专题报道文章所构成。着重表现了亲人、同学、同事、群友等之间的陪伴之情和难忘之缘。两篇报社记者的专题报道文章主要表现了我对家乡以及群友们炽热的感情。

第Ⅲ部分为[曾经]。由我的五篇散文构成。通过我对当年一些生活经历的回忆，可以看出我曾经也有幼稚、冲动的一面。也说明了真的是五彩缤纷的生活造就了我的今天。

第Ⅳ部分为[物情]。由我的五篇散文构成。是我对世间万物之爱的处事态度的一个写照。

我衷心希望读者能够喜欢这本散文集。如果这本文集能使读者们有所启发、能给您在海外的生活增添快乐的话，那将是我极大的荣幸。请各位读者多多关照。

在此，我特别要感谢促使我完成这本文集的家人以及"文人墨客"的群友们，特别对书写封面书名的荣庆喜先生表示衷心的感谢。并对三惠社出版社所给予的支持也表示衷心的感谢。

2019 年 3 月 31 日

笔者

目　录

第 I 部　圆梦

一.　败家子 ·············· 2

1.　严厉父亲
2.　败家之女
3.　又惹父亲
4.　理解万岁
5.　感谢父亲

二.　伤弦 ·············· 9

1.　小提琴之声
2.　南柯一梦
3.　难以释怀
4.　又见小提琴
5.　再见小提琴

三.　下乡 ·············· 15

1.　姐姐下乡
2.　初次下乡
3.　二次下乡
4.　三次下乡
5.　时来运转

四. 考试 · · · · · · · · · · · · · · · 24

1. 喜欢考试
2. 无意受益
3. 迎接高考
4. 空前绝后
5. 狂言考生
6. 哭笑不得
7. 羞于见人
8. 心灰意冷
9. 当头一棒
10. 终生受益
11. 何时休了
12. 严阵以待
13. 彰显实力
14. 最后考试

五. 打工 · · · · · · · · · · · · · · 47

1. 勤工俭学
2. 处处碰壁
3. 节衣缩食
4. 对月微笑
5. 好景不长
6. 面不改色
7. 原形毕露
8. 又见曙光
9. 原来如此

10.　　恩将仇报
11.　　打工趣闻
12.　　尘埃落定
13.　　好人坏人

六.　雪 • • • • • • • • • • • • • • • • 69

1.　　女儿叫雪
2.　　尽早自立
3.　　小留学生
4.　　自做盒饭
5.　　自食其力
6.　　雪，我的爱

七.　博 • • • • • • • • • • • • • • • • 76

1.　　生男生女
2.　　遥遥无期
3.　　母亲助我
4.　　十字路口
5.　　钢用刀刃
6.　　大言不惭
7.　　再做筹划
8.　　势在必得
9.　　胸有成竹

八.　绘子 • • • • • • • • • • • • • 87

1.　　新房送子
2.　　怀念产痛
3.　　要上哈佛

4. 有苗不愁

5. 后继有人

6. 伤心落泪

九. 劈叉 · · · · · · · · · · · · · · 96

1. 初见劈叉

2. 喜出望外

3. 卖力求艺

4. 惨败收场

5. 重整旗鼓

6. 梦想实现

第II部　陪伴

一. 月亮 · · · · · · · · · · · · · 105

1. 旧居

2. 笑月

3. 月饼

4. 赏月

二. 手表 · · · · · · · · · · · · · 110

1. 童心难泯

2. 喜出望外

3. 失而复得

4. 永恒之爱

三． 揣老师 · · · · · · · · · · · · · 115

1. 初识老师
2. 孤单老人
3. 一定助你
4. 不堪回首
5. 不辞而别
6. 不应忘却

四． 影子 · · · · · · · · · · · · · 121

1. 美国同学
2. 我的影子
3. 心系丈夫
4. 不可饶恕
5. 意外重逢
6. 永恒情书

五． 草君 · · · · · · · · · · · · · 129

1. 工厂做工
2. 惊魂难定
3. 大逆不道
4. 草君身世
5. 快活草君
6. 带你看海
7. 伤痛之手
8. 无影无踪

六. 纯子 · · · · · · · · · · · · · · 140

1. 初见纯子
2. 海外老师
3. 老师的痛
4. 重见纯子
5. 一记耳光
6. 我想结婚
7. 无能为力

七. 爱的陪伴 · · · · · · · · · · · · · 151

1. 手机上群
2. 热情满腔
3. 文人墨客
4. 抛砖引玉
5. 有章可循
6. 第二支柱
7. 第三支柱
8. 第四支柱
9. 任重道远

八. "文人墨客"精彩献艺
三代"喜儿"同台演出 · · · · · · · · 164
（2017年9月4日【洛阳晚报】 记者：闫卫利 ）

1. 三代"喜儿"同台演出
2. 要走就走高雅路线
3. "文人墨客"的梦想

九． 张洛霞和她的"文人墨客"群・・・・167

（2018 年 3 月 20 日【洛阳晚报】 记者：范丽 ）

    1.   组建"文人墨客"微信群

    2.   想方设法让群成员活跃起来

    3.   让每名群成员都能品尝到快乐的果实

        （群成员心声）

第Ⅲ部　曾经

一． 永远的偶像・・・・・・・・・・171

    1.   时代偶像

    2.   初识偶像

    3.   终得赐教

    4.   梦幻舞鞋

    5.   不辞寻找

    6.   重逢偶像

二． 过年・・・・・・・・・・・・・179

    1.   过年饺子

    2.   期盼过年

    3.   回家过年

    4.   过年拜年

    5.   海外过年

    6.   再话过年

三. 曾经年轻过 · · · · · · · · · · · · · · · · · 190

　　1.　　黄漂英雄

　　2.　　夸下海口

　　3.　　煽风惑众

　　4.　　罪魁祸首

　　5.　　因为年轻

四. 不应责怪 · · · · · · · · · · · · · · · · · 195

　　1.　　故事背景

　　2.　　登门来客

　　3.　　有备而来

　　4.　　不应责怪

五. 漂亮女孩 · · · · · · · · · · · · · · · · · 200

　　1.　　原来是她

　　2.　　漂亮女儿

　　3.　　男女青年

　　4.　　男人女人

第IV部　物情

一. 鸽子 · · · · · · · · · · · · · · · · · 207

　　1.　　金山房屋

　　2.　　不幸鸽子

　　3.　　青春祝贺

4. 美女房客
5. 入乡随俗

二. 母鸡 · · · · · · · · · · · · · 215

1. 营养大师
2. 鸡的故事
3. 结下感情
4. 当了母亲
5. 无力回天

三. 扔不掉的自行车 · · · · · · · · 223

1. 独有情种
2. 如获至宝
3. 更新换代
4. 于心不忍
5. 难以扔掉

四. 快乐的裤子线 · · · · · · · · · 232

1. 裤子线
2. 土法上马
3. 魅力永远

五. 洗衣机 · · · · · · · · · · · · 235

1. "老鼠"吃变蛋
2. 洗被单
3. 洗衣机

第Ⅰ部

圆梦

败家子

我对父亲的感情很复杂。我一直在想：我应不应该写一篇有关父亲的文章？说句实在话，就是倾尽一生将自己化为灰烬去写母亲，我都心甘情愿无怨无悔。但是写父亲我还是需要些勇气，要将自己的情绪梳理一下，要过一些坎。但没有父亲就不会有我，这不仅是我想强调父亲与我的血缘关系，更是我想强调：我至所以有今天，从某种意义上讲父亲的"功劳"也是功不可没的。所以我还是应该感谢父亲"培养"了我。

1. 严厉父亲

从我懂事的那一天起，父亲给我的感觉是很严厉的一个人。

我印象中父亲好像没有跟我认真的说过话，更不用说用慈祥的眼光看我一眼，我几乎也不敢正眼看父亲一样。后来父亲去世后我要了父亲的一张像片带回到日本，我才仔细看了父亲，并意外的发现我长得颇有几分像父亲。

其实我是家中五个孩子中最小的一个。我和我丈夫对最小的孩子是最疼爱的，特别是丈夫对小女儿的疼爱几乎到了没有原则的地步，以至于在小女儿的教育问题上我不得不干涉他做父亲的权力。可是我至今都不知道父亲为什么不喜欢我？

我的三哥性情乖巧、长得也很好看。妈妈的同事经常给妈妈开玩笑说："你这两个孩子的脸对换一下就好了。"这使我感到很大的自卑，我知道了我长得不好看，所以我很伤心，我一直在想：是不是因为我长得不好看而父亲不喜欢我呢？但这不怨我啊。

我记得我还在上幼儿园大班的时候，父亲是矿山厂中学（简称：矿中）的校长，每个星期要在学校里值一次夜班。每到这一天的晚上母亲就让父亲带我在学校值班室住一晚，以便第二天早晨直接把我从学校送到幼儿园以后父亲再回家吃早饭。

我至今都记得在矿中主教学楼的二楼上，父亲让我早早地躺在被窝里，父亲背对着我一直在写着什么，不与我说一句话，更不用说逗我玩儿了。如果我把办公室什么东西弄坏了，父亲就两眼直直地瞪着我，一句话也不说。那目光真的是令一个孩子浑身哆嗦。

到了早晨我跟着父亲到幼儿园的时候，父亲从来没有说拉着我的小手走。他总是两只手背在后面交叉着低着头往前走，我抱着一个小娃娃在父亲后面悄悄地跟着，一直到走进幼儿园。所以我从来没敢在父亲面前撒什么娇，更不敢在父亲面前任性。

我一直以为父亲有点"重男轻女"的思想，可是我有个大姐，据母亲讲，姐姐小的时候，父亲经常一边抱着姐姐一边拉二胡，而且父亲也确实一直很喜欢姐姐。姐姐结婚后有时回家还经常给父亲讲讲她和姐夫夫妻之间的事，还让父亲帮她拿主意。可我对父亲从来没有主动讲过我与丈夫的事。都说女儿是父亲前世的情人，可我别说是父亲前世的"情人"了，估计前世就是给父亲看门的父亲也未必会要啊。

2. 败家之女

我小的时候属于爱动爱翻腾的人，家里的东西经常被我玩坏。有一次父亲买了一支新的圆珠笔，经常别在上衣口袋里非常得好看。趁他做饭将外套放在床上的时候，我偷偷地从父亲的衣服上摘下笔，想看看圆珠笔里面到底放着什么东西，竟然能够自动写出颜色来，因为当年母亲经常是用蘸笔蘸着红墨水批作业的。我试图将圆珠笔上部的后盖拧开，估计因为年龄小不知道怎么拧，用了相反的方向，结果把父亲的笔弄断了。

母亲赶紧拿下笔埋怨我，父亲看到后一把从母亲手里夺过弄坏

第 I 部　圆梦

的笔直接朝我的脸上扔了过来，只说了三个字"败家子"。

"败家子"这句话我一直记得，当时因为年龄小，还不知道这三个字是什么意思？后来长大以后我知道了它的含义后，我就开始从心里萌发了要证明我不是"败家子"的想法，因为我一直有一种在父亲面前不想服输的愿望。后来我又想到我要"光宗耀祖"，我要让父亲看看他的五个孩子中是谁最能给家庭带来荣耀的人？所以我之所以能一路坚强地走到今天，与我这种要成为家庭"光宗耀祖"的积极分子的心情是有直接关系的。

1977 年高考制度恢复后的 1978 年的上半年，我和三哥都回城在家复习功课准备参加夏天 8 月的全国高考。当时我俩都是下乡知青，尽管我只在农村呆了一天，但户籍已经转到了农村。

有一天我和三哥同在一张桌子上复习功课。不知为什么，我和三哥因为桌子太小无法放下自己的书而发生了争吵。父亲听到后二话没说，一把抓起我的书和本扔到地上，气得瞪着我，说了句"糊闹，你不要再复习了。"三哥还趁机耍赖似的吓唬父母说道："我不考了，我明天就回农村。"母亲赶紧过来劝三哥，母亲还对三哥说："也不能因为兄妹两人吵架，就不参加高考了。"可是三哥不听劝，第二天赌气还真的是回了农村。三哥真的是被父亲惯坏了，受不得一点委屈。母亲没有满怨我一句，因为我小的时候在班上一直学习成绩不错的，而三哥的学习成绩实在是太一般了。估计母亲实在是不忍心说我吧？

我含着眼泪捡起来我的书和本，紧紧地抱住，如同"我要读书"中的高玉宝一样。这时我彻底明白了，要想走出农村，我没有任何靠山，父亲是不可能帮我一步的，尽管父亲当时已经有了一些权力。我只有考大学一条路，从那以后我发愤的复习，我发誓我一定要考上。

我经常每晚复习到夜里两三点，母亲常常半夜起来催我休息。因为当时我白天还要去下乡的公社当文书，只有利用晚上的时间学习。那个时期很多下乡知青谁也不知道自己能不能考上大学，所以也不敢不去农村干活的。

由于缺乏休息，有一天我骑着自行车路过涧西区 2-10 号街坊背后的一条街的时候突然晕倒了，我四肢朝天躺在地下，睁开眼发现天旋地转了半天。稍过了一会儿好了以后，我推着自行车自己回到了家里。这件事我至今没有告诉过家里人。

3. 又惹父亲

后来"洛阳师范学校大专数学班"的录取通知书寄到了家里，父母两天没有告诉我。两天后母亲才对我说："你被录取了，可是你爸不想让你去上这个学校，你爸原先以为你以前上学时什么也没学到，根本考不上的，没想到你还考得不错，所以你爸想让你再复习一年明年再考一次，你还想再复习一年吗？"我一听喜出望外，高兴坏了，我当时一是想赶紧离开农村，二是想赶紧离开家。今年好不容易考上了，谁知道明年会考得怎么样呢？不过从这件事上我对父亲稍微有了一点好感，看来他也不是心里完全没有我呀。

大学毕业分配时，我已经有了男朋友。因为我是矿山厂子弟，当时各个学校也正需要大学生，所以我毕业分配到矿山厂中学是必定无疑的。当时洛阳市的年轻人都想进大厂工作，我想让我的男朋友也能分到矿山厂，但又不敢对父亲讲，便托姐姐找矿山厂人事处的熟人将我男朋友的档案材料也要了过来。因为父亲在矿山厂还是多少有点威望的人，而且当时各个大厂唯恐招不到大学毕业生。所以在父亲神不知鬼不觉的情况下，我的男朋友也被分到了矿山厂中学。

当时父亲是矿山厂中学校长，父亲知道后勃然大怒，把姐姐大训一通，执意要把我男朋友的材料退回去。后来在父亲的一再反对下，厂人事处只得把我男朋友分到了矿山厂职工夜校，这在当时是

第 I 部　圆梦

一个吊儿郎当不受欢迎的单位。

让我男朋友去这样的单位，我觉得很没面子很对不起他，但他到没感到有什么不好。他的母亲还很高兴地对别人说儿子毕业分到了大厂，他的姨夫也在矿山厂工作，他姨夫还很自豪地对别人说他的外甥的女朋友是校长的女儿。

其实说句实在话，我当时并不觉得我是校长的女儿而有什么自豪感，我在家里一直很自卑，只感到我是一个不受欢迎的人。我小的时候班上的一个男孩喜欢我，后来莫名其妙的不辞而别将我"抛弃"了。后来我的"初恋"又给了我毁灭性的打击。我觉得我是一个没人爱的人，现在有人好不容易喜欢我了，我还挑什么呢？赶紧阿弥陀佛吧。所以我有了男朋友已经是很满足很高兴的事了，我不苛求对方能够给我带来什么，我只想到我应该更多地给予他什么，我只想感谢他。这也是我勇于挑起家庭的重担而敢于独闯日本的一个原因，因为我觉得这是我应该做的。

我与丈夫结婚后我拍着我丈夫的肩膀说："我会让你过得幸福的"。也许大家不会相信，但是我当时确实是这么说的，我没有必要撒谎。是父亲的严厉培养了我不怕困难、勇于承担、敢于负责的个性。

4. 理解万岁

1990 年 1 月我马上要去日本留学了，我当时手里约有一万二千元人民币，已属于当时人人羡慕的"万元户"了。这些钱是我两年的夏季摆滩卖汽水挣来的，"马不吃夜草不肥、人没有外财不富"，确实是这个道理啊。

临行前两天，父亲对我说："你马上要去日本了，我也没有什么钱，前一段有人去香港，我托他帮忙换了八百多元美金，你拿上吧，也许用得上。"我听后很感动，父亲那点微薄的工资能换出八百多美元实属不易的。

到日本后的第二个春节也就是 91 年春节，我手头有了一点钱，马上给父亲寄了六万日元（当时大约值四千多人民币），这在当时也是很大的一笔钱了。我只是想传递给父亲一个信号：一是想让他放心我在日本过得很好，手头上已经有点钱了。二是想让他也享受一下海外有人给他寄钱的那种优越感。

不久父亲要再婚了，我又给他寄去了六万日元，并特意写了一封信表示祝贺，还写明让他给新婚的老伴王阿姨买点衣服，添置点家具。虽然我念念不忘我的母亲，但我也不忍心看着父亲一个人生活。因为父亲很要面子，也不想与孩子们住在一起。

1992 年春节，我第一次回国探亲。我不仅把父亲当年给我的八百多元美金原封不动地还给了他，而且又给了父亲过年的钱。父亲还让我把钱直接交给他的新老伴王阿姨，看来父亲还是挺有心计的，估计多少有点为他有我这么个女儿而高兴了吧？更为让父亲感到自豪的是王阿姨说给父亲的一段话："今天我去朋友家拜年，大家都在传说张沛民的女儿从日本回家过年了。大家还问我，说是听说他女儿从日本带回来很多东西，都带了什么？"我听后只是淡淡的一笑。因为我不求别人怎么说，我只求能让父亲知道我不是"败家子"。我不用再对父亲说什么，更不会提及那令我奋发向上的三个字"败家子"，因为我与父亲之间已经互相理解了，理解万岁。

后来矿山厂又让职工买房子，我又主动把父亲房子的购房款八千多元交给了父亲。有一天父亲的一个朋友张福德叔叔来家里玩，说是厂里让职工交款买房，这几千块钱去哪儿弄啊？父亲说："就是啊，一般家庭哪有这些钱呀？我的房钱也是洛霞出的。"那个朋友马上无不羡慕的说："还是有个女儿好啊，我养了三个儿子，买房子没一个人给我交一分钱。"我听后真的是很满足，我觉得我确实成了父亲五个孩子中能够给父亲带来荣耀的人了。

后来我将二哥也办到了日本，我和二哥都在功读博士，足以让父亲感到了欣慰。之后又将三哥也办到了日本留学，我不知道我算不算是为张家的"光宗耀祖"做了份贡献？

5. 感谢父亲

1995年父亲病到了，我连忙带着钱回洛阳，以求奇迹可以出现。我不仅负担了父亲的全部医疗费用，而且还答应了父亲的要求：继续照顾好他后来的老伴王阿姨。后来父亲去世了，我为父亲在烈士陵园买了墓地，与母亲安葬在了一起。我每次回国也总是去看望王阿姨，直到王阿姨去世。

我现在每年回洛阳也总去烈士陵园看看父母，我觉得我仍然与父母生活在一起。父亲的那句"败家子"虽然总是在我的脑海里挥之不去，但是现在是以感谢的心情来回忆这句话的。

父亲安息吧，女儿谢谢您。

（写于2017年6月13日）

伤弦

文人墨客群里进来了一位小提琴手----李江，我高兴异常。我当时就想写一篇有关小提琴的文章，只是我不想回忆过去，也就一直没有动笔。后来群里又进来了一位小提琴手----李京，使我感到我得马上写了。因为我觉得不写出来的话，我的伤心将无法释怀。只是因为近期迷恋跳舞，心情暂时得到了平静。今天看到李江转发的有关乐队的帖子，我马上又联想到了小提琴。我的心情立刻激动起来，久久不能平静，于是我终于动起了笔。

1. 小提琴之声

那是 1972 年我上初中一年级的事了。当时我家搬到了矿山厂 18 号街坊 6 门 3 楼。酷爱跳舞的我因为没有资格进入中学的宣传队，心里一直很低沉。

小敏是住在二楼的一个比我小两岁的女孩。小敏的妈妈是小学的音乐老师，所以小敏是学校乐器队的。她每天提着小提琴上学，我约她放学一起玩的时候，她常口口声声地说："我今天还要去练琴，···。"这句话让我十分地羡慕。

因为她的家正好在我家的楼下，所以她在家拉琴的琴声总是不厌其烦地飘进我的耳朵里。因为她是刚学，那琴声实在是难听，有点让人难以忍受。不过在当时那个年代里，会点打球或是乐器的孩子一个个都像是耀眼的星星，光芒四射的，所以我对小敏还是有点另眼看待的。看着她每天练琴，我也一直憧憬着：什么时候我也有把小提琴啊？我也可以说句"我今天还得去练琴"的话啊。小敏学习一般，她经常跑来让我教她算术题，所以她也让我看她拉琴。

有一天，我忽然听到一阵优美、清脆、悦耳的儿童歌曲【故事会】的琴声："小弟弟小妹妹，大家来开故事会。你讲金训华、我讲董存瑞。雷峰、王杰、杨子荣，英雄事迹放光辉。讲故事、学英雄，永远革命不掉队。"这是当时每个小孩都会唱的儿歌。我身不由己地冲出门去，循着琴声奔去。琴声来自四楼，只见一个很清秀漂亮的小女孩坐在家门口的一张四方凳子上，面对着楼梯在拉小提琴，真是太好听了。看到我去了以后，小女孩立刻收起了琴，我很不解的对她说道："你拉得真好听，再拉一会儿吧。"小女孩马上说："我该写作业了。"我一直不明白是怎么回事？只是知道当时的女孩子还是比较保守自己的本事的，有点怕别人学了去，还害怕别人说她是"骚包"。

小女孩的母亲是我们厂医院的大夫，爸爸是工程师，父母都是地道的上海人。小女孩刚从上海外婆家里回来。她打扮时髦、长得很可爱，可是她母亲对她管教很严，不让她随便出来玩。所以尽管是楼上楼下，我也很少见到她。从那以后我开始对小提琴有兴趣了，因为我忘不了那个小女孩拉琴时的神态和那个让我至今也忘却不了的"小提琴之声"。

2. 南柯一梦

自从那优美的"小提琴之声"听到以后，我就经常去小敏家看她拉琴，有时候小敏不练琴的时候，我时常会要求小敏把琴盒打开，让我也摸摸小提琴（当然了，这些都是在小敏父母不在家的情况下进行的），但是从来不敢拿起她的小提琴拉一下，估计小敏也不会同意。因为当时小提琴还是很难买到的，属于贵重品，这要是不小心摔坏了的话，那可不是父母一顿挨打就可以解决的事啊。

后来小敏有了个小弟弟，她时常要抱弟弟，练琴时间就少了。我经常去她家玩，一来我喜欢小孩，二来我可以有借口去看那小提琴。因为我的楼上楼下都有拉小提琴的，我请求母亲也能给我买一把小提琴，并说把我攒的零钱（五元钱左右）也拿出来。于是母亲与父亲商量，可是父亲不同意，说我是个没有长性的孩子，是个干什么也干不出名堂的人，还训斥我瞎胡闹。我的失望和伤心可想而知。我的母亲是个很温柔的人，但家里的大事都是父亲做主，所以我对父亲很是不满。

小敏的父亲是个退伍军人，当时在矿山厂汽车队当队长。因单位里经常有人开车出差去上海、北京等地，于是左邻右舍也经常托他代为买点紧俏商品。我经常去看小敏练琴，小敏的父亲看在眼里就劝我父亲："你闺女这么喜欢小提琴，你就给她买一把吧，下次有人去上海的时候，我让人帮忙带一个回来。"我父亲是学校校长，很爱面子。经小敏爸爸一说，我父亲不得不同意了，并让我姐姐把二十多元钱交给小敏的父亲。我听到父亲还对姐姐说："反正她也学不出什么名堂，只当是把钱糟蹋了算了。"我听到后偷偷地一个劲儿地笑，心想：哈哈，成功了。

那一晚我别提多高兴了，幻想着马上就可以得到我梦寐以求的小提琴了。可是我怎么也没有想到竟然是南柯一梦。我终究没有得到我想要的小提琴，我到现在也不知道原因，只是姐姐告诉我说："在上海没有买到。"

3. 难以释怀

后来我上了高中，我班上的一名女同学与我关系很好，她的父母都是厂里的技术员。她不仅有一把小提琴，她的父母还给她请了一位当时在矿山厂乐队会多种乐器的魏老师教她。我很是羡慕她，下课后我就去她家玩，她不仅让我拉她的琴，还告诉我她的老师是怎么教她的？所以一直到现在每当我看到有乐团演奏时，我的眼睛只看小提琴手的演奏：那种把下巴微微地放在琴托上，右手持弓随着乐曲的节奏一上一下拉弦的动作，是那么的优雅，总是让我兴奋地不

第Ⅰ部　圆梦

可抑制。

　　大学快毕业时，我与我丈夫开始恋爱了。我第一次去她家时，竟然发现她妹妹有把小提琴，顿时我心里很不是滋味。丈夫的父母都是大字不识几个的人，丈夫家也是兄妹五人，而且丈夫家的家庭收入以及文化程度都是与我这个世代书香之家所不能比的。可是丈夫的父母却能满足孩子的愿望，而我父亲为什么就不知道我的心情呢？以前我还认为，我前面提到的几位拉小提琴的女孩子的家庭都是比较优越，我父亲不给我买小提琴估计是因为我家有五个孩子，父母经济负担重，我有时还原谅父亲，可是丈夫家父母的作法又如何解释呢？因为这事也增加了我对丈夫父母的尊敬，至少他（她）们是懂得孩子的心的。这件事让我难以释怀，心里受到了很大的震动，我的心也受到了极大的撞击，以至于我一看到小提琴，心就隐隐作疼。

4. 又见小提琴

　　有人经常提醒父母：不要逼孩子去实现他们没有实现的愿望。这话有一定的道理，可是作为父母，有谁不想看到自己的孩子去做他们当年想做而没有做到的事呢？

　　我的女儿一周岁时，我去给她买生日礼物。当时很流行小型电子琴，我也想去给孩子买一个，一路寻来竟然跑到了洛阳老城。在一个乐器店里，我突然发现竟然有一把最小号小提琴，这一下子勾起了我对小提琴的向往。尽管店员告诉我："一岁小孩还太小，拿不动小提琴的。"但是我还是毫不犹豫地买下了。我并不是想让女儿现在就拉小提琴的，也决没有让女儿将来一定要拉小提琴的打算，我只是想每天可以看见小提琴，因为我真的是太喜欢它了。

　　回到家，我仔细地看了这把终于可以自由欣赏的小提琴了。那琴身所持有的漂亮的光泽，四根翘起的弦架，还有那 S 型的琴身简直就像魔鬼一样曾经是那样紧紧地勾住了我的心。小提琴上的一切的一切都是那么的美、那么的撩人。只是时过境迁，我现在已经成了一个母亲，我必须承担着家庭的重任。

后来我经常一个人静静地打开琴盒，每当这时我的心就顿时心花怒放。女儿三岁的时候，我曾经给她报名参加在上海市场文化宫举办的"少儿芭蕾舞培训班"。可是她只去了一次她就不想去了。到了将近四岁时她终于可以拿得住那把小提琴了，可是她不喜欢小提琴却喜欢下围棋，还在洛阳市幼儿围棋比赛中拿了第六名。女儿将近六岁的时候我出国了，那把小提琴几乎没有用过就一直静静地躺在了我的家中。

5. 再见小提琴

1992 年丈夫和女儿都相继来到了日本。在女儿上小学六年级的1995 年秋季里，家里添了个小弟弟。虽然我和丈夫还都在读书，但是对女儿的要求是从来不拒绝的。有一天，女儿突然说想学小提琴，我一问：原来是女儿班上的一位同学在学小提琴，约她也一起去。

我一听很高兴，我根本不去考虑她是否适合拉小提琴？是否有这个耐性？因为我觉得女孩子学点乐器也是一种修养，也可以作为一个爱好的。总之我不会让我的孩子去承担期盼和失望的痛苦，哪怕我再没有钱我也要省吃俭用成全我孩子的愿望。

因为日本小提琴很贵，于是我在回中国探亲的时给她从中国带来了一把小提琴。她每月去老师那里学四次，月酬是八千日元。看着女儿提着小提琴盒子走出家门，我又一次感到了作为母亲的自豪感和喜悦。可是老师说女儿的小提琴质量不符合标准，对初学的孩子来说最好一开始就用质量好一些的符合标准的琴。因为老师考虑到我们夫妇双方都是留学生，又有两个孩子，估计能解决温饱就不错了。于是老师为我们垫付了四万日元，我们付了八万日元，给女

第 I 部　圆梦

儿买了一把很精致的"铃木小提琴"。

女儿最终也没有学会小提琴，但小提琴曾经给予她的快乐是存在的，这一点也是无需置疑的。起码没有给女儿的童年造成遗憾。

小提琴是我的伤，是我永远的念想。那四根琴弦仿佛是我的泪、是我心灵的"伤弦"。总是让我每每想起它就欲罢不能。我羡慕那些有一把小提琴的孩子，更羡慕那些把小提琴拉得成了"精"的小提琴手。当然了，也许很多拉小提琴的孩子并不觉得拉小提琴是一件愉快的事，更不是一件值得让人羡慕的事。但是他们是他们，我是我，我就是这样认为的。

（写于 2016 年 5 月 29 日）

下乡

"上山下乡、插队落户"以及"我们也有两只手、不在城市吃闲饭"是当时连小学生们人人都会说的宣传标语。成千上万的中国青年响应祖国的号召，奔赴广阔的农村去进行大有作为的实践。

我家兄弟姐妹共五人，从上山下乡运动最初开始的 1968 年到最后结束的 1977 年无一例外地都加入了"农民"这个行列。

1. 姐姐下乡

我小的时候因为得软骨病，三岁时还不会走路，所以体质比同学们要差一些，一遇劳动课总使我痛苦不堪。上小学时不仅每年 6 月初的去农村"捡麦穗"活动让我渡日如年，就连平时班上端水浇菜的活动也总是让我非常的厌烦。那个时候小学每个班级都有一块试验田，同学们都能把一盆水端得很平的往前跑，而我盆里的水总是要洒掉不少。

当年到处可见这样的宣传画：浓眉大眼的妇女身着红色上衣，兰色裤子，脚穿方口布鞋，头上还扎着羊肚子白毛巾。一双粗壮而有力的手也是一手握着镰刀，一手抱着一大把麦穗。她那红红的脸膛、绽开的微笑、健康的牙齿、无不向人灌输着"劳动人民最健康、劳动人民最光荣"的思想。学校老师也教育我们要向工人和农民学习。我当时也以为工人农民是英雄，是我们学习的榜样。并为自己不是工人农民的后代而感到沮丧。

姐姐的好友赵志和是洛一高 67 届学生，比姐姐高一届。赵姐家是四〇七厂的，我家是矿山厂的，两家相距很近，赵姐和我姐姐两人相处得俨如亲姐妹。赵姐下乡临出发前，姐姐特意花了一元多钱买了一个很精致的塑料皮笔记本，带我去赵姐家道别。赵姐略感惊讶地说："哎呀，丽娜，你花这个钱干吗呀？"这时我突然想起了我家来客人带东西时，妈妈也总是说："来就来吧，干嘛花这个钱啊？"客人马上会说："没花啥钱啊？一点小意思。"于是还未等姐姐回答，我抢先一步对赵姐说："没花多少钱，很便宜的，几毛钱一本的。"姐姐立马显得不是很高兴，当时我还不知道是怎么回事？我还在为帮助姐姐说了客气话而沾沾自喜处在兴奋中。可是回家路上姐姐却训斥我说："你怎么编出个几毛钱一本的话？大人说话你小孩子插什么嘴？"我才知道我闯了祸，吓得我跟在姐姐后面战战兢兢地回到了家。

到家后只听姐姐对妈妈说："以后我出去再也不带小霞了，她说是几毛钱一本，让人家赵志和怎么想？"妈妈说："是不是？这妮子怎么这么胆大？"

没过多久，姐姐也要下乡了。我大哥当初正上初中一年级，由于父母的历史问题，大哥去学校总是遭到同学们地欺负。所以父母就让大哥随姐姐一起下乡了。姐姐请洛一高学生余有志和刘晓堂两位哥哥与我大哥编为一组共吃喝。为此父母还专门把余、刘两位大哥请到家里吃饭。余有志一进门还半开玩笑地说："有肉没有？"

姐姐出发的前一天，我看见姐姐在一边收拾行李一边抹眼泪。妈妈也是千叮咛万嘱咐地对姐姐说让她照顾好弟弟。我当时对姐姐流眼泪大惑不解，我觉得当农民多好啊，我们家也终于出农民了。

2. 初次下乡

姐姐下乡在偃师县李村公社杨湾大队第一小队，大哥在第二小队。姐姐与女同学刘运卓、吴斌、袁明珠共四个女学生一组，与一个战争时期参过军名叫周毅的男人同住一个家院里。

周毅是个退伍军人，因头部在战争中受过伤属脑神经残疾人，终身未婚，靠国家救济金生活。如果谁让他做个拼刺刀的动作，他马上就做。现在想想：队里怎么能让这样的一个男人和四个姑娘住在一个院子里呢？是不是当时的人都非常的纯洁？

在我的一再要求下，我跟着姐姐第一次来到了农村。当时的交通还很不发达，我们是下午两点出发的，到了姐姐的住处已经天黑了。农民们蹲在家门口一边吃着晚饭一边与姐姐打招呼，几乎人人都是同样的问话："回来了，喝汤了没有？"我也才第一次知道：这里的人把吃饭叫作喝汤。

这个院子的具体结构我已经记不清了。只记得周毅住的是低矮的房间，外边随便搭了一个灶台，而姐姐们有专门的灶台屋。一遇下雨的话，周毅无法做饭，姐姐们做好饭后就给周毅送点，周毅如果领到特供白面也总是给姐姐们送一点。

第二天姐姐要上工了，队长特意找了一个和我一样大的女孩带我去桃园玩，还嘱咐她给我摘几个桃子吃。这个女孩的音容笑貌我至今记得很清楚。她是一个非常温和的女孩，长的有点象现在唱"又见北风吹"的那个王二妮，她的名字就叫桃。

桃带我来到桃园，我头一次见到了这么多的桃树，也吃到了刚摘下的桃子。桃一个劲的夸我皮肤白，还说城里人就是白的好看。

眼看太阳要下山了，桃又给我摘了几个桃子让我带回去慢慢吃。我双手捧着桃子快走到家门口时，姐姐隔壁家的小男孩跑出来了，说我偷桃了，要来抢我的桃子。我连忙说是桃给我摘的，几个男孩又起哄学我说话的语气，我气得哭了起来，男孩的妈妈连忙跑出来说："这城里的人真是娇气，也没打你也没骂你，你是哭啥？"可我还是哭个不停，一会儿姐姐们收工回来见状赶忙劝我，那个男孩的妈又说："这城里人有啥了不起？俺们平时去摘个桃都不中，她为什么还拿着桃回家？"气得姐姐流着眼泪要打我，还想用脚踹我，让吴宾姐姐们拦住了。我见姐姐哭了更加害怕，不敢再哭了。

过后姐姐想把我放在二队的大哥那里，路上姐姐一边抹眼泪一边说："霞，姐不是有意打你，你不要恨姐姐。"到了大哥住的地方，大哥正在吃饭，姐姐边哭边讲了刚才的事，并问大哥还有饭没？先给小霞弄点吃的。大哥一边给我盛饭一边说："我说不让你带她来，你非要带她来。"姐姐说："那她不是想来玩玩吗？"哥哥马上说："这地方有啥好玩的，你还不知道这啥地方？"姐姐哭得更伤心了，说到："能不能把小霞放你这两天？"哥哥马上说："你放我这叫我怎么办？"没办法姐姐又把我带回去了。

姐姐的同学沈俊莲当时在队里当小学教师，第二天姐姐把我交给她代为看管，让我坐在教室的后面听课。我头一次发现：农村小学里一个教室竟然坐着不同年级的学生。

有一天村里放映芭蕾舞剧【红色娘子军】的电影，知青们因为已经在城里看过了，而不少农民都跑去看了。姐姐队里的几个女孩跑去看以后不久就回来了，问姐姐们："这个电影演的是啥？一大群女的穿着裤衩子在那跳舞。"姐姐们听后哈哈大笑。当时刘运卓姐姐还教了我电影【英雄儿女】的主题歌"英雄赞歌"，她嗓子很好听，唱的跟真的一样。一个星期后，姐姐把我送回了家。从此我再也没有去姐姐那里了。

我第一次看豫剧【朝阳沟】时看见银环因为被别人数落而哭的场景，我就很有感触。作者杨兰春还真是深入生活了，写的就和我遭遇的是一样的。后来我与丈夫讲了这件事，我说不是说农民们都喜欢知青吗？我丈夫马上说："哪里呀，农民们都很恨知青，因为知青们蛮不讲理经常偷农民的鸡吃，农民们敢怒不敢言，都不敢吭声。"我丈夫当年下乡在南阳。据他讲有一次农民和知青发生冲突，两方拔刀相见差点出了人命。

3. 二次下乡

1974 年我二哥下乡到汝阳县内埠公社双泉大队第三生产队。我当时正在读初中。

当时一些表现农村题材的电影【金光大道】、【艳阳天】、【青松岭】等都给我留下了很深的印象，再次激起了我对农村的向往。我在学校写了一篇关于农村的文章受到了语文老师的高度赞扬并被当作范文。于是我情绪高涨，就给二哥提出了打算暑假去他那体验生活，以便"有所作为"写点东西。

二哥原先不同意，说农村有什么好写的？在我三番五次的要求下也不得不松口了。于是二哥托村里的下乡女同学回洛阳后把我下次带到他那里。于是我又跟着二哥的几位女同学第二次下乡了。

路上听到姐姐们的谈话几乎都是谁跟谁在谈恋爱的话题。我当时很纳闷：怎么觉得她们和【金光大道】里描写的劳动人民朴素的阶级感情生活不一样啊？我当时丝毫感觉不到二哥他们的年龄已经是情窦初开的年龄了，只觉得谈情说爱的人纯粹是作风不正派的人。

下了火车要走很长一段路，空旷的路上忽然乌云翻滚狂风大作，一阵暴雨劈头盖脸地砸了下来。特别是那闪电加乌云简直就像是在头顶上翻滚。我当时吓坏了，因为我从来没有见到过这么可怕的景象，便想着：我会不会死在这里啊？

上天保祐总算平安地到了二哥下乡的地方。当时二哥是两男两女一起搭火。很多下乡知青刚开始都是几个人一起搭火，但到最后都分灶了，没有分灶的是极少数。与二哥一同搭火的林哥立即与哥哥商量怎么去弄点好吃的，别委屈了小霞。只听二哥说："不用不用"。后来二哥把我交给了一同搭火的两位姐姐。让她们上工时带着我。说我要体验生活，让我也下下地干干活。

第二天我带上本和笔跟着姐姐下地体验生活去了。那激动的心情就跟【朝阳沟】里主人公银环初次下地的心情是一样的。我跟在姐姐后面看她锄地，并问她有什么心得体会？有没有想过要扎根农村的想法？那位姐姐哈哈大笑说："整天干这活会有什么想法？谁会想到在这儿干一辈子呀？"我当时很吃惊，也很纳闷：觉得她怎么会这样想？不是都说农村最锻炼人吗？因为当时虽然我的大姐和大

第Ⅰ部　圆梦

哥都已经回城当工人了，但是电台新闻里经常讲有知青和当地青年结婚立志扎根农村当一辈子农民的消息。

父亲很是感动，还对母亲说大哥大姐这么不争气，害怕艰苦不立志当一辈子农民。当时我家里唯一值钱的就是一台收音机，父亲还说："你们几个孩子中，以后谁同农民结婚扎根农村，我就把收音机送给谁。"现在想起父亲的这些话我自己都笑个不停，但当时父亲真的是很认真地说的。我也很认真地相信，并立志做个扎根农村的好青年。

晚上收工后，二哥的同学以及邻里乡亲都跑来看我，我还以为是贫下中农的热情，还认真地与农民们交谈起来。过后我才从别的知青嘴里知道：当时大家都在传说张洛明的妹妹来了，梳着两条又黑又长的大辫子，穿着一条白色的连衣裙，皮肤白净还有两个酒窝，如同天仙下凡，所以大家都想来看个究竟。这个知青还对我说："在农村这个地方，我们一个个晒得黑幽幽的，穿着肥衣服肥裤子，哪里有一点线条美呀？所以看到你那白脸细腰的可不就是天仙吗。"

二哥的邻里农民倒是很淳朴，给二哥送了不少好吃的。其中有一个老奶奶上身全裸着穿着一个黑色裤子来到哥哥这里，把一个雪白的白馒头塞给我，她的两个乳房耷拉到裤腰上，叫我十分地不好意思，不敢正眼看她，她越发地笑我说道："这妮子怎么这么不好意思啊？还害羞。"她还夸我怎么长这么白净，还用手几次摸了我的脸，嘴里一个劲儿地说："多好的闺女啊"。

说来不巧，从第三天开始直到我离开农村，天天下雨，道路泥泞出门艰难，我门也出不去更无法体验生活，就呆在屋里听知青们唱歌。当时有点流行情歌了，好像有一首歌叫"小梅"还是"小妹"什么的我记不清了。只感觉这些知青们非常的颓废，所以我也没有找到什么题材。

一周后我回到了洛阳，二哥还特意给母亲写了一封信，说是没有照顾好我，还说我是"乘兴而来，扫兴而归。"我写到这里不禁又想起文人墨客群许玲姐经常评价我的一句话："小霞总是很认真地做着很可笑的事。"于是我便不禁又笑了起来。

4. 三次下乡

1977 年 7 月我高中毕业也要下乡了。因为此时"上山下乡"运动已接近尾声，几乎所有上山下乡的青年都被陆续召回城里务工叫做"返城"。"扎根农村"这句话已经成了一句历史，几乎没有人再提起。所有即将毕业的学生们都知道上山下乡只是他（她）们得以进城找工作的一个不可缺少的必经之路，下乡俨然成了一个走过场的环节，以至于不少初中毕业的学生为了能尽早的回城当工人而中止了学业提前下乡。下乡的地方也从山区山村变成了城市的郊区农村。我下乡的地方是孙旗屯公社遇驾沟大队第三小队。离我家步行一个小时就可以到达。

我这一届的同学们几乎都是七月底就奔赴郊区农村了。当时由于我在手续衔接上出了点差错，10 月份我才正式得到了可以去落户的通知。当时我对农村还是颇有好感的，不打算像别的下乡知青那样每天骑着车子去农村"上班"，而是让父母为我准备了一套足以让我独立生活的生活用品，想好好过一下农村生活的"瘾"。在父母以及大姐和大哥的陪同下一起来到我下乡的地方。这是我第三次下乡，也是我欲想真正体验下乡生活的地方。

等父母以及大姐大哥们回去之后，我兴高采烈地拿着水桶打算去井边打水。以前在电影里多次看到打水的镜头，虽然很吃力但觉得动作还是挺优美挺浪漫的。我也学着电影镜头的样子把水桶放进井里，只是站的位置离井口远远的生怕掉下去。

我摇着辘轳，打了几次都没有打上一滴水。没办法我又一次把水桶扔进了井里，这次觉得有点重量了，可是我却怎么都摇不动了，我才发现这打水也是个体力活啊。正当我不知所措、水桶还悬在半

第Ⅰ部　圆梦

空的时候，一位中年妇女路过赶紧伸手帮我把水桶摇了上来，我正准备谢谢她，可是只见她脸一沉地说到："哎呀，我还以为是多少水的，就这半桶你也摇不上来啊，看着你的个子也不小，怎么这么不用力气。"她一边数落着我，一边把摇到井边的半桶水又倒回井里，把水桶又重新扔回了井里。

这使我非常尴尬，也非常难看。这可是我的救命水啊，我还等着用它做饭呢！我只得把空水桶又打上来，回到房间，想等别的知青收工回来后帮我打点水。一会儿女知青小徐回来了，她个子还没我高，是今年七月份下乡的初中毕业生。我请她帮我打点水，我同她走到井边，她很利索的打了一桶水。我一步三摇的总算把水掂进了房屋。

这时别的知青也陆续回来了。他们见我是新来的而且还是高中生，多少有点高看我（因为在这里有不少知青都是初中下乡来的）。借了他们一块煤火之后我点燃了我自己的炉子，下了碗挂面吃了。

晚上我有点失落，也有点不好意思，更有点茫然，我不知道我下来的日子该怎么过？

第二天跟着村里的一些人去干活，分配我的工作是运土。正好昨天帮我打水的那位中年妇女也被分配运土，她马上跟别人说了昨天我半桶水也打不上的事儿，大家马上用异样的眼光看我，我顿时不自在起来。后来要三个人分一辆车运土，没人愿意跟我分一组，最后队长指定我跟两个人，她俩及不情愿地嘟囔着带我去装土。运土的时候我极力摆出使劲的样子，估计她们还是觉得我劲太小，卸车的时候也不告诉我一声，就把车把往上一扔，我措手不及险些被车把碰住头。

就这样勉强地干了一天的活，我心情很不好，即没有去打井水的新鲜劲了，也没有想独自开小灶做饭的兴趣了。收工后我便跑回家里告诉了母亲。母亲说："你不是说比你个子低的人都能把水打上来吗，你不要急啊，万事开头难吗。"可我想："我就是没有一点气力啊，这不是开头难不难的问题啊。"

5. 时来运转

第二天我没有回农村。晚上队长来我家了，我吓了一跳，以为队长是来叫我回去干活的。可一看父亲和队长都是笑眯眯地在说话，不像是来叫我回去的。只听队长给我父亲叙述说：今天公社给他打电话说你们队有个叫张洛霞的知青，字写得很漂亮，矿山厂知青带队队长刘福来想抽调洛霞到公社帮助处理文书，她的工分由公社直接拨给小队。我听后简直不敢相信自己的耳朵，怀疑是不是在做梦啊？这样的好事怎么会落到我的头上呢？父亲也很高兴地留了队长吃晚饭。队长走后只听父亲悄悄对母亲说："小霞那字写得还算好？别是搞错了人。"

想到我明天开始就可以到公社当文书了，我高兴坏了，又担心是不是搞错了？就这样忐忑不安地过了一夜。

第二天我早早地来到公社报到。刘福来一见到我来很高兴，他同时还抽调了一个叫李光的男孩。我们两个都非常高兴。过后我问刘福来为什么选了我？刘福来说：我们想找两个文书，就在知青们填写的履历表格中看谁的字写得好？后来看到你的字写得不错，又看到履历上写着你是矿中校长的女儿，就决定把你抽调上来了。

后来我一直在公社干文书，直到升入大学。我的下乡资历虽然是一年半，但我真正在农田里只干了一天的农活。

我不想评论谁是谁非？也不想发什么感慨。因为我们是无法单从一件事上看出孰是孰非的。作为我只是想把我三次下乡的经历如实的写出来。

因为这些都是我亲身经历的事。

（写于 2017 年 4 月 27 日）

第 I 部　圆梦

考试

对于在文革 10 年期间在学校上学的学生来说，考试是一个很淡薄的概念。因为在当时学校是不怎么上课的。但是我有幸遇到了要求严格的好老师，也算是不幸中的万幸。由于特殊环境我逐渐喜欢上了考试，以至于我的一生中经历了很多次的考试，并从中受益非浅。

1. 喜欢考试

1969 年已经过了文化大革命运动搞得最疯狂的时期。在 "复课闹革命" 的口号下，学校虽然恢复了上课，但教材内容非常简单。河南省是文革运动搞得比较激烈的一个省份，河南省的中小学校由于几乎一年没有上课，所以学生不得不又重复上了了一年，我也不得不又上了一次小学三年级。

由于当时提倡让工农兵占领意识形态领域的阵地，所以我们学校也进来了几位从工厂派来的教师。虽然当时也有语文和算术课本，但是这些老师教的内容基本上也都是一些报纸或者是毛主席语录里的一些东西。

我们班是四班，班主任老师是李老师。李老师是上海人，短发、中等微胖身材、皮肤白净、穿着时髦，声音属于上海女人讲话时特有的那种有些刺耳、但又比较柔美的腔调。在朴素的教师队伍里，李老师算是比较带点资产阶级味道的老师。所以李老师一般不经常在办公室里呆，总是在教室里与学生在一起。

李老师虽然面容和善，但对学生要求还是非常严厉的。比如我们上课时需要把手背在后面，还不能把自己的后背往后面的桌子上靠（我小时候身体不是很好，有软骨病，所以这一点让我苦不堪言），

24

而且上课时不能说话，学生每天必须写完作业才能回家，这样的事在当时是几乎见不到的。

李老师每天是严格按照书本内容讲课的。即使到了放学时间，也不让我们回家，必须在教室写作业。她坐在讲台上当面检查每个人的作业，如果作业写得不对或是字体不公正，她会立刻将那一页撕掉后把本子往你怀里一扔让你重写。所以经常可以看到流着眼泪从讲台旁边走下来的学生。

我是属于一个比较老实的学生。因当时我父母正在受批判，我不老实也是不行的。但是我写作业还是很认真的，所以我只有一次被老师把作业打回来重写，其余的都是"凯旋而归。"这一点让同学们十分的羡慕，每当这时我也总有一点可以沾沾自喜的资本了。

当时学校几乎没有考试，到三年级后期时，学校有了考试。于是李老师更是干劲倍增，在班里三天一小考五天一大考，搞得学生们每天回不了家。看到别的班级的学生一下课就可以跑回家，我们真是羡慕极了。

由于我考试成绩总是不错，所以经常得到李老师的表扬，这也是我最为得意的一件事情。也只有在这个时候我才最为快活，所以我最喜欢考试。而学习不好的同学为了得到老师的表扬，有的从家早出晚归的为同学们服务，比如冬天负责班里生炉子、擦桌子，有的把父母给的零花钱说成是捡来的，落个拾金不昧的"小英雄称号"。当时教室后面黑板上设有一个表扬"好人好事"的专栏，同学们为了"榜上有名"，真可谓是"八仙过海、各显神通"。

李老师对学生的严格要求还是为我们班学生的文化知识打下了良好的基础。每当学校期末考试时，我们四班的成绩总会把别的班的成绩拉下一大截，这一点是让李老师最为兴奋的。李老师的严格教育也奠定了我办事认真的基础，所以她是我人生中应该感谢的一位老师。

第 I 部　圆梦

2.无意受益

上中学以后，班主任梁老师又是一个对学生要求很严格的数学教师。当时她要求学生也是放学了要在教室做作业，而别的班的老师却不这样。为此引起了一些学生地不满，一些家长也纷纷给校长提意见。梁老师就下班后带着我们几个课代表（我当时是数学课代表），去几个不愿意学习的学生家里去访问，以求家长可以协助教育孩子。这在那个时代里，这样的老师真是不多的。

当时的家长们并不十分欢迎老师，有的家长竟然还略带怒气。有一天老师带着我们去一个姓王的男同学家里进行家庭访问时，王同学的母亲系着围裙满脸地不高兴，好像是耽误了他们家吃饭的时间了。有的家长还说："我的孩子不学就不学吧，反正现在是学好学坏都得下乡，让孩子早点下乡早点回来也好进工厂。"我当时看着梁老师遭受如此待遇，真是有点可怜老师 。有一回梁老师带我去一个女同学家，竟然与对方家长谈了三个多小时，让我大惑不解，那个女同学过后与我好长时间都不说话。

每到学期末，梁老师总是认真的花很多空闲时间辅导学生学习，而且每次都是一丝不苟地坚持搞考试、坚持留家庭作业。我也曾给老师提意见，说她是"师道尊严"，因为我确实非常羡慕别的班的女孩子可以自由自在的玩，梁老师有时候就说我是个有点反潮流精神的学生。但梁老师的办事认真的精神不仅为我打下了坚实的数学基础，也潜移默化地给予了我一些做为一个教师所应该具有的素质，给我留下了非常宝贵的财富。所以她是我人生中又一位应该感谢的老师。

我同桌的一位女同学 C 是家中四个姊妹的老大，学习上一点都不会，但她的父母很会来事儿，认识学校的几位老师。她要求与我同桌，以求考试时能够有个靠山。我当时心里还有点不舒服，觉得她不劳而获，但也不好意思不愿意。当时考试也只是表面性的，抄

26

袭是常有的事。后来我们又开了物理课，那个物理老师讲的课我们学生一点也听不懂，我也是糊糊涂涂搞不明白。

C同学见状，赶紧告诉她父亲。她父亲马上请来我们学校的一位教物理的老师到C同学家教她物理。C同学对我说："张洛霞，你这一段晚上去我家吧，我爸请了教物理的李老师，我是学不会了，我就指望你了。"我觉得老师去家里教学生挺新鲜，就去看看。发现那个男老师带着一副眼镜、文质彬彬的还抄着北京口音，讲得确实挺清楚。后来考试时不用说C同学考试成绩与我一样。

1978年我参加全国高考物理考试，我的物理考了70多分，这多少得感谢C同学了，因为是她的存在才使我的物理"无意受益"了。这世上的事是吃亏还是占便宜？真的是很难说。所以我现在做事从来不去想是吃亏还是占便宜了。

1982年我从洛阳大学毕业后分配在矿山厂中学当老师，正好担任C同学弟弟所在班的数学课。C同学特意找到我对我说："我们家就这一个男孩，你替我看严一点。"我不禁觉得好笑。

3. 迎接高考

1977年我高中毕业前的最后一次考试是考数学。那天我因为忘带文具盒了，中途赶紧折回家去拿。当时正值七月夏天，走的我是满头大汗，我心想：我马上要毕业下乡了，这一次是我人生中最后一次考试。所以留点汗就流点汗吧。

可是没想到，中国教育部很快就发出了恢复全国高考的通知，并且考试将在1977年12月上旬举行。全国青年一拥而上，跃跃欲试。不少下乡的知识青年纷纷回城复习准备参加高考。

我的大哥和二哥也纷纷准备参加高考，我大姐因为孩子才半岁，一直在犹豫是考还是不考？我还对我大姐说："姐，你去考吧，我帮你带孩子。"

第 I 部　圆梦

当时还没有电视，收音机里整天播送着鼓励广大青年们参加高考的振奋人心的口号，其中有一句话我记得最清楚："站出来迎接祖国的挑选吧"。母亲听到这句话非常兴奋，对哥哥们说："你们参加高考就是迎接祖国的挑选，多光荣啊。"这句非常带有煽动性的话也挑起了我站出来参加高考的勇气。因为当时在我眼里，我觉得我的姐姐哥哥们都是学习很棒的，而我属于那种不太爱学习的人，又因为在学校也没有学到什么，所以起初我并不打算去参加高考，因为当时我已经下乡了。可是后来我在农村呆得并不顺心，我非常想赶紧逃离农村，所以我便有了参加高考的念头。

有一天我上高中时同班的一位男同学突然敲开了我家的门，我非常吃惊，我的脸一下子红到了耳根。因为我们上高中时班上有一位很调皮并且打架出名的男同学连老师也管不了他。他整天胡说八道地把我们班里男同学和女同学都乱点鸳鸯一一配对，然后每天他一到学校见到进来一个男同学，他马上就会问："你老婆怎么还没来？"班上的女同学非常生气，去老师那告状。可老师也没有办法，只是告诉我们女同学远离这位男同学。

我与一位男同学也被"乱点鸳鸯"，刚开始我还不太在意，后来发现这个男同学有点注意我了，也就是他一进教室就开始往我的座位上瞟。时间一长把我也搞得不好意思起来，后来在班里我一见到他就不好意思，也尽量不与他对视。他是一个眉清目秀的男孩，长得挺不错的，特别是每天穿着绿军装，带着一个绿色的军帽，这在当时是非常时髦的打扮。班上的几个男同学都是这种打扮，而且他们还把军帽折叠成像国民党军官那样的大沿帽，把他的脸衬托得更加英俊潇洒，人一下子变得很精神很精干，很有一副美少年的味道。

把他让进屋后，他点了一只烟（因为当时他也下乡了），把我吓了一跳。他说："现在可以考大学了，你也去报考大学吧。"我说："我不行啊，我什么都不会。"他马上说："你行的，你学习这么好。"那天他坐了将近两个小时，我们又说点什么我一点也想不起来了，只觉得很不好意思，估计说了点同学们以及下乡的事吧。因为当时二哥三哥下乡的女同学也经常来家找哥哥们玩，所以父母也没有问我他来干什么。

他走后，我开始认真地想：他也说我行，估计我也许能考上。于是我下定决心准备参加高考了。

后来他又叫我一起去看了一场电影（电影名字我已记不起来了），之后我开始复习高考、上大学、出国后与他就再也没有联系了。1998年我带着日本教授回洛阳时，与同学们一起吃了一顿饭，他也来了。席间我把他叫到一边，问了一下他现在的情况。

4. 空前绝后

高考前的一个月我也每天在家复习。我们矿山厂为了帮助职工以及子弟们的高考学习，每天晚上在矿山厂第一小学由中学的老师免费为大家补课。

积聚了十年没有参加高考的青年们干劲倍增，掀起了学习的高潮，人人都想来一个知识上的大跃进。每天一到晚上每个教室里都坐满了人，还是有很多人抢不到座位，就站在走廊上或者是站在窗户外面伸着脖子听老师讲课，生怕听漏掉一个字。那场面实在是让人感动，估计用"前无古人后无来者"来形容也不过分。街头巷尾也到处是有关高考的话题，那种以进工厂为最佳选择的风气也开始渐退。从年轻人到老年人都在盼望着与自己有关的亲人可以考上大学，好像年轻人只有考大学这一条出路似的。大哥当时正谈对象，也顾不得与女朋友见面了，大姐一有空就回家也想教教弟妹、鼓励弟妹们加油。

街头大妈们一见面的招呼语也变成了"你家的孩子报名高考了吗？"母亲每天下班后回到家经常笑眯眯的对父亲说："今天碰见熟人了，说咱家是知识分子家庭，咱家的孩子一定能考上。"

第Ⅰ部　圆梦

我家五个孩子，大姐和二哥是最爱看书学习的。二哥是当年所在年级的学习尖子，这次也特意回城复习高考。他们一起下乡的男女同学也整天来我家向我二哥求教。我有时也在旁边听听，可是我二哥总是说："去去去，你别在这儿耽误我们。"我母亲非常生气，就对我二哥说："你能教别人，为什么就不能让你妹妹听听呢？"二哥说"小霞啥也不会，净捣乱。"有一次，二哥他们一帮子人解不出一个数学问题，我说出了我的作法，二哥想了一下说："嗯，小霞说得还是有点道理的。"母亲赶紧说："就是吗，你别瞧不起小霞。"我也心想：我好赖也当过数学课代表啊。

后来我到了日本站稳脚跟后，把二哥三哥也弄到了日本。一是想让他们有个好的前程，第二就是想证明：我不比他们当哥的差。

考试日期将近，因为我看到了二哥的实力，我觉得我的底子不行，所以我打算下一次的高考（考期是七八年八月）再认真考，这次只是去探探路，积累点考场经验罢了。于是高考当天我没有任何压力，面不改色心不跳地走进了考场。

5.狂言考生

我所在的考场是洛阳拖拉机厂第二中学。考试进行了两天，数学、政治总算没交白卷，物理和化学几乎交了白卷。虽然高中时在学校学过一些物理和化学，但是实在是太浅了，根本解不了题。语文作文也写了一些，但将古文写成白话文我可真是不会。

古文的考题选自战国·韩非《韩非子·外储说左上》的"曾子杀猪"一节。讲述了曾子用自己的实际行动教育孩子要言而有信，诚实待人的事。同时这个故事也告诉成人，自己的言行对孩子影响很大，要待人真诚，不能欺骗别人。

在现在看来很容易明白的古文当时我不是很明白。特别是在看到"今子欺之，是教子欺也。母欺子，子而不信其母，非所以成教也。遂烹彘也。"的后半部分时，我不知曾子对妻子是说如果现在不杀猪，将来孩子长大也会像母亲一样去欺骗人？还是将来猪会杀孩子？我考虑了一下觉得好像应该是后者。但我又一想猪怎么能杀人呢？这有点不合逻辑呀，这时我忽然想起来我曾经听到过农村里有过猪拱死孩子的事。于是我毫不犹豫地写下了"曾子对妻子说，如果现在你不杀猪，将来猪会杀你孩子。"的狂言。

走出考场后我觉得写得还是有点不对劲。考场的大铁门外一大群家长们都在翘首以待高考英雄们的凯旋。大铁门一打开，带着各种表情的考生们立刻被亲人包围，笑声叹息声吵吵嚷嚷什么也听不见，只能看见人头涌动简直是一片沸腾的海洋。

我看见母亲和我大姐抱着孩子在向我招手，我急忙奔到她们面前，母亲问我考题难不难？都做了没有？我连忙把我写的白话文说给了她们听，妈妈和姐姐笑个不停，妈妈说："你真是个傻丫头，看来你是白复习了。"姐姐迅速说出了这段古文是出自哪里，讲的是什么。搞得我目瞪口呆。姐姐还说："平时让你多看书，你就知道跑到外头玩，怎么连这个也搞不懂。"母亲连忙说："算了，看来小霞是没有希望了，也不知小毛和洛明（指我大哥和二哥）考得怎么样？"

我因为物理和化学几乎都是白卷，也没有打算今年就一定要考上，所以我听了母亲与姐姐的话后也没感到有什么伤心，也没觉得有什么不好意思的，只觉得我写得挺好玩。

现在想起这件事，总觉得十分好笑。估计批我考卷的语文老师看到我写的白话文后一定会哈哈大笑，并会念给屋子里所有批卷子的老师们听吧？从这件事上可以看出我其实并不是一个很聪明的孩子。

后来我二哥考上了大学，我大哥因为初中一年级都没有上完就下乡了，所以大哥考的是文科。因为当年年龄大的分数要超过录取分数线 100 分才能有资格录取，所以大哥虽然分数挺高但也没能进入到录取分数线内。我这个"狂言考生"就更不必说了，连分数都

第I部 圆梦

没有去打听。

6. 哭笑不得

1977 年我的高考狼狈收场之后，我抓紧了复习。特别是离 78 年 7 月的高考还剩两个月的时候，我更是夜以继日地加油。父母经常半夜起来催我休息，但是我几乎没有睡意，学习热情十分高涨。因为我决定这次要破釜沉舟无论如何都得考上。

由于严重缺乏睡眠，有一天我骑着自行车路过涧西区 2-10 号街坊时突然晕倒。等我睁开眼睛发现四周的房子都在转圈。旁边的众人赶紧将我扶起来，我坐在地上大概过了五分钟后感觉头不晕了，于是我起身推着自行车自己走回了家。为了怕家人担心，我至今都没有将这件事说给父母。幸亏当时自家汽车不多，不然的话我的突然倒地估计将多有不测，那可真是一场玩命考试。

高考的那几天，父母因事回老家了。母亲托姐姐那两天回家陪伴我。考试当天我和我大哥又再一次走进了考场。大哥仍然考的是文科。

考场是在谷水的一个学校里。我一进考场校园，发现一大帮子年轻人各各都带有信心百倍的表情，我不禁倒吸了一口凉气，有点忐忑不安，觉得他们一个个好像都挺像大学生模样的，有点咄咄逼人的气势。

当时考试是两个人一张桌子，与我同桌的是一个下乡在洛阳郊区的一个吴姓高个大眼小伙子。当时考试时就是互相问了一下对方的名字以及下乡在什么地方，根本没问对方住在什么地方？考试结束后就互相再也没有联系。因为当时通信联系实在是太不方便了。

两天考试总算没有一门功课交白卷，考得怎样我连想都不想想。母亲问我考得什么题？我说："不记得了。"母亲失望地说："那看来你这次又考不上了，考的什么题你都记不得了。"我是因为感觉考得

32

不太好，而且下次也不想再考了，所以根本就不去想都考了什么题、我能得多少分之类的事。

当时我父亲是矿山厂中学校长，学校的几个老师们都去洛阳市集中批考卷了。后来过本科分数线考号公布后，老师们告诉我父亲没有我的考号。

我听后那几天很沮丧，不知道我下来该怎么办？因为农村我是实在不想再呆了。过了几天过大专分数线的考号公布了，我竟然榜上有名。看分数才知道我因一分之差没有进本科分数线，这使我非常懊恼。别的老师都劝我父亲也给我去河南省高招办查查分，看看能不能再找回来 1 分，因为当时成绩公布后不少考生去查找考分，有的人增加了几分，当然也有的人反而弄掉几分。于是母亲非常担心地说：“算了别去找了，万一去查再弄掉几分连大专也进不去了。”

当时矿山厂中学有四个老师的孩子共五人一起参加高考，只有一个与我同届的男生比我少 15 分也进了大专线，其余的名落孙山。在填报志愿的时候，我写上了“同意自由分配录取”，因为我只想早点离开农村。那个男生是独子，当时他没有下乡留在了城里，所以他填的是“不服从自由分配”，他打算明年再考。后来我被洛阳师范大专数学班录取，我大哥也被这所学校的大专文科班录取了。

正当我们家沉浸在两个孩子都被录取的兴奋之中时，邓小平的一个“广招人才、扩招人才”的讲话即刻使大学本科录取分数线下降了不少。尤其是那个比我少 15 分的男生竟然被扩招进了新乡师范学院，这可是河南省大学本科中的好学校啊。于是我母亲让我大哥赶紧跑到洛阳师范学校去要回我的资料准备再投回去，结果是无功而返。据大哥讲他碰见了几个也去要资料的考生，但是洛阳师范学校一概不给。

这场令人哭笑不得的录取结果给了我一个大大的遗憾，也是我的一个伤痛。比我分数少的人竟然进了本科，而我却是大专，这简直是太不公平了。它使我产生了强烈的嫉妒心和发奋之心，我发誓

第 I 部　圆梦

一定要超过那个考分比我少 15 分的男生，以报此"仇"。

后来我们大专数学班的同学若干年以后有一部分人又返回洛阳师范学校去进修一年，以求可以拿到本科毕业证。他们劝我也回学校，我说我绝不会这样做。我如果再拿文凭我一定要拿个比本科还要高的文凭。所以我来到日本后再苦再没钱我也一定要拿个高学历文凭。

现在想起来，如果当时我被扩招进了本科，也许我就没有这种发奋之心了。所以这件事在促成我有今天是起了很大的作用的。

任何一件事的得失在当时真的是很难看出来，近几年我在给中国大学生讲课时每次我都讲到我的这件事。我希望学生们在遇到挫折以及不顺心时应该发愤不要气馁，更不要怨天尤人。因为人生的路是很长的，一时一刻的失败以及挫折都不要太计较。

7.　羞于见人

拿到了录取通知书后，赶紧去下乡的地方办转户口手续，我的户口终于离开了农村转到了城市。

可是不知为什么洛阳师范学校原本应该九月开学的，却迟迟不开学，也不告诉学生们什么时候开学？去学校问了几次也没有确切地回答。学校真的是有点"误人子弟"。

大哥因为有工作就一直上着班，而我一时成了闲散人员。甚至有的人还问我："你到底考上了没有？怎么到现在还不去上学啊？"搞得我真的是灰头土脸的不想出去见人，这"大专"的命是没有办法了，怎么又碰上个不开学的学校呢？我心情简直是坏极了，整天门也不想出，就在家将中国名著【三国演义】、【红楼梦】、【水浒传】等认真看了一遍，又看了托儿斯泰的【安娜·卡列尼娜】以及【斯巴达克斯】、【基度山恩仇记】等世界名著。还去买了一本象棋书，自己一个人在家摆摆象棋。虽说心情不好，但我也不想虚度每一天。

后来我在日本的为人处事有不少是从这些书里得到了启发，采取的策略也有不少是出自【三国演义】的军事战略，特别是独闯日本的整盘布局也有象棋的影子。那就是何时进攻？何时防守？都是要全盘考虑的。我的象棋水平也是那时才有了点提高。所以我觉得我虽然不是一个喜欢看书的人，但是我是一个不白看书的人。

现在想想如果学校当时按时上课，估计我根本没时间去看这些名著，在日本也不会混得这么得心应手。所以这又是一件我人生当中遇见不顺而又有意外收获的一件事。

8. 心灰意冷

都到了放寒假的时候了，学校还是没有开学，我沮丧到了极点。那个比我少15分的男生从新乡师范学院放假回家，他也是数学系，我去他家找他闲聊了几句。他显得有点不好意思，但还是鼓励我说道："如果不喜欢这个学校要不然再考一次吧。"我心想：说着容易做着难，这半年我是数理化书一眼都没看，我还怎么考呀？

当时由于与我初恋的男孩（其实只是我的单相思，对方并没有与我正式谈恋爱）在洛阳市的另一个大专上学，我与他的交往并没有给我带来快乐，所以当时唯一可以支撑我继续等待洛阳师范开学动力的就是：幻想着开学以后，班上会出现令我心仪的男生。

结果到了1979年4月份下旬，学校终于开学了（如果早些知道是这个时间开学，真的是应该再考一次了）。我带着行李欣喜若狂地赶到学校，发现怎么进来报到的人没有几个看着像是城市来的？当初我高考时好像觉得站在满院子里的男考生各个都是风华正茂、气宇轩然似的人，怎么好像这些人一下子都从地球上消失了一样。

校园内吵吵嚷嚷加上大行李小行李的，整个场面像是赶集的一样。还有不少孩子在跑来跑去，我还以为是同学们的弟弟妹妹前来送行的。

35

第Ⅰ部　圆梦

　　搬着我的行李到了指定的寝室，发现这是一个由大教室改成的可以住 14 人的屋子。屋里墙壁黑黑的，门和床旧旧的，屋子里除了放几张上下铺床以及几张单桌子外什么都没有。男生们竟然是 40 多人睡在由一个大礼堂隔开的几个小房间里，因为当时男宿舍还没有准备好。这与我想象中的洁白、明亮、干净的学生寝室以及漂亮的校园是截然不同的。要在这样的环境里呆三年，我感到只想哭。

　　正在寝室里收拾东西时，进来了一位中年妇女带着一个小学生模样的孩子，一问才知这位中年妇女也是数学班的，我忙问她孩子是谁？她笑笑说：“是我儿子。”我有点吃惊，虽然知道 77、78 年考生中有不少都是拖儿带女的，但是这事真地发生在我的眼前我还是一时没有转过弯。

　　后来才知道我们数学班共有八名女生中，有四位属于大姐型的，有四位属于妙龄少女型的，我是班上女生年龄最小的一个，与年长大姐相差 13 岁。班里有多少男生我记不得了，估计年龄构造和女生也差不多。因为当年考上大学的多是在学校工作的教师和农村的民办教师，总之年轻人的比例比较小。

　　开始上课后，同学们的庐山真面目终于都出来了。有几个城市模样的男学生都是身着一样的兰迪卡上衣（其中包括了我后来的丈夫，我把他们叫做“兰迪卡军”）在教室里说话声音很大，而且他们都操一口洛阳话和地方话（当时把不说普通话的人都称作“老扎皮”），让我听着头疼，我的头一下子变得很大。我大概看了一眼，觉得没有一个看上去比我当时正喜欢着的男孩好，也没有像电影“年青一代”里那些大学生们一样文雅的，我的心顿时凉了半截，情绪非常低落，心情糟糕透了。我没有想到我的大学生活将在这样的环境下渡过，于是我在班里不想与任何人说话。

　　后来班里进行数学摸底考试，我在几个女生的成绩当中还是不错的，我更觉得自己真的是有点“屈才了”，高傲的心再次受到了撞击。因为当时与男生们不怎么说话，所以不记得男生们考得如何？

36

班主任孙老师指定曾是洛一高的学生并且还是共产党员的赵师兄担任了班长，那天他站在同学们面前发表完他的"就职演说"之后说到应该找一个女同学当副班长，他看了看我，就马上说："张洛霞，你来当副班长吧。"我听后点了点头。因为我从上小学一直到高中因父母的问题没有当过一次班干部，对"班干部"这个称号还是多少有点想往的。所以我一点都没有推辞，我冰冷的心得到了一点点的温暖，情绪也得到了一些改善，看来我也有想当"官"的心啊。我估计班长是看到我考试成绩不错才这样指名道姓"点将"的，看来我的模底考试没有白考啊。

9. 当头一棒

第一学期的专业课是"数学分析"和"线性代数"。数学分析课的担当老师是洛阳市有名的数学教师----张广柱老师。

我很喜欢张老师的课，他不仅讲知识也顺带讲一些人生道理。他还一再强调："大学的学习方法与高中是不一样的，不能用同样的方法去对待，要坚决避免眼高手低的学习方法。"这些话我虽然能听懂，但是我却没能真正理解。

由于学校开学晚，学校不仅无法进行期中考试，本应在六月末进行的期末考试也没有举行，而是决定九月开学时候补六月末的考试。本来学生们都想痛痛快快舒舒服服的过个暑假，可学校的这个决定简直是让同学们叫苦连天。一些拖儿带女的同学更是怨声载道，因为他（她）们要肩负着照顾家庭特别是放暑假儿童孩子的一切事情。但是大家又没有办法，记得默认了。

我因为从小一直觉得自己是考试高手，觉得不怎么看书也能考得不错，所以整个暑假里虽然我每天也是心神不安的不时看看数学书，但是很少动笔认真做一下题。我觉得这两个月没学多少东西，这些题也并不难，动几下笔就能做出来的，也就是说当时一股严重

第 I 部　圆梦

的"轻敌情绪"开始袭扰了我。

过了一个不畅快的暑假后，9月的考试开始了。我开始解数学题，可是发现迟迟往下进行不了，脑子里虽然知道是怎么回事，可是就是用算术式表达不出来，搞得驴头不对马嘴，简直是糟糕透了。我心里非常慌张着急，流出了汗，可以说比高考还要令我急躁不安。整个卷子我竟然没有做完。

考试结束后大家都说题目挺难，我还心存侥幸地想：反正是水涨船高，估计大家考得都不很好吧？后来成绩公布，我的"数学分析"和"线型代数"都没有及格，更可悲的是"数学分析"竟然才30多分。我简直不敢相信，我怎么是这个成绩？除了77年高考交白卷之外，我可从来没有这么狼狈过。因为当时不及格的学生比较多（但基本上都是年龄大一些的），所以学校决定过两个星期进行补考。我孤身一人、无牵无挂、年令小精力旺盛却得了个两门不及格简直是太丢人了。这件事给了我当头一棍，我一下子感到头晕目眩不知如何是好？而且我还是副班长更觉得脸上无光，连教室我都不想进去，我真地想哭，但又哭不出来，只觉得太窝囊了。数学二班的王姐与我是一个厂的子弟又是上下铺。王姐说她与张广柱老师夫妇关系不错，去张老师那儿坐坐，看看有没有什么办法补救一下。

张老师夫妇很客气地把我们让进了屋子。张老师开门见山地说道："张洛霞平时也挺认真的，怎么考成这样？我本想给你加几分，可是你差的太多加几分也没有用啊，你还小，还没有适应大学学习的习惯，再加把劲好好复习，争取补考的时候过关吧。"我忙说："张老师是我不够努力，我下次一定踏踏实实的复习，一定要及格。"我之所以敢这样说，是因为我知道我这次船翻在了哪里。

10. 终生受益

从张老师家回来后我立刻行动。我的主要错误就是"眼高手低"。于是我不仅把这两个月所讲的数学知识先简洁明了地进行了归纳，又将书上所有定理的来龙去脉自己论证了一遍，最后开始把这两个月的练习题不论难易一起认真做了一遍。我发现很多练习题的目的就是一些定理的论证，如果知道了定理的出处就很容易看懂问题并做出来。

补考很容易地过了，但这已经不是令我高兴、令我兴奋的事了。我最高兴的就是我找到了正确的学习方法（至少我认为是正确的）。从那以后每当老师讲课时，我会提前先把内容预习一下，看不懂的地方我做个记号，老师讲的时候我一个字的笔记都不做认真听，跟着老师的思路走。下课之后我将老师在黑板上所写内容先全部写一遍，遇到忘记的地方就看一下书，所有定理都自己再推一遍。彻底搞懂之后我再开始做作业。

这种学习方法看着很麻烦、好像很费时间、甚至好像是多此一举的，但是其实不是这样，它确实是一个事半功倍的好方法。它培养了我的思维推理能力、提高了我的记忆力、更培养了我脚踏实地埋头苦干的务实作风，也彻底的改变了我的高傲脾气。感到要学的东西实在是太多了，学习真的是太美的一件事、一件享受的事。

养成了这个学习习惯后，别的同学经常觉得连题目的意思都看不懂，更不知道如何下手的题，而我作起来却是得心应手，进而腾出不少玩的时间可以去打打乒乓球，还抽空跑到我大哥的语文班去听听语文课。

每到晚上寝室十点熄灯时，我可以轻松睡觉了，而别的女同学经常为了做作业，点着蜡烛到夜里两三点才休息。她们搞不清我为什么作业会做得这么快？但是我明白她们是错哪里：那就是她们在没有真正搞懂书本内容的情况下，一下课就急于先做作业，而不愿去花时间先把上课内容系统的总结一遍之后再动手做作业。从那以后考试又变成了我的强项，我的成绩逐渐跑到了前列，因为我希望我那次不及格的耻辱之色尽快退去。

第 I 部　圆梦

后来这个学习习惯一直伴随着我，直到我以让日本教授为之惊讶的数学推理能力轻而易举地通过了博士入学数学考试，又在攻读硕士、博士学位时连续拿到了日本最高奖学金----日本文部省奖学金时，我感到这个学习习惯让我真的是终身受益。

后来我在教书时直到现在我都反复告诉学生我的这个学习经验。而且我在讲课时也一定留出让学生预习和复习的时间。

我们在人生的道路上会有跌倒，但是跌倒并不可怕，可怕的是跌倒爬不起来，以及不愿意寻找跌倒的原因而继续跌倒。如果当时我没有考试跌倒的教训，我也许不会去寻找适合自己的学习方法，也不会这么顺利的完成我的学业。所以我真地很感谢恩师张广柱老师曾给予我的"不及格"，我现在之所以愿意把这些事儿都写出来，就是为了感谢我生命中那些让我终生受益的人。

11. 何时休了

82 年大学毕业后分配到矿三厂中学当了数学教师，心想这辈子再也不用考试了，不觉心里一阵轻松。

随着国家允许自费出国留学的东风，1990 年我又以自费留学生的身份来到了日本 N 大学外国人留学生别科。

这个学科主要学的是日语，另外有一些与日本文化有关的诸如书道、茶道、插花之类的与日本文化相关联的课。日语单词考试是每天都有，期中期末考试也是有的。我的人生中再次遇到了考试，尽管它不像高考那样可以决定人的命运，但是它也算是考试。

我们班里共有 20 多名留学生，有 4 名中国留学生。小庄是清华大学研究生毕业的高材生，每当考试的时候我们都想指望小庄能把成绩考得好一些，也给我们中国留学生争个面子。可是与别国的留学生相比，中国留学生显得最忙，都在忙着打工挣钱。我非常想知道康有为、孙中山、周恩来这些名人当年在日本留学时究竟过着怎

40

样的留学生活？是怎样学习的？是不是也像我们这样拼命打工呢？也许他们是公费不需要打工，但是我现在周围的公费留学生也是和我们私费留学生一样拼命打工的。估计名人伟人与我们这些普通人是会有区别的，其实有些事实我们是无法知道的。蒋介石在日本留学的指导老师曾经说过："蒋介石在日本留学时学习非常刻苦，一到春节很多中国留学生都聚在一起吃饭，而蒋介石一个人却默默地在房间里学习。"

日语里有很多汉字，有一次是汉字考试。汉字对于中国人来说好像不算什么问题，所以大家都没有放在心上。后来考试结果竟然是美国的一个学生得了最高分，小庄得了第二名。我们 4 个中国留学生在目瞪口呆的同时，又觉得非常的丢人，好像给祖国丢了脸。他们还跟我开玩笑说："是不是你的影子得了第一名？"我忙说："不可能"因为我知道，那次考试影子有不少没有写出来。

"影子"是指当时班里与我关系比较好的一名美国留学生（有关影子的故事请参看本书第 II 部分的「影子」一文）。当年每当考试时，如果我先考完在外等影子时，一见他出来我会马上问他考得怎么样？他总是一耸肩，双手一摊，口中连说"不行不行"。而影子如果考完先出来见到我出来时，一句不问我考得如何，只是说："中午吃什么？"或者问我要不要去哪儿玩玩。因为当时日本很多公司都想让留学生们去免费参观游玩。广岛的一家公司为了让留学生去参观，不仅车接车送包午饭，还给留学生每人 3000 日円。可是我当时打工如同拼命，连吃饭都觉得是多余的，哪里也不想去玩。所以与影子哪里都没有去过。每次考试结束后学校都会放半天假，我和影子总会在学校多聊一会儿，那段时光很快乐、很愉快。

现在想想真地很对不起影子。如果早知道我后来可以在日本大学当教师，我一定把我当年的留学生活安排得轻松一些、浪漫一些。也会对影子好一些。

后来听说签证可以延长，留学生还可以读硕士以及博士，这两

第 I 部　圆梦

个学位都是我想要的，所以我不知道我这一生的考试究竟何时可以休了啊？

12. 严阵以待

上了两年留学生别科后，我必须要找导师接收我读修士（中国叫硕士）了。因为按照日本大学的惯例，攻读修士的学生必须要先找好导师才有资格报名报考修士。

我因为从小受到了严格老师的训练，并从中受益。所以我当时制定了我寻找导师的标准：第一，这个老师一定要是对学生不留情面地严格要求，这样对我的学习是有好处的，因为"严师出高徒"吗。第二，这个老师年龄不能太大，最好是 50 岁以下，因为我还要读博士，否则他中途退休或者体力不支没有过多的精力培养学生的话就糟了。第三，这个老师在学术上要有些名气，这样将有利于我毕业后的出路。因为企业很看重有名望的老师培养出来的学生。

我依据这三点找到了我至今都没有后悔过的成生导师。导师1952 年出生，是在美国读的经济学博士，主攻流通经济。当时还不满 40 岁已经是学术界的带头人了。由于他对学生很严格，所以他身边没有一个日本学生或是中国留学生跟他学习，只有两个从美国来的临时进修半年的女学生（老师的英语非常漂亮）。因为老师的数学很好，所以他一直想带一个会点数学的学生。当然了，这话是过后听导师说的，因为研究经济学的话必须要用数学模型探讨。当我把我的大学成绩单让老师看过后，他问了我一些读过的数学课程后欣然答应接收了我。于是我拿着他签过字盖过章的报名表递交到了学校，准备先当一年研究生（也就是由大学升入修士期间可以有一年的听课时间，也叫预科生），打算第二年正式参加修士考试。因为我大学的专业是数学，对有关经济经营的专业课知识一无所知。另一个原因也是想趁当研究生期间挤出点时间打工多挣点钱，因为当时留学生都是为了能在日本多呆几年，尽量延长在学校的时间。

在这一年里，我先跑到大学一年级去听了一些有关经济学的基础知识课，每周也去参加导师的课题研究课，也就是导师给两个美国学生上的专业课。这两个美国女学生一位叫山本（因为她嫁给了日本人后改了姓），另一位叫爱米。美国女学生非常随意、调皮，完全不像影子那样宽容、稳重，所以我一点不喜欢她们俩，连与她们照一张合影照的欲望都没有，更没有要过她们两人的地址。现在很后悔，好赖也是同学呀。

爱米略微认真一些，山本非常任性。轮到山本发表时，她总是一边喝着果汁、一边嘻嘻哈哈。导师喜欢抽烟，有时候忍不住刚点上烟，山本马上会说："不能抽烟"。导师马上掐掉烟，说声对不起。有时导师说想让山本帮忙校对一下自己的英语论文是否有语言上的错误，山本立刻就说："给多少钱？便宜了我可不干。"

我还是沿用在中国上大学时的那种学习方法：将每堂课相关内容用自己的语言重新组织、整合，发表时简单明了。导师对那两个女同学说："你们也像洛霞那样，把问题重新归纳一下再发表。"山本立刻抗议说："洛霞是学数学的，脑子好。我们怎么能和她相比？"

半年以后我开始准备修士考试了。根据日本的规定，考不上的话签证是不能延长的。虽然我并不觉得我一定要日本在呆下去，但是我还是想在日本拿个高学位。"君子报仇十年不晚"，1978年那场哭笑不得的录取结果也是我想要拿学位的一个动力，所以我必须严阵以待，我一定要考上。

13. 彰显实力

考试科目是从相关专业课程中任选四门，两门为日语小论文，两门是把专业英语文章翻译成日语。我选了指导老师专业的日语小论文和英翻日，又选了一门概率学的小论文和英翻日。因为当年在

第 I 部　圆梦

洛阳师范我的【概率学】学得也是不错的。

　　N 大学是德国教会出资支助建立的，所以 N 大学的英语实力在日本是很有名的。修士入学考试需要考英语，这在当时的大学是不多见的，因此没有英文底子的人是根本不敢来报考这所大学的。

　　我当年在中国上大学时英语还不是必修课，好像学校就上了一年也不知是半年的英语课。当年电视还是比较少的，学校只是在饭厅大礼堂放上一部黑白电视，想学英语的同学们中午就在学校食堂看郑培梯的英文教学片【跟我学】，所以我的英文基础非常差，除了一些必备的介词以及一些主要的代词、副词和一些常用动词知道几个外，别的英语知识几乎是一无所知的。所以英语考试着实让我费尽了脑子。

　　我在学校图书馆找到了一套英文日文相配的【概率学】书。先将日文【概率学】系统的看了两遍，又将所有的习题做了一遍，再也不敢犯"眼高手低"的错误了。因为日语书中有很多汉字，所以读起来比较容易，再加上书中有很多数学式子一看就明白，所以不到一个月我已经把这本书搞得滚瓜烂熟。我对照着日语书再去看英文书，记住了一些概率英文单词，觉得凑乎着能够看懂英文版的【概率学】。因为概率学的英文单词比较单调、真的没有几个，还是比较容易记住的。只是如果让我写英文的话，我可真是要"交枪投降"了，幸亏考试只需要将英文翻译成日文。

　　最难的是流通经济学的专业英语，我是一点都不知道。于是我找了一篇文章，让我们学校的美国学生给我念了一遍，我录下音后每天一有空就听，也算是略知道了一些。

　　我当时三十二岁，也是记忆力旺盛的时期。我非常佩服当时的记忆力，觉得我的脑子简直就是复印机，真的有点过目不忘的本事。所以考试的时候我的两门英语总算没有交白卷，特别是概率英文我几乎全部都能看懂。我的数学肯定是分数不低，指导老师的专业课我估计分数也不会低。因为导师出过一本书，我把他的书也看了两、三遍，所以我猜想考试题应该跑不出这本书。

流通经济学考试题果然就是导师书中的东西，这让我为之兴奋，因为我把老师的书做过一些归纳总结，找出了主要论点。所以我以非常精辟简洁的语言论述了"美国为什么总是埋怨日本市场是如此的封闭？"这一考题。

过后导师夸奖我日文小论文写得非常好，而且是那种出乎他意料的好，我觉得这真地应该感谢张广柱老师当年的教诲。另外我大学毕业后在矿山厂中学当了九年的数学教师，在当教师过程中知道哪些问题是应该在考试里出现的？所以我在复习考试时就考虑过这些问题，看来我在中国的教师工作也没有白干。其实我不是一个聪明的人，充其量也不过就是一个"有心人"而已。

那年入学考试只有我和一个比我大五、六岁的上海男青年作为留学生一同参加了考试，还有一些日本学生与我们一起考试。后来上海男青年落选，我荣幸地拿到了录取通知书，彰显了我的实力。我马上把这个消息告诉了一直关心我、帮助我的日本朋友。

14. 最后考试

日本修士是两年课程。于是1994年我修士二年级上学期一结束，我便开始准备95年4月期的博士招生考试。博士考试一年中有两次招考，一次是在提前半年的94年10月，一次是在95年2月。我想博士考试也应该是我这一生中最后一次考试了吧？

这次考试共有五门，两门日语小论文，三门英语翻成日文。我选了【概率学】，又选了一门【高等数学】（主要是微积分学）。微积分是我大学时学得最好的一门课，也是张广柱老师教授的课，所以我对微积分独有情种。在进行了充分的准备之后，我信心百倍地走向了博士入学考试的考场。

考试题是由当时数学专业兼经营学部长的老师出的。一共是六道题，可以任选四题。前面的两道题是概率计算题，比较简单，后面的四道题全是论证题。

我应该选哪四题呢？我觉得前两题没有深度，没什么意思。我应该做后四题，因为论证是我的强项，也是我显露数学实力、给老师留下好印象的机会。于是我拿起笔，像秋风扫落叶一样洒洒洋洋的在 A3 纸上做完了后面的四道题，共写了三大张。走出考场后我非常高兴，我知道我肯定会被录取。

第二天是面试考试，一共有五位教授面试我，其中一位是副校长、一位是出数学题的经营学部长、一位是我的指导教授，还有经营学科的另外两位教授。面试的时候只见他们在不停的传阅我的数学卷子，小声说道："了不起，写了这么多、论证的这么漂亮。"过了半天，谁也不肯对我提问题。副校长连忙催他们："你们专业上有什么问的赶紧问？"部长笑着说："她把题都做成这个样子，还问什么？"副校长又问"导师有什么要问的吧？"我的导师正在得意地看着我的卷子，连忙说："我以后再问她，现在你们先问吧。"

就这样我的博士入学考试顺利通过，十一月我拿到了博士课程录取通知书。

虽然在读修士和博士期间，还有一些大大小小的考试，但是这样的例行考试都没有给我留下什么很深的印象，所以对我来说难以忘怀的考试的叙述已经讲完了。若干年后，当博士论文答辩结束之后，我终于拿到了经营学博士学位。从那以后直到现在我是真的没有再经历任何考试。

前两天我现在工作的大学还贴着鼓励教师们去考英语托福，成绩好的学校还发给奖励金（因为日本大学正在搞教育国际化，希望老师们人人都能会英语）。我没仔细看就走开了，因为我对考试已经疲倦了。

（写于 2017 年 11 月 15 日）

打工

来日本之前，听到留学生们在日本"打工"二字，觉得一定是枯燥无味、又脏又累的工作。可是后来才知道，所谓的"打工"如果处理好了的话，真的是一种很好的锻炼。

1. 勤工俭学

上小学时听到老师讲周恩来、邓小平年轻时在法国留学时曾经"勤工俭学"，当时还不知道这四个字的意思，还以为是一种职业。上了中学以后，又听到中学老师讲同样的话，才知先人们是为了在国外留学，以"勤工俭学"来维持生计。

后来又看到一些描写去国外留学的女孩子的形象：她们穿着旗袍、身边跟着一个女仆提着一个小箱子、非常的浪漫，让我无比羡慕。于是将来也想当留学生、想当博士的想法油然而生。我还买了一个绿色塑料皮的笔记本，把自己的名字改成"张士"。打算以后自己有权利改名字的时候，启用"张士"之名，意为"张博士"。因为当时文化大革命还没结束，即不知"红楼梦"中林黛玉的那句"流水空山有洛霞"的诗句、更不知唐代诗人王勃的那句"落霞与孤鹜齐飞，秋水共长天一色。"当时只是觉得"洛霞"二字有点小资产阶级味道儿。

来日本之前，听说上海的留学生们都是带着米面等食品坐船来，因为坐船允许带 60 公斤行李，而飞机只允许 20 公斤。我尽管口袋并不富裕，但是我想像先人们留学那样只带一个行李，我不想大小行李一大堆的出门，就是现在出门我也是不带吃不带喝的，只为脑子里的那点浪漫。

丈夫帮我准备行李，一再强调让我多带点东西以免为难。但我

47

宁愿饿肚子、也想浪漫地穿着裙子、提着一个小箱子去留学。这也是我当时为什么要向韦玲讨要她那条红裙子的理由。

到了日本后非常兴奋，为自己终于可以尝试一下"勤工俭学"的味道而得意不已。

2. 处处碰壁

因为当时语言不懂，找工作还是比较难的。主要是不知去哪里找？从何处入手？其实当时正是日本泡沫经济崩溃前夜，各个单位都要人，特别是工厂。当然了这些是后来才知道的，因为当时一提工厂招工，我脑子里还是存有中国工厂的招人制度：什么名额啦、档案啦、开后门、调令等等。所以去工厂找工作对我来说简直想都没想过。

因为没有带被褥，到名古屋后的第一天只得在旅馆住了一晚。宾馆费八千日元相当于当时我三个月的工资啊，心疼得我一夜都没合眼。还是上海人聪明啊。咱这洛阳妞儿穷浪漫，还不带行李，这下吃苦头了吧。

第二天把我办到日本的松浦先生带我去商场买被褥时，遇见一个在商场打工的中国女留学生小周。过两天安顿住后，我跑去找她问她能否帮我介绍个工作？小周爱理不理地说："找工作都得自己去找，你可以买本招工的杂志，也有免费招工杂志的。"我讨了个没趣，在回家的路上用 100 日元买了一本招工杂志，翻开一看张张都写满了迫切招人的字样。

可是每个招人单位都要求先打电话后再联系。当时别说打电话了，我连日本电话怎么用都不知道。只得又去找小周，求她帮我打电话问一下我挑选的几个工作。小周又说："你语言不好，打电话也不管用的，我也不能代你打，因为日本人一定要本人打电话。"看来是没办法了。

打工

回家路上路过一个麦当劳店，门口贴着招人。我进去想打听一下，店员以为我是买东西的，问我的话我也听不懂，我急得乱比划也没法让对方知道我的意思，只得泪丧地回家了。

过了两天，松浦下班后来看我，听我说完找工作的事后，立刻给了我一个存有 70 万日元的存款本，账户是我的名字。我才明白为什么他那天带我去银行用了我的证件和印章。他告诉我："这个钱足够你半年的生活费，你不要着急，等语言好了再去找工作。"

可是我来日本前已经对松浦说过：决不给他添麻烦的。我怎能用他的钱呢？何况他已是 70 多岁的老人了。松浦原是大公司人事部长，退休后在一个电器商场做人事部长，收入不菲。他还告诉我：日本人送东西是不需还的，让我不要介意。

70 万日元当时相当于中国的 4 万元左右，那时的中国还是崇尚"万元户"的时代，这笔钱很有诱惑力。当时听说有一个留学生拿了日本友人赠送的 30 多万日元后中断了留学跑回国了，但我想都没想要偷偷跑回中国的事，因为我出国不是只为挣钱，我是要干大事的。我告诉松浦：我一定会原封不动将钱还上。

3. 节衣缩食

因为交学费以及租房子，我带的钱根本就不够，主要是租房子花的太多。什么礼金、保证金、中介费、还得一下子付半年的费用。

我来日本之前，中国当时外汇市场还没有放开，只有在黑市上能换到一些美元。我也不得不用高价从黑市上买了美元，当时黑市没有卖日元的。因钱不够后来还真的用上了松浦送给我存折上的 25 万日元才算把一切搞定。

这件事让我很没面子，觉得自己成了一个骗子。尽管松浦没有任何不悦，但我总觉得平白无辜的花别人的钱，而且是对我有恩的一个退休老人的钱，着实让我不自在。特别是找不到工作，还得继

49

第 I 部　圆梦

续用松浦的钱，这种心理上的压力真的是太大了。

于是我开始节食，不是为了减肥而是为了省钱。并且每天把花销记在本子上，以求最低消费。去学校时也舍不得坐地铁、又没有自行车，单程就需要走 40 分钟。幸好有同班同学美国青年影子的午餐支助，不然的话我也许会因营养不良而饿昏过去（有关影子的故事请参看本书第 II 部分的"影子"一文）。所以我忘不了影子的善良、更忘不了影子那爱怜的眼光。尽管他比我小，但他处处都想把我置于他的保护之下，这也许就是男人们与生俱来的那种保护弱者的天性。只是我没有任何回报他的机会，如果我现在可以联系上他，我一定告诉他："我现在每周一就在我们一起呆过的学校上课，而且我有时也去一下我们俩在学校一同去过的每一个角落。"只是我今生今世都不知道是否还能与影子相见？还能否报答他？

过了几天，松浦再次来看我，看到我的记账本上每天几乎不花钱，马上说："你如果再这样下去会营养不良死掉的。"又让我不要想钱的事，他是真心让我用的。

说完之后他带我去我附近的一个夫妻开的小饭馆吃饭。并向老板娘讲了我的情况，虽然我只能听懂他们对话的只言片语，但我可以听出来：松浦在求老板娘帮我找工作。

4. 对月微笑

出了饭馆，松浦告诉我说："老板娘说她的店不需要人，但她可以问一下附近的店，如果有希望的话，她明天下午五点会来找你。"

我一听高兴万分。第二天下午一放学，我便几乎一路小跑急忙回家，生怕耽误事。时间还早，我一边做着作业努力使自己镇定下来，一面等待着那振奋人心的时刻。

老板娘果然不负松浦重望，带我来到了一家主卖面食的小餐馆。餐馆老板见我紧张的一句话说不出来，就说让我先在后厨打打杂，

打工

工资是每小时 750 日元，每天从下午 5 点干到 9 点，管一顿饭。周六周日可以从下午四点开始干。

面试结束后回到家我很高兴，赶紧给松浦写了信让他放心。因为我的日语是自学的哑巴日语，说虽不行，但写还是可以的。

第二天我按时来上班，见到了老板娘（老板娘也在饭店揣盘子）。店里人对我挺客气，因为他们知道我曾在中国当过教师，还是比较尊重我的。其实"教师"这个身份让我在日本的闯荡容易了不少，因为日本是一个重视教育、尊重教师的国家。所有中小学教师都是公务员待遇。

工作很简单主要是洗碗。虽然都是用洗碗机，但要先将碗冲一下摆进洗碗机、洗后拿出摆放整齐。四个小时除了吃饭，几乎手腿不停也着实不是轻活。但因我已经是当母亲的人了，家务活对我来说不是什么难题。再加上终于有了工作，我心里还是很高兴的，尤其又管一顿晚饭，我也省了不少事。

每天晚上我下班回家走在路上时，我总会抬头看一下月亮，并会想像着此时丈夫和女儿在干什么？我还会止不住对月亮微笑一下，托它能将我可以挣钱而且将收入不菲（当时一天干 4 小时的工资相当于我在中国一个月的工资）的事转告给我远在家乡的善良而温柔体贴的丈夫。

5. 好景不长

找到工作后虽然可以暂时安心了，但是因为我住的二层小楼里所有住户全是男的，只有我一个是女的。为了安全我四月份不得不违约提前退掉房子搬入了外国人留学生会馆。虽然造成了不少的经济损失，但安全要紧。反正是"留得青山在、不怕没柴烧"吗。因距离我原先的住处很远，所以我不得不辞去了那个饭店的工作。工作只得重新找了。

51

第 I 部　圆梦

　　我所上的 N 学校在日本中部地区是一所名门学校。不少企业在我们学校贴有招学生打工的广告。在日本依靠父母的钱读大学是可耻的，所以学校也坚决支持学生勤工俭学，这可以证明他们学校的学生是能够自食其力的。

　　我当时还是比较保守胆小的，再加上语言不好，只敢去找类似厨房后厨帮忙这样的工作。我看到一个地处名古屋闹市区的一个比较高档的中华料理饭馆在招人，并且工资是每小时 8 百 50 日元，还支付交通费，更主要的是周六和周日可以从早上十一点一直干到晚上十点，这真是太有魅力了。于是我就让学校帮我打电话推荐联系，所以对方没有拒绝就很轻易地接受了我。

　　这家饭店比较大而且果然豪华漂亮，店长（也是社长）个子高高的长得有点像电影演员周润发，会长（地位在社长之上）个子不太高但是文质彬彬的很有点文化人的味道，他俩也都是 40 多岁的年令。整个环境以及店长的风格与我上次工作地点相比截然不同、简直是好的太多了。在这种氛围下工作我觉得还是蛮高兴的。工作忙时店长也出来端端盘子、但会长从来是不插手的。

　　他们知道我是名门学校的学生，一边夸我脑子聪明，一边对我也很客气。社长与我一般来说只是打个招呼、客客气气的。而会长总是西装革履的到店里后就径直来到我工作的地方、总要与我多说几句。他问的都是有关中国文化方面的东西，我毕竟是从高考中冲杀出来的，基本上也能回答他的问题。因为我日语还不行，所以会长总是一边说一边写。由于这样的交谈总是耽误干活，我看到有时候别的厨师以及帮厨的都略有不悦也不敢吭声，我也担心众起而攻之辞掉了我可怎么办？因为这里工作环境很好我不想走。

　　过了半个月后，来了一位中国女性 Z。与 Z 交流后得知，她去年开始就在这干了，也在留学读书，现在是大学二年级学生，比我大一岁，前段回国探亲刚回来。她与我干同样的工作、只是她日语比我好，有时候饭厅忙时会被抽去端盘子。

后来 Z 告诉我，她在国内的男友是有妇之夫。事情败露后，男友赶紧出钱让她躲到日本。她父亲是部队军官、她又是独生女、她家里常给她寄钱，所以她不缺钱，她之所以在这打工只是为了消磨时间。当 Z 知道我是急于想把丈夫办到日本而急于挣钱时，她立刻劝我打住并告诫我不要相信夫妻之间的什么爱情。并说她根本不想结婚，说她与男友爱得海誓山盟的又能怎样呢？她还说："这会长以前不常来这里，即使来也只是与大家打个招呼就走的，现在怎么天天来这里啊？"有一天她还问我是不是近来有什么事？我奇怪她怎么会提出这个问题，她说："刚才会长来了，问我你今天怎么看着有点不高兴？是不是有什么为难事了？"其实那天我一直在专心干活，根本没看到会长来了。

在我印象中，小三都应多少有点姿色的，可 Z 真的不是有姿色的女人，这样的女人也能当小三？这多少让我有点吃惊，搞不懂男人们究竟喜欢什么样的女人？后来会长来饭店时偶尔拿 Z 开开玩笑，说她不如我聪明，Z 也没有表示不悦，只是说："那当然了。人家洛霞已经大学毕业了吗。"

渐渐的，Z 与我说话变少了，有点不想理我了。有一天还对我说："你想多挣钱，不如去当坐台小姐，一小时好几千的，在这干什么时候才能攒够学费啊？"我懂 Z 的意思，她不希望我留在这里，因为会长对我的特殊极大地刺痛了她那高傲的自尊心。因为她是军官之女吗。只是我不想与她多说，更不想告诉她我现在接触的人可比这里的人了不起的太多了。我才不稀罕这些小公司的什么会长社长的，我真的想告诉她："我根本不想在这里得到什么？因为我有我的目标。"

8 月 11 日我过生日那天，会长特意送给我一条项链。我知道：我该离开了，这样对谁都好。哎，这么好的工作可惜了，真是好景不长啊。

第 I 部　圆梦

6. 面不改色

说句实话，如果不是 Z 的话语中隐含着不想让我继续呆的意思，如果不是会长赠送的项链让我不愿再面对会长，我是不会离开那个中华料理饭馆的。因为一天从上午十一点可以干到晚上十点，相当于一天就可以挣到中国三个月的工资啊。不过我还是以腰疼为由辞去了工作。因为我不想在这样的环境下工作。"退一步海阔天空，忍一时风平浪静。"这也是一种修养、一种胸怀。

我又得重新找工作了。这时候我的日语也有了明显的进步。我来到名古屋政府专门为留学生打工提供信息的介绍所来找工作。看到一家水产批发公司要招一名打字员，工作内容主要是往电脑里输入订货单，每小时九百日元，休息日可从早上九点干到晚上六点，有交通费还管午饭，平时也可以只干半天。这可真是太有魅力了。

我看了半天不知如何是好？因为当时中国还没有电脑，我连电脑是什么样子都不知道？更别说往电脑里输入数据了。可是这里面所有贴的招工信息只有这个是最有魅力，如果我不去的话实在可惜，我难道还得去找饭馆吗？我仔细分析了一下利弊，觉得我还是去试一试，大不了他们不要我，去面试一下对我也没有什么大的损失，而且我在中国也有不会日语却去考日语翻释的经历。这样的挑战即使失败我也心甘情愿。因为我没有这个金刚钻，揽不来陶瓷活也是没有办法的。于是我果断地揭下那张纸，让介绍所的人给我写了介绍信。

晚上睡觉时我翻来覆去没有睡着，我一直在想明天的面试我应该怎样让对方非招我不可。我将第二天准备说的话写出来，才安下心来。

第二天我如约前来，按地址找到了公司负责招人的加藤。加藤是个非常和蔼的中年男子，约五十多岁，有些秃顶。一阵寒暄之后我才知道：不是加藤的公司需要人，是与他有工作关系的一个公司

54

需要人，那个公司的科长拜托加藤帮忙找个人。因为加藤的公司经常在介绍所招体力活临时工，这次就顺便帮这家公司也招一名女打字员。

加藤见我很紧张，一再劝我不要紧张。他带我来到了那个要招人的公司，与公司负责招人的冈本科长见了面。冈本科长穿着工作服打着领带，非常客气的问了我一下姓名之类的话后，指着电脑对我说："这里的工作很简单，只需要把订货单的货物名称、数字和价格输进去就行了。"并问我打过字没有？我第一次看到电脑，原来它像个收音机一样四方形，前面还放着一个长方形的键盘。我看了一下键盘，密密麻麻一时不知道都是什么东西，一瞬间头都大了。可是我又不想说我不会，因为这个工作真是天上掉下来的馅饼，太诱人了。于是我面不改色地说道："我打过电脑，会的。"科长说："那太好了，明天你就来上班吧。"我马上说："谢谢了，这份工作对我来说太重要了，它将使我能够安心学习，我一定好好干。"我之所以说了后面的话，是想让对方明白我是为了学习才需要打工的，因为谁都喜欢爱读书的人。说完我急促地离开，生怕被别人看出破绽，看来这"骗子"并不好当啊。

7. 原形毕露

上午的面试顺利通过。激动的我一路小跑赶紧回到学校，赶上了上午的最后一节课。因当时没有电话，美国男同学影子搞不清楚我去了哪里？我见了影子后气喘吁吁地兴奋的连比划带舞扎地讲了我刚才的胆大妄为。影子一面听一面大声笑着说："no，no，why？"意思是说："你不要瞎说啊，你为什么要这样不会装会啊？"我也顾不得了解释这么多了，什么"外"不"外"的（"外"是英语 why 的发音，意指：为什么？），我当务之急是要拿下这份工作。

好不容易挨到了下课，到了吃午饭的时间了。我因为不知道电脑这个字用日语怎么说？趁影子去排队买饭时我赶紧在纸上画了电脑的形状，问他会不会？我俩慌忙几口扒拉完饭，影子带我来到图书馆，借了一本有关电脑的书。从书上我才看清楚键盘上印的都是英文字母，英文字母的右下角还写有日文的平假名。还有从 1 到 10 数字的键盘，其余的键盘还有什么，已经顾不得看了。

下午上课时，我脑子里全是键盘，抓紧时间背哪个字母都排在什么地方？因为没有实物键盘，所以真的很不容易记。

下午就一节课，下课后我和影子来到校园的草地上，我席地而坐，影子斜躺着拿着书，我给他背键盘，他不时地纠正我，又不时地哈哈大笑。他那 1.85 米的大个头斜躺在草地上如同一堵为我遮风避雨的墙，20 岁男青年那富有青春气息的呼吸以及西装革履帅气的打扮无不增加了他的魅力。他所给予我的冲击以及他的这种浪漫情怀让我至今难以忘却。只是当时我全然没有心思去细想这些，因为当时脑子里全是要找工作挣钱以及尽快把我丈夫办到日本的事。

晚上在床上我又是翻过来覆过去的，什么时候睡着的自己也不清楚。第二天我上午没课，赶紧跑公司上班。

科长让我在一台电脑前座下，又给我一张订单让我把他打进电脑里。我头一次看见真正的电脑，也一下子蒙了。我根本不知道怎样才可以把字打入电脑中？更不懂还有鼠标啊？这可怎么办？科长见状赶快帮我从电脑中找出可以直接输入的那一页，让我打字母。我看着键盘觉得眼花缭乱的，一时根本看不清哪个字母在哪儿？背的东西全部忘得一干二净。双手直发抖不知往键盘的哪个位置点。

冈本科长见状，立即打电话叫来了加藤商量。我一见事情败露，羞愧难当，恨不得溜跑。但我还是不愿放弃、还存有一丝幻想。我想：也许他们不好意思赶我走，也许会给我找个不用敲电脑的工作。

冈本科长与加藤商量了一下，然后对我说："看来你不能胜任这个工作，我们给你一周的时间，你赶紧去找工作吧。这一周你可以按我们约定的时间来上班，只是工资要降到每小时 800 日元。"我听后即惭愧又不好意思，我觉得我不能干活还拿人家的工资，这和小偷没什么两样啊。而且我只能呆一个星期啊。

这个公司有一位女职员叫铃木，脸上总是带着微笑，铃木小姐赶紧安慰我，教我干点我能干的活，比如复印、切纸、整理表格什么的。但我还是如坐针毡，我正想着我下来该怎么办？再去哪里找工作？没想到我的运气又来了。

8. 又见曙光

就这样我忐忑不安地在公司干了两天。有一天一名 40 多岁身材微胖、戴着一副眼镜的中年男子来公司找冈本科长。因为在日本公司里端茶倒水都是女职员的事，这个办公室里只有铃木小姐在，我来后这个任务自然而然就落在了我的头上。反正我也是打杂的，干什么都无所谓。

办公室并不大，冈本科长和客人坐在一个角落里，我将茶献上就退到一边干我的事，他们两人的谈话我听得一清二楚。虽然我不能全部听懂，但是大部分的意思我是明白的。

两个人好像关系很熟，只听客人问冈本："你这里进新员工了？"冈本答道："哪里，我想招个临时员工，托加藤给介绍了一个。她是中国留学生，在 N 大学读书。刚来日本不久，日语还不太会说，来我这干了看看不行。就让她干一个星期，在这个期间她也好再去找找别的工作。"我听后觉得心里很不是滋味的，真的想找个地缝钻进去，好像我像个要饭的人似的。但仔细一想，其实我不就是在这赖着吗？也确实像个要饭的。

周日到了，一直对留学生很关照的 S 先生打来电话让秘书开车到名古屋国际留学生会馆来接我一起吃午饭。S 先生曾是受名古屋市民尊敬和爱戴的名古屋市一位高官，也是一位很和蔼且平易近人的老人(现已去世)。名古屋国际留学生会馆就是 S 先生提议建造的，

第 I 部 　 圆梦

我是第一期入馆的留学生，在开馆仪式上我认识了 S 先生。当 S 先生得知我不会日语竟然离别家乡、离别亲人、孤身一人来日本打拼时很有感慨。他担心我日语不好会感到孤单寂寞，就经常叫他的几个秘书下班或是休息日带我去各处转转，有时他也一同前往。不管到什么地方吃饭也不管有多少人在一起吃饭，全部是他来付款，其余的人连要付款的表示都没有。我一直以为是因为我在场他才不得不付款的，所以感到很过意不去。我问秘书："为什么总是 S 先生付款？是不是因为我在呀？总让 S 先生破费，这多不好意思啊？"秘书笑着告诉我："洛霞，你不用担心，S 先生有的是钱。在日本谁的地位最高、谁最有钱、谁就付款。因为在日本最失礼的事就是地位低的人要抢着去付饭钱。"听了秘书的解释，我的心才安稳下来。

我告诉 S 先生我辞掉了饭店的工作。他说："为什么？"我不想解释那么多，只是说："厨房的工作对我学习日语没有帮助，我想找个日本公司干干，一来学学日语，二来也能了解一下日本的社会。"因为我在水产公司也只能干一个星期，所以也没有告诉 S 先生我现在的工作。他说："要不然你到我家的超市来工作吧？"我说："我再找找看吧。"吃完饭后，S 先生让秘书把车开到他家的超市，他的儿子和儿媳在门口迎接。S 先生对儿子说："这是中国留学生小张，没有工作，让她来这里干。"儿子马上很有礼貌地说："好啊，欢迎。"我马上说："没关系，我再找找看吧。"我之所以拒绝 S 先生的好意，是因为不想给 S 先生添麻烦。因为越是与高官相处越是应该保持一定的距离，像找工作这样的小事目前还大可不必动用他，以后如果我遇见真正解决不了的问题时我再找 S 先生帮忙。后来他常在别人面前夸我是中国的"阿信"，他不止一次地对别人说："洛霞一个人来到日本很不容易。洛霞不想在饭店干，我说让他进我的公司，她还不来，她还要自己找工作。"别人马上附和说："洛霞真了不起。"有的人甚至看玩笑说："洛霞你还找什么工作？让 S 先生一个月给你点钱就足够了，他可是很有钱的。"虽然 S 先生不止一次地对我说过：

打工

"如果有难处就一定告诉我"。但是不到万不得已的时候我是不会对S先生开口的，钱的事我更不会开口。因为在日本打打工就可以解决钱的问题，再有钱的人都不愿意与用他们钱的人交往的。因为这将增加交往的成本和风险。

周一上班后加藤突然来了，他悄悄地问我："洛霞，你找到工作了吗？"我说："还没有？"他说："这附近还有一个水产公司，也需要一名员工，工作内容和这一样，工资是每小时 900 日元，你愿意去吗？"我忙问："我行吗？"加藤说："是对方先说的，对方愿意的。"我听后顿时眉开眼笑，心花怒放，真是"踏破铁鞋无觅处，得来全不费功夫。"这好事儿怎么就这么轻易的降临到我的头上了呢？我终于看到了前方的曙光。

一周之后，我如约来到了新的工作场所。科长姓小匡，我一看：科长正是前几天去找冈本科长的那位客户。

9. 原来如此

小匡所在公司的一个办公室里有近 10 名员工。其中有两位女员工，一位是 50 多岁姓新美、一位是 40 多岁姓秋田。这两位大姐对我很好，新美大姐有时候从家里拿点好吃的点心给我，还送给我一枚金戒指。我搞不懂是什么意思？在日本别人给你东西时是不能拒绝的，我也只得装作很高兴的样子谢谢她并收下戒指，也每天特意戴在手上。她看见后非常的高兴。

小匡科长把我的座位安排在他的旁边，搞得我很不自在。我不知道是为了他方便指导我的工作？还是有什么别的意图？我想在众目睽睽之下，他也不会把我怎么样？于是头几天我还真是有点战战兢兢的，过两天熟悉以后我觉得这有点错怪他了。他真的是为了能够及时的指导我，而不便把我的座位按排在别人的旁边，以防影响别人的工作。

59

小匡科長一开始就让我学接客户电话，这下我很紧张。我连日语还说不好，怎么能接日本人的订单电话呢？小匡鼓励我说："你不要害怕，你如果听不明白，就告诉对方说你是中国留学生，是刚来的，还不熟悉工作，请他们再说一遍。"客户的电话一般都是订货的，刚开始我就是按照小匡科长说的那样接客户的电话。如果我听不懂要求客户再说一遍时，有的客户会笑一笑然后再给我说一遍，有的客户还会给我随便谈上两句，问我是从中国什么地方来的？没有一个客户对我笨拙的日语显示出厌烦的。每当这个时候我发现小匡科长表情挺高兴的，他是不是觉得他的办公室里来了一位中国留学生有点让他的办公室蓬壁生辉呀？的确，当年留学生还是很少的，还是被认为是优秀分子的。有的时候我实在听不懂对方的电话时，小匡科长就会马上接过电话。

就这样每天接打电话，我的日语水平在这里得到了飞快的长进。当我可以几乎没有障碍的和小匡科长进行交谈以后，我问小匡科长为什么愿意让我在这里工作？为什么让我与客户直接打电话？

小匡说："那天我去找冈本，他讲了你的事，我听后很受触动。因为这个工作虽然看着简单，但需要有责任心的，弄错了会很麻烦。我这里也缺这样的员工，前前后后进来了几个女员工，但是大都两三天就辞职不干了。她们觉得神经太紧张，不愿干这样的工作。可是你日语都不太好，还竟敢面试要干这样的工作。我觉得你很了不起，我觉得我应该帮助你克服眼前的困难尽快地提高日语水平。于是我找了加藤，让他问你是否愿意来我这里？"

原来如此啊，我恍然大悟，不知真是天无绝人之路？还是我总遇见贵人相助？总之，我真的很感谢小匡科长，感谢他那救人于危难之中的善良的心。

打工

10.恩将仇报

因为小匡公司只能干到下午三点。于是我又找了一个专卖北海道螃蟹的饭店打工。从下午五点干到晚上九点。工作只是沏茶。因为饭店很大客人也多，就这个沏茶的活也是手脚几乎也没有停过。有一天冈本来小匡公司了，我连忙与他打招呼，因为我从心里还是很感谢冈本的。虽然他只让我在他那干了一个星期，但是没有他那一个星期就没有我今天的工作。

冈本看到我在这里，脸上立刻现出来很不自然的表情。他问小匡科长："洛霞怎么在你这里？她能胜任吗？"只听小匡说："洛霞很努力，现在基本上已经适应了。当初我还以为她干不了两天就会不想干的，因为来我这的人不少都是干不了一个星期就不干了。"对于他们的对话我当时也没多想，只是有点感觉到冈本的表情好像有点不太自在。我还天真的觉得：你冈本不用我，别人用我不是很好吗？我生活有了着落，你也应该为我高兴才是的。

果然第二天，冈本特意打公司电话找我，说想约我吃个饭，还说他没有别的意思，只是想对我正式道个歉。并说："洛霞，很对不起，我当时没有留下你。"我马上说："没有啊，其实是我做得不好，不应该面接时那样说。"我没有答应他的邀请。我并不记恨冈本，因为我确实胜任不了那里的工作。自己硬着头皮呆了一周，已经有点儿不够意思了。真正道谦的应该是我，没想到冈本反而先道歉。

本以为这事就完了，谁知过了两天他又让铃木小姐打电话给我，说要明天晚上请我和铃木一块儿吃饭，然后去看个电影。我越发的搞不明白，我对铃木小姐说："不用啊，再说我晚上还要打工的。"铃木小姐说："是吗？那太遗憾了。"谁知一会儿铃木小姐又打来电话说："冈本科长说看你哪天方便再安排时间，如果你晚上有工作，他可以把晚上的工资付给你，请你无论如何也请一下假吧，不要拒绝啊。"但我还是拒绝了。

61

第Ⅰ部　圆梦

又过了两天，小匡科长对我说："冈本今天打电话给我，让我劝你接受他的邀请，他只是想道歉一下，因为他觉得对不住你，这一段他心里一直为了这个事而感不安。"我说："我不去。"小匡科长问"为什么？"我说："我觉得没有这个必要，如果他正式道歉的话，将搞得我不好意思，我已经对他说过，我没有什么不高兴的。"小匡科长马上笑道："你挺有个性，也挺倔，我挺佩服你。"

其实我当时之所以不去是这样考虑的：第一，我们这一代女性的头脑在九十年代初还是比较封建保守的，不习惯与不太熟悉的男士单独出去吃饭。所以我不想让别的留学生看见我也日本男人单独在饭店吃饭，尽管被看见的概率是很小的，但我心里不想留有这个阴影，我不想在日本留有任何可以对我说三道四的足迹。第二，因当时S先生带我见过不少场面见了不少人，我不认识别人，但别人也许认识我。我不想让任何人觉得，我跟日本男人随便在外头吃饭。这将有失我的尊严。世界上无巧不成书的事太多了。我只想让接触我的任何一个人都知道我是一个非常正派的一个人。S先生虽然经常约我一起吃饭，但都是有他人在场的。第三，我真的不想跟小科长、小部长之类的人打交道，就是吃顿饭我也不想去。因为有第一次就会有第二次的，时间长了容易改变自己的初衷。我需要排除一切干扰来实现我在日本的目标。第四，毕竟是我有错在先，我干吗要去接受别人的道歉呢？第五，因为从小匡公司下班后，我还要去饭店继续打工。所以我真的不想为一顿饭去请假，那可是相当于中国一个月的工资啊。虽然冈本说可以支付我因吃饭而耽误打工的工资，但我这能心安理得的拿这个钱呢？

后来道歉之事终于不了了之。我像没事儿人一样，到了11月小匡公司不忙了，我就主动辞去了工作，因为我觉得哪里并不是忙得非需要我。全力在草君（有关草君的故事可以参看本书第二部分「草君」）所在公司打工。那里工资高，而且可以干得更晚一些。从那以后与加藤、小匡也不常联系，只是每年过年时互相发个贺年卡。

大约过了两三年的一天，加藤突然来找我，说他公司招了一个福建的中国男留学生打工，因为偷街上商店的鞋，被抓住交给了警察，要强制送还回中国。因本人现在精神有点毛病，问我是否能带他坐飞机将他送回中国。我问："路上会有危险吗？会不会打我一顿啊？"加藤说："不会的，入管局都会有安排的，与航空公司也联系好了，他们会管的。只是交给中国家属时需要有会中国语的与家属说明一下。"我欣然应许，并问加藤："冈本科长还好吗？"加藤说："冈本一直对你去小匡那感到很不好意思，不仅与小匡不来往了，于我也几乎断了来往。你不接受他的道歉，他觉得很没有面子，觉得是他把你伤得太狠了，以至于你怎么都不肯原谅他。"

我恍然大悟，觉得自己办了一件"恩将仇报"的事情。更觉得自己成为了一个罪人：搞得他们三个关系也不好了。后来每每想起来这件事，我心里非常地难受。我当时把这个问题太复杂化了，我有点太过于心高气傲了，曲曲的一顿饭怎么就和我的尊严联系上了呢？冈本是善意的，我怎么就没答应他呢？我只考虑到自己的自尊心，怎么就没有想到别人的自尊心呢？我真是太糊涂也太无情了。

后来与别的留学生聊起这事，别人告诉我："日本有男人不欺负女人的文化，日本人觉得女人是弱者，欺负弱者是可耻的。"我听后更加觉得我伤害了冈本的自尊心。因为他想挽回面子，我却没有给他机会。这种心中的懊悔一直在不停地折磨着我。特别是近两年我得以清闲下来后，这种良心上的谴责更是让我心里无法释怀，真是"早知今日、何必当初"啊。这也成了我不可忘却的一个罪过。

11. 打工趣闻

在日本，每年元月一日是日本的大年初一，也就是我们中国所说的"过年"。这一天全国所有公司、商店、饭店几乎全部休息。所以一进入12月份，水产食品加工行业特别忙。

第 I 部　圆梦

　　这时有个离小匡科长公司不远的一个水产包装公司在打工杂志上登要招收只干两周的临时工。工资为一小时一千日元。因学校已经放寒假了，我报名前往。

　　员工全部是女的，大都是家庭主妇，各人可以根据自己的情况随便选择干多长时间。活到是不重，只是将一些水产品摆放入白色的泡沫盒子里，盖上塑料薄膜即可，也就是水产品进入超市的前段准备工作。包装很精致也很漂亮，所以这个工作也是不错的，只是要一直站着。

　　我选择干八个小时，刚开始时腰疼得真是受不了，可是我看到一位八十多岁的老太太也和我一样一天干八个小时，而且没有显示出一点的疲劳，所以我想我还是坚持吧。老太太很乐观，每天谈笑风生，还骑自行车上下班，偶然也会给我带点东西吃。中午大家都是在公司吃自己带的盒饭，只是轮班做一下日本人每天必喝的酱汤。

　　工作时大家可以一边干着手中的活一边说着闲话。基本上也是东家长西家短的事，也有一些婆媳之间的事儿，我听着也挺有意思。有一天干活时，我旁边的一位妇女说她今天要早点回去，因为今天是女婿过生日要来她家里吃饭。我问她："你女婿到你家里帮你干活吗？"她马上笑着摇摇头说："不干不干，一进门就说今天是自己的生日，问有什么好吃的没有？然后就坐在那里一动不动了。"我想起中国的女婿都是在丈母娘家拼命的干活、拼命的表现、所以真的是文化不同啊。估计中国的丈母娘是不会给女婿过生日的吧？

　　在干活中我发现这些女人中总有那么一两个人不太受大家待见，大家都不太愿意与这一两个人说话。当她们知道我也是一位家庭主妇，却可以扔下丈夫孩子自己出国求学，她们显示出了无比的羡慕。又因为我是名牌大学的学生，她们都对我很尊敬，让我非常感动。

　　两周后在我即将离开这里的最后一天，为了答谢她们，我特意从家里带来调好的饺子馅儿以及和好的面，在中午时抽空给她们包了一顿饺子。虽然她们每人只吃到了几个，但这是我的一点心意，因为她们对我太好了。

因为当时比较忙，活还是赶不出来，所以公司又特意招来一大帮子大学生还有高中生来打夜工，可以从晚上 7 点打到夜里 12 点。因这时草君的公司也不是很忙了，于是我就暂时在草君公司休息几天来这干几天。

我印象中日本公司管理很严，员工也都是尽职尽责认真工作的。可是晚上在这里打工时，木村科长交待一下任务后就不见了踪影，晚上一直是一位六十多岁的男员工带着学生们干活，还兼任管理考勤。他带着一副老花镜、走路微驼着背、面部表情十分的和善。

这些大学生十分的调皮。嘻嘻哈哈、说说笑笑、打打闹闹的，连我都觉得看不下去，可是男员工一点也不生气，一直哄着孩子们干活。有一天有个调皮的男孩还将塑料薄膜用胶带贴在男员工背后衣服的下摆处，男员工一走动，那个塑料薄膜就会飞起来，惹得孩子们一个个笑得前仰后合。

我在日本 20 多年，从来没有见日本的电视剧和电影中描述有这样宽松温馨的工作场地，我曾经不止一次地对朋友们说："我真的想写一本有关我眼中日本的书，想告诉人们一个真正的日本。"

12. 尘埃落定

在这打夜工时，我发现楼上有两层每晚灯火通明的。我非常好奇，虽然我知道日本公司经常加班，但怎么会加到这么晚呢？于是有一天我跑到楼上去看了一下，这一看不当紧：它使我的打工生涯尘埃落定。

我当时看到很大的办公室里（大概有 300 多平方米），有四、五十个员工每人面前一台电脑在那里打字，有三分之一还是女职员。女员工都穿着漂亮的员工制服，增加了几分妩媚。我想这一定也是

第Ⅰ部　圆梦

小匡科长公司里的那种工作。只是这个公司比较大，估计工作量很大，才使员工们晚上也上班。

第二天晚上干活时我见到木村科长，拜托他能否帮我问问楼上是否需要打工的，我告诉他我曾经做过这样的工作。

木村中等个子带一副眼镜，对我一直很客气，所以他欣然应允。于是包装水产品的工作彻底结束后，我终于登上了楼上的宝座。新年过后的一月底我辞掉了一切的临时工作，白天黑夜都在这打工。

这里的工作环境漂亮轻松，不忙时也可以说说笑笑。这是我在日本干得时间最长、最为满意的一份工作。特别是我每天穿着公司员工制服，坐在电脑前感到非常地自豪，觉得自己也挺了不起。因为我当年在中国时，就曾看到电视上经常有日本东芝公司做的广告。广告里年轻漂亮的女员工身着漂亮的员工服让我无比的羡慕。当年我们矿山厂发的员工服真的是臃肿而肥大，我一次也没有穿过。

后来我住的留学生会馆里住进了一位南京某医院的副院长，他是公费来研修一年的。谈话中得知他每天工作完了以后，偷偷地在饭店里洗碗。我听后心里感到很酸楚，堂堂的一个医院副院长怎么能干洗碗的活呢？于是我把他介绍进了公司，并向科长保证我一定教会他。后来又有一位读博士的朋友也经我的介绍进了这个公司，他一直干到回国，他后来在北京的一所大学博士站负责指导博士。他也是公费生，曾在某年中国全国硕士研究生考试中荣登状元宝座。

1992年8月我把二哥办到了日本留学，我第二天就带着二哥进了这家公司打工。二哥也为这里舒适的工作感到非常地惊讶而满意。二哥在日本六年一直只干了这个工作，从来没有再去找别的工作。前人栽树后人乘凉，我们每个人都应该在自己力所能及的情况下帮助别人，就像当初日本朋友帮助我那样。

后来我在读博士期间的1998年，发现读博士的中国人可以有资格到大学当中文代课老师（日本称为"非常勤讲师"，也可以说是一种高级打工吧）。于是我找到N大学外国语学部的仲老师，托他帮我

66

打工

打听一下哪个大学需要中文代课老师？果然几天后仲老师告诉我一所大学需要教中文的老师，只是一周只有一节课，问我是否愿意去？我听后立刻答应，经过大学面试，成为了大学的一名中文代课老师。

面试完回到家后，我又对我丈夫发出狂言："一年以后我一定要将这个非字去掉，当一名常勤教师（也就是大学正式教师）。"果然功夫不负有心人，一年以后的1999年3月我博士毕业，4月1日正式从校长那里接到了这所大学的正教员终身聘用书，彻底结束了我在日本的打工生涯，这所大学就是我现在一直所在的大学。

我当初只身一人出国到日本前，我就曾对我丈夫说："我一年之内一定把你也办到日本，否则我就回国。"后来我真的是一年之内把丈夫带到了日本，也实现了把两个哥哥也办到日本的狂言。发狂言的确是很潇洒、很来劲、很痛快，但是一定要为了实现这个狂言而有计划有步骤地去努力、去奋斗。否则就是乱发了。

我所认识的名古屋一个大公司的近藤社长与我的大学校长认识。他们都属于名古屋的名人。近藤社长知道我在这个大学工作以后，还对我的校长说："你招进了一名很好的员工。"

13. 好人坏人

以上是从我初到日本打工一直到当了大学正式教员时所遇到的一些颇有故事性的事。我的丈夫和二哥来到日本后在打工上由于我的帮助虽然顺风顺水，但他们不仅失去了独闯日本的乐趣、更为重要的是他们失去了在异国他乡锻炼自己的机会。

如果说我的打工过程是一个摸索着前进的过程的话，我后来在读书时获得最高奖学金、以及能正式当大学老师的经历，都充分显示出了我对问题的预见性和主动性，这些预见性和主动性都源于我曾有过打工这段很好的锻炼经历。

我们经常会谈论起"好人"和"坏人"、"好事"和"坏事"。其

67

第 I 部　圆梦

实有些时候真的是所谓的"坏人"以及"坏事"促使了你的成功，是这些人和事使你有了逃出这种环境的勇气、有了要比他们混得好要上进的动力，所以我们任何时候都不要埋怨任何人和事。因为"好人"和"坏人"、"好事"和"坏事"，真的是相对的而不是绝对的。回想起我的一生所经历的事以及所接触的人，我觉得没有一件是坏事，也没有一个坏人。我自己对自己曾有过这样的评价：我不是一个聪明的人，但我是一个将只有1%希望的事去做百分之百努力的人、也是一个把"坏人坏事"也当做"好人好事"去对待的人。

后来我当了大学老师后，小匡科长也退休了。有时候他会来我家坐坐吃顿饭。有一次正好我的几个女学生在我家玩，小匡也凑巧来了。他对我的学生们说："你们的张老师可是个了不起的人"。小匡特别喜欢中国，还跟着我丈夫去中国的新疆旅游一次，也跟着我以及我的学生来洛阳一次，当时洛阳电视台和报纸都做了报道。

大约是七、八年前吧。有一天小匡来到我家说他的二女儿今年在名古屋大学读研。并强调他女儿是听了我的故事后决定读研的。并让我能否有空与他二女儿见个面，指导他女儿一些写论文的要领。我欣然应允，因当时我正值要回中国，我答应他等我从中国回来以后吧。从中国回来后，我打开我家的录音电话，一个女孩低沉的声音出现了，是小匡课长的二女儿打来的电话。说他的父亲本周四因突发脑溢血而去世了。我听后非常吃惊，站在那半天没有动。我怎么也没想到，上次竟然是我和小匡见的最后一面。如果当年没有小匡科长收留了我，我也许不会找到后面那么称心如意的工作。我同时又感到非常的遗憾：小匡科长最终没能看到我和他的女儿见面。

我时常在想，小匡科长上次与我见最后一面时为什么提出让我指导一下他的女儿的话？这是不是就是迷信里所说的：人在临死之前总要交代一下自己想办的事呢？所以我现在不敢对家里的任何事作交待。

（写于 2017 年 10 月 5 日）

雪

我小的时候就喜欢雪。不仅因为雪景非常地好看、非常地迷人、也因为我小的时候是黑五类孩子，只有在下雪的时候街坊小朋友才会和我一起玩"打雪仗"或是"堆雪人"。

1. 女儿叫雪

1984 年 1 月底，我的第一个孩子出生了，是个女孩。公婆都是文化程度不很高的人，就告诉我说："你父母都是很有文化的人，让姥爷姥姥给孩子起个名吧。"我父母也确实想了几个名字，但我喜欢雪，而且我丈夫姓窦，我觉得"傲霜斗雪"这句话一来有诗意、二来我希望我的女儿美丽而坚强，于是我就给女儿起名：窦雪。

窦雪大眼小嘴长得非常地可爱，更难得的是：她皮肤白嫩加上自来卷的头发，看起来真的象画书里面的洋娃娃而惹人喜爱。当时我在学校工作，老师们都说："洛霞真会给孩子起名字，叫个'雪'，果然孩子皮肤白的跟雪一样啊。"熟人朋友们也常念叨："这孩子巧长，比父母都好看，取父母两人的优点啊。"我丈夫听后总是对我说："难道咱俩长得就这么丑吗？"

有一次窦雪 3 岁时把跑在前面的一个小女孩撞倒了，对方母亲一把抓过小雪正要发火，一看是个如此可爱的女娃娃，立刻止住了怒气，马上说："诶，这小孩怎么长的这么好看？搞得我也不忍心说她了。"还一个劲地对连忙跑过来的我说："你女儿怎么这么漂亮？我从来没见过这么漂亮的小女孩。"

69

2. 尽早自立

我在家排行老五，上面的一个姐姐和三个哥哥的孩子都是男孩，只有我的窦雪是个女孩。姥爷姥姥很喜欢窦雪，惹得我三嫂有时候还跟我开玩笑说："我们是个儿子也不如你们的女儿啊。"丈夫对女儿溺爱有加，我不得不提醒他，可他总是说："女孩子吗，应该疼的。"我们学校的一个教物理的老师也对我说："窦雪他爸太疼孩子了，我们家是个男孩，我老公也没象窦雪他爸那样。"但是我很清楚一个女孩子应该怎样的生活？特别是一个漂亮的女孩子应该怎样的生活？

窦雪一岁时上幼儿园了，从幼儿园大门到幼儿园教室大概有 50 米的路程，我丈夫总是一直抱着女儿把她送到教室里。而我是头一次送她时就一进幼儿园大门后马上把她放下，让她自己走进教室。我在后面看着她直到她走进教室。

我当时告诉她："你自己的路要自己走，否则妈妈离开你不放心。"尽管她还不明白我说的话的意思，但她还是走两步回一下头地很不情愿地往前走着。后来她习惯了，一进幼儿园大门就高兴地自己跑进去了。其实当时我并没有要出国的打算，因为当时还不允许私自出国，但我总有一种我将来要出去闯荡的预感。所以我希望我的女儿从小就能尽早独立，以便免去我的后顾之忧。后来我果然在女儿五岁时孤身去了日本，验证了我的预感。

后来窦雪的人生轨迹也充分证明了我对她的这种"早期独立教育"确实培养了她坚强的性格、果断的决策。她之所以在 28 岁时就成为了一名博士、一位日本名牌大学的正式教员、一个母亲，我的功劳也是"不可磨灭"的。

3. 小留学生

1990 年元月我作为自费留学生来到了名古屋。窦雪与爸爸在洛阳相依为命（因为我母亲和婆婆都已经在窦雪一岁半的时间里相继去世了），期待着全家的团圆。

当时国际电话费很贵，我们夫妻只有书信来往。我因住在矿山厂中学校内，所以我写的信也总是发往矿山厂中学的传达室里。丈夫经常傍晚一边做着饭一边对女儿说："小雪，去传达室看看有没有妈妈的来信？"父女俩那种期待全家重逢的表情我虽然未能亲眼目睹，但其中滋味可想而知：一种对未来生活的向往是可以抵御任何艰辛的。

在窦雪幼小的心灵里，爸爸的存在多于了妈妈，她对妈妈的事模糊起来。其实对一个幼年的孩子来说，他（她）只需要大人在身边的那种安全感，而不是对物质的欲望感。

1991 年 1 月我丈夫也以私费留学生的身份来到了我的身边。就把窦雪暂时放在了姥爷那里。92 年 2 月窦雪终于来到了父母身边，只是父母二人当时白天要上学、下课还要打工、等父母劳累一天回到家时窦雪经常已经进入了梦想。

窦雪进入了小学三年级，成了一名小留学生。虽然语言不通但她从不害怕，上学的第二天她发现同班的女同学都穿着裙子上学，她回家就把棉裤脱掉，象日本孩子一样光着两条小腿去上学。他的班主任坪井老师特地买了本【中国语会话】的书开始学中文，以求可以与窦雪尽快构通。

当时正值冬天，怕孩子一个人在家不安全，就让她放学后去学校的"学童班"呆一会儿，可是"学童班"有些孩子笑话她不会日语，她再也不愿去了。我家邻居一楼的一个阿姨见她孤单，就时不时地到我家来陪陪她说说话。有时楼下有小孩在玩，她先是在旁边静静地看着她们，几天后终于与她们结成了伙伴。

小孩子日语学得快，来日本名古屋四个月后窦雪就自己坐着高铁新干线去东京的日本朋友须藤夫妇家去玩了。须藤夫妇是当年我在洛阳的"白马寺"认识的一对日本人夫妇。

第 I 部　圆梦

有一天学校老师让学生写一下"你最希望的一件事"，窦雪写道："我最希望和爸爸妈妈一起吃早饭"。当时因为我们天天打工，晚上回来得晚，早上起不来，就总是把早饭准备好，让窦雪自己在微波炉里面热一下。

还有一次学校的作文题目是"我的妈妈"，窦雪第一句就写到："我的爸爸是妈妈"。老师还给这句话打了一个大圈表示写得好。后来丈夫看到女儿的这句话竟然流出了眼泪，直到现在丈夫一说起女儿总要说出这句话，而且还时常要流泪。其实我看到这句话时心情是很复杂的：难道我不像个妈妈吗？为了这个家我并没有贪图安逸、更没有追求吃喝玩乐。为了改变家里的现状，为了给女儿创造一个好的环境，我不怕吃苦顶天立地承担家庭的一切，我吃的苦又有谁能理解呢？但是这一切都是我情愿的，所以我不会计较女儿的偏见、更不想与丈夫争执这些、一切都是我自愿的。所以我也不想对窦雪讲明这些。只想等她自己当了妈妈以后自己再去审视一下她的母亲吧，因为母亲对孩子的心是一样的，母亲对家庭的责任也是一样的。

4. 自做盒饭

窦雪上小学六年级时，妈妈要生弟弟了。医院里只有爸爸一人陪着妈妈。我提前半个月住进了医院，几天来丈夫也是家里、医院、大学三点一线地忙碌着。

弟弟诞生的那天下午，丈夫估计累坏了，吃的东西都吐了出来，几乎走不动了。丈夫爬在我的床沿上陪着等待弟弟的降生，我看着丈夫心里也很着急。我自从怀上弟弟后没有耽误一天的课（就连我的指导教授也不知我要生孩子了），也没有耽误一天的打工，直到预产期前半个月才辞掉了工作。因为我们在日本的经济积累是从零开始的，不咬咬牙坚持是不行的。

下午五点多弟弟终于平安降生，丈夫马上回家带窦雪到医院来看弟弟。看着窦雪这几天因为缺人照顾有些瘦，又想到我和丈夫以后更不会有太多的时间照顾她，我心中一酸掉下泪来。

过了半年后，窦雪上初中了。丈夫修士毕业参加了工作。由于日本中学没有午饭，学生中午只有吃自己带的盒饭。我早上要照顾弟弟，忙完后又要马上赶到学校上课（我当时读博士一年级），所以窦雪初中整个三年的盒饭都是她每天早上早起自己做的，有时还经常给上班的爸爸也做一份。一个 12 岁的女孩过早地承担了家务的一部分，这一点也使得窦雪过早地知道了父母的艰辛以及全家团结一心战胜困难的乐趣。为她大学毕业孤身一人去美国留学并成就不菲打下了坚实的基础。

5. 自食其力

窦雪上高中后，盒饭不用说还是每天自己做，我也进入了写博士论文的期间。因为我拿到了日本文部省奖学金，所以我可以不用打工专心做学问了。我经常是白天要忙着带儿子做家务，晚上才可以静下心来看书写东西，直到凌晨五、六点才开始睡下也是常有的事。对家庭生活的满足以及对学问孜孜以求的快乐，使我每天过得非常的愉快，身体也是极其的健康。现在想起来真的不知道当时怎么这么有体力。

虽然家里经济状况稳定了，但是窦雪在高一高二放学后都去麦当劳店打工（按日本规定高中生是可以打工的），她用自己的钱支付她想买的东西，从不向我们要一分钱。我们也只有过年时给她一份"压岁钱"。

窦雪读高三时便辞工专心准备考大学了。日本高中都有升学指导，学校的老师比我们家长清楚窦雪应该考什么样的学校。说实在话当时我和丈夫对日本的大学还真的不是很了解，我直到看见窦雪的国立大学的入学通知书才明白她要学什么了。一切的一切都是她

第 I 部　圆梦

自作主张、自己选择的。她学的是理工科的社会信息管理。

窦雪上大学一年级时，我正式成为了一名大学教员，我丈夫也在几个大学担任非常勤教员。家里买了车、买了房、一举进入了日本中等偏上收入的阶层。

窦雪依然在打工，只是做起了家庭教师和公司内的英文翻译。她的大学毕业论文比我的修士毕业论文写得还长，老师笑称她是：努力过头了。她打工做翻译的公司是名古屋一家有名的大公司，特地托人到我家来要求窦雪大学毕业以后能去公司就职。我听后非常的高兴，正千谢万谢朋友时，窦雪却说她不想马上工作。我的朋友问她为什么？她说："我想像我妈那样自己到一个陌生的国家去留学，去体验一下一个人出外闯荡的经历。"我这才恍然大悟，原来窦雪已经有了去美国留学读研的打算，而且她似乎已经联系好了学校和导师，正准备导师回信后再告诉我们。由此可见，女儿并没有记恨父母在她幼小时所不能给予她的东西，她只记住了母亲单枪匹马闯东洋的经历，估计也记住了父母吃的苦。

6.　雪，我的爱

窦雪在美国留学六年，除了第一年我支付了 300 万日元（约合 18 万人民币）的学费和生活费以外，其余的五年都是她自己申请到了奖学金而度过的，没用过家里的一分钱。她读博士的宾夕法尼亚州立大学为了招收窦雪，还特意为她提高了奖学金金额，因为当时窦雪正在两个大学中选择和犹豫。

窦雪一路顺风读完了博士课程后马上应聘到了日本的一流大学：庆应大学当了一名教师。那年她 28 岁，她的女儿也已经半岁了。

在这 6 年间窦雪虽然经历了结婚和生孩子，但这些全然没有挡住她前进的步伐。当然了她找对象的条件、结婚时机、生孩子的计划等都是参考了我的意见的。因为我亲自经历了这些过程。所以我完全有资格告诉她应该如何把握时机？以求在极短的时间里获得极大的收获。特别是一个女人在事业与家庭上应该怎样完美完整地计划自己的人生，我觉得我还是有发言权的。

回想起来，窦雪八岁来到日本时我们夫妻从一无所有开始即要打工交学费、又要糊口养孩子。夫妻二人因一直在日本打拼，从物质上时间上都没能很好的照顾她，也让她吃了不少苦啊。

窦雪，我心爱的女儿，妈妈永远爱你。

（写于 2016 年 12 月 1 日）

第 I 部　圆梦

博

　　文博是我的第二个孩子，也是我的儿子。他对自己出生在日本并没有感到有什么特殊之处，全然感觉不到他几乎完全有可能来不到这个世界上，这是因为他的出生必须是建立在两个缺一不可的条件之上的。为了让他记住这两个条件，我把这两个条件刻在了他的名字里。

1. 生男生女

　　在中国"只生一个好"的独生之女政策下，生男生女一直是婚后女人们热衷的话题。当怀孕之后，生个男孩好还是女孩好？又困扰着每一位孕妇。在 B 超判别胎儿性别还不流行的年代里，几乎一半以上的女人为了保险起见都喜欢说："我喜欢女孩，生个女孩才好的。"可是当她们生下的是个男孩时，脸上的喜悦是不曾有过的，口气马上一转，架子也随之大了起来，立刻有一种是婆家的功臣的感觉。而大多生了女孩的媳妇多少有点自卑而逐渐自发地远离婆家。所以"母以子为贵"这个几千年的"重男轻女"观念就象流入女人血液中的精髓一样，是女子价值观的一种体现。这个观念根深蒂固，不是轻易就不见了踪影了的。

　　当然了，在进入了高房价的时代之后，这个观念多少有点改变，更随着女人经济地位和社会地位的巩固，"养儿防老"的观念已渐渐失去市场，"养儿负重"的现实有点让人望而生畏。于是真心希望生个女儿的女人可能也多起来了。

　　1990 年元月我办好了手续要到日本了。当年留学签证的有效期都是只有一年。由于洛阳当年自费出国到日本留学的人几乎没有，有关日本情况的消息很闭塞，所以我以为我在日本只能呆一年。到了日本以后才知道不仅签证可以延长，而且还能在这里读书、工作、还可以生孩子。

我在中国时第一个孩子是女儿，知道了在日本可以生孩子之后，想生个儿子的念头便占据了我的头脑，因为我脑子里总是留有母亲说她这辈子"儿女双全"时脸上所流露出的喜悦和自豪的表情。

但是由于我当时在日本的经济积累是从零开始的。而且当时在日本打一天工的工资相当于中国两、三个月的工资，这可是太诱人了。所以如果生孩子就不能打工，这是一个矛盾。也就是说，叫我放弃挣钱的机会去生孩子，我也是不情愿的，因为我是一个追求以最小的成本获得最大利益的一个人。

2. 遥遥无期

为了第二年能把丈夫也办到日本，我必须要攒够两个人的学费。所以我每天打两份工，一天工作十四个小时。因为劳累再加上省吃俭用而造成的营养不足，有一天我骑自行车去打工的路上途径名古屋地铁"上前津"车站第十号出站口附近时一下子晕倒了，膝盖也摔出了血，我用手纸止住血之后忍痛坚持打工。由于摔伤的地方没有及时消毒处理，第二天开始化脓。因为去医院又要花钱、又要耽误打工，所以我当晚自己用盐水把伤口进行一下消毒，用针挑破皮将脓彻底挤干净后，抹点牙膏算是治好了腿上的伤。

第二年丈夫到了日本。夫妻俩齐心协力，一年中没有休息一天坚持打工，第三年将女儿和二哥也办到了日本。这种日夜兼程般的日子是不能要孩子的，因为还得考虑要"优生"。第四年也就是1993年的 4 月我考上了 N 大学经营学研究科硕士课程，丈夫也进了一家日本小公司成了一名正式员工。我仍然是一边读书一边打工，家里的经济状况得到了改善。

N 大学是日本中部地区的名校，以英语堪能而著称。不仅入学考试要考两个课目的英语论文，而且在硕士课程学习的两年中，还必须再考两门功课的英语论文才有资格提交修士学位论文。这个硬条件使得不少中国留学生望而生畏，也使得 N 大学修士生人数少之又少。

名校的老师要求是很严格的，一位先辈曾经这样对我说："这个大学的修士论文不脱一层皮是过不了关的。"吓得我别说生孩子了，自己的皮能否保住都不知道了，于是生孩子的事看来是"遥遥无期"了。

3. 母亲助我

日本新学年是从四月一日开始算的。所以 1993 年 4 月 1 日修士新生入学式开完后，先辈们为我们开欢迎会。我才知这里留学生果然不多，其中有一位中国男青年在读修士二年级。从他的交谈中得知他去年拿了每月六万八千日元的修士学习奖励金，今年打算申请最高金额每月十八万多的日本文部科学省奖学金，而且学费全免。文部科学省简称文部省，类似于中国的教育部。我问他可否有把握？他说他老婆孩子都住在名古屋，应该可以吧。

这真是太有魅力了，因为申请时需要提交前一年的学习成绩，所以只有上修士二年级时才可以申请，而且年龄必须是 35 岁以下。

由于我的入学考试成绩不错，所以我读修士一年级时也很轻松地拿到了每月六万八千日元的学习奖励金。我仍然过着一边上学一边打工的生活，尽管很忙但生活得很充实。同时我也开始考虑如何在第二年可以拿到文部省的最高奖学金。如果按年头算，我第二年将是 35 岁没有资格，但日本是按实际出生月份算年龄，所以明年四月申请时我离 35 岁还差四个月，是有资格的。真是天助我也、母亲助我也。如果当年母亲是四月以前生的我的话，我将与文部省奖学金失之交臂。也可能选择去工作而不继续读博士了。因为读博士代价太大了。

日本的学制是大学四年、修士两年、博士三年。按文部省规定：如果读修士时获得文部省奖学金者继续上博士的话，其奖学金可自动延长。这可真是太好了，拿最高学位不仅是我的愿望，也使我可以好好的报当年高考录取不走运的一箭之"仇"。再则可以在博士一年级时生个孩子。因为高额的奖学金使我完全不用再去打工了，只专心做学问就可以了。

于是我做出了大胆的计划。第一先让丈夫明年辞职也在 N 大学上学准备考修士。这样做一是可以加大我的家庭经济困难度、强调我申请的理由。二是我丈夫来日本之前也是数学老师、不能到了国外反而一辈子当一个工人。出国是为了把自己的生活安排得更好，让自己在各方面都能上一层楼，所以让丈夫也能拿个修士学位是应该的。第二我得努力学习创造出好的成绩，以加大我将来是有前途的可能性。学习对于我来说我从没怕过，再加上我是数学专业毕业的，学习经济理论、经济模式还是很拿手的。

于是我信心百倍，踌躇满志。10月份丈夫正式向公司递交了辞职申请。我也为丈夫找到了一位愿意明年接收我丈夫作学部研究生的导师，并办好了他第二年四月的入学手续。

4. 十字路口

第二年四月我丈夫又回到了学校上学，夫妻二人又回到了刚来日本时那样一起上学，一起打工，一起回家的生活。女儿在日本小学上学，一家三口人三个学生，生活清苦而快乐。

进入四月下旬以后，各种留学生奖学金开始募集。我到大学学生课去要文部省奖学金申请资料。

当时负责留学生工作的是一个叫西尾的男青年，人非常和善，每天西装领带的头发梳得没有一根不到位。他对我说："洛霞，文部

79

第 I 部　圆梦

省奖学金太难得到了，我到这个学校工作 12 年至今还没有一个人拿到。你看这里有每月十万元的也不错，概率比较大，或者你还申请每月七万的，肯定能拿上。"

听他这么一说，我才知道那个中国男青年没有拿到文部省奖学金。因为一个学生只能申请一个奖学金，而且文部省奖学金的审查时间最长，审查结果发的最晚。如果拿不到的话，10 万和 7 万奖学金的申请日期已过，只剩一个每月四万的奖学金还可以申请。这就是现实。

如果单从 18 万多和 10 万来选择的话，差别也不是很大。但是文部省奖学金不仅可以一直拿到博士毕业，而且每年的学费也是百分之百的全免，另外每年还有住房补助和研究旅费津帖。而 10 万是只能拿一年，学费自付。可是如果文部省奖学金拿不到的话，就只能拿每月四万的了。在这个十字路口，我应该如何选择呢？

我分析了我的条件，我坚信"事在人为"。在当时出国还是很困难的情况下，我竟然能够完全依靠自己的力量走出了国门。那么这个高额奖学金，我也应该挑战一下。人生能有几次挑战的机会呢？另外，我是一个能够把一件小事都做得很好的心细之人、又是一个善于把只有 1% 的希望的事去做 100% 努力的善于筹划、认真踏实的人，我有了这两块法宝，我还怕什么呢？于是我坚信地告诉西尾：我只申请文部省奖学金。

5. 钢用刀刃

能否拿到奖学金？指导教授的推荐信是十分重要的。当然了，有些金额少的奖学金是不需要教授的推荐信的。文部省奖学金也不例外，他不仅需要教授的推荐信、还需学生所在学部部长的面试。

日本人对待工作一贯是谨慎、严格、而且从来不询私情。即使平时看着关系很好的同事，在关键时刻也不会去为了对方而去违背原则做事。所以要想让教授写出一篇好的推荐信，首先一定要让教授觉得你是一个有培养前途、并且优秀的学生。

当年我在选指导教授的时候我就遵循了一个原则：我一定要选一位对学生要求严格的、在学术上很出名的教授，这样对我有好处。因为在国外教授的地位非常高，企业也非常重视由知名教授培养出来的学生。

我的指导教授是一个留美归国经济学博士，不到40岁就已晋升为教授了。他在利用数学模型探讨流通经济问题这个领域里属于日本学术界的开拓者。只是他性格上多少有点古怪，而不像别的老师那样随和、友善，所以他身边没有一个学生跟他学习。当然了，他要求学生必须精通微积分，所以不少学生望而生畏。可是我选择了他，因为我大学学的就是数学专业，微积分更是我的强项。但我在给我丈夫找指导教授的时候我却给他找了一位很和善的教授。因为对于我丈夫来说，我只希望他能够毕业拿到学位足矣，而至于我是既要有学位又要有事业、更要在家挑大梁的人。其实夫妻二人为了家为了孩子，谁能干谁就应该多干点，不必计效谁干的多少？谁是否有本事？所以我愿意去经受狂风暴雨、风吹雨打，我得让严厉的教授把我锻练成才。

现在回想起来，我当年的选择真的是太对了。我现在自己都不知道我当年怎么会有这么多的独特的想法？

有一次上课，教授发给我们他自己些的文章里，我看出了一点数学小问题，是一个选择取值范围的小问题。如果是平时我也不想说出来，因为日本学生一般不愿显露自己，自己明白就可以了。但是我觉得我得让教授知道我是一个数学底子很厚的学生，以增加导师的信心。好钢得用在刀刃上啊，现在不显露自己更待何时？于是下课后我壮着胆子给教授讲了我的看法，果然教授没有想到我看文章看得如此仔细，非常高兴。第二天，他马上将他准备出版的一本书的原稿交给我让我给他确认一下里面的数学算式。看来教授的推荐

81

信是不会有问题了，我在中国学的数学也没白学啊。

过了两天当我要求教授能否为我写一封推荐信时，他二话没说，还马上说："如果能拿到就好了，你可以专心学习了。"现在看来，一个人为人处事应该谦虚，但在重要关头也要勇敢的站出来显示自己的才能。

6. 大言不惭

教授推荐信的问题解决了之后，下一个问题就是申请资料里还要求要写一份"课题研究计划书"。这个计划书可是比教授推荐信还要重要，以判断是否有必要支付申请者这个奖学金来实现研究计划。

我觉得一份研究计划书的题目是画龙点睛之处。特别是对于学习文科的学生来说，与理科学生的竞争是处于弱势的。所以我必须在题目制定上要有绝对的优势。

我的专业是流通经济学。主要研究产品从生产者到消费者之间的流通如何可以更加有效的进行？其流通渠道应该怎样布局？

中国一直是计划经济，随着 1992 年邓小平南巡讲话后，中国才开始积极地导入市场经济。但有关中国流通领域的研究，当时对国内外的研究学者来说还是一门新学科，在这方面的人才是稀缺的。

于是我大言不惭地写下了我的研究课题"构筑中国的流通体制"并脸不红心不跳地将资料备齐后交给了西尾。西尾笑了笑说："但愿你能如愿"。

下一个要攻克的难关就是学部部长的面试了。这过五关斩六将的什么时候是个头啊？我当时对专业知识才学了一年，知识方面知道的还是很少的。我一直担心：如果问我专业上的事，我还真答不上几句。我还想部长会不会觉得我的研究课题题目太大、是不可能实现的而不搭理我啊？因为这个课题在当时来说简直就是制造流通界的一个原子弹，不仅后来我没有造出来，就是到现在也没人能够清楚地构筑出中国的流通体制来。随着互联网的普及，网购如洪水猛兽般的冲击着原始店铺，这个流通就变得更加包罗万象、扑朔迷离的了。

但是怕也没有用，丑媳妇迟早要见公婆的。到时候看情况随机应变吧。于是面试那天我壮着胆子走进了面试室。

一对一的面接气氛倒没有显得非常紧张，部长很和气，全然没有高高在上的感觉，我松了一口气。部长简单地问了我一下目前的家庭情况，然后就一个劲的说："你要构筑中国的流通体制，这太了不起了，你真不得了。"还说："你的这个计划非常好，我们学校会全力的推荐你，我们学校到目前还没有一个人拿到过文部省奖学金，这回我们也争取得一个"面试很轻松地结束了，我松了一口气。部长对专业上的事儿一句没问，我是白白地虚惊了一场。那与其说是面接，不如说是部长对我的赞扬。我回家后又对丈夫大放厥词地说："万事俱备只欠东风，等着看结果吧。"

该做的努力我都已经做过了，我顿感轻松，有种胜利在望的感觉。

7. 再做筹划

1994 年 6 月 2 日的傍晚，丈夫班上的德国留学生女同学阿米亚来我家吃饭。席间忽然电话铃响了，"喂，我是西尾，是洛霞吗？"一听到西尾那神彩飞扬的声音，我知道一定是有关奖学金的通知，而且我拿到了。我连忙说："我是张洛霞"。接着西尾告诉我说：今天学校接到了文部科学省发来的我的奖学金通知书，让我明天去学校领通知书并办一下相关手续。

西尾说了好几遍："恭喜你，太好了，太好了。"最后还不忘他曾经有过的劝阻而道歉式的说："洛霞，我真的为你高兴，真没想到啊，当初我还劝你不要报这个奖学金，真是对不起了。"我连忙按日本人的习惯说道："哪里哪里，真是托了你的福，谢谢你。"放下电话后，我告诉正在喝酒的丈夫和阿米亚，我拿到了文部省奖学金。阿米亚"啊"的一声表示惊讶，继而又马上向我敬酒祝贺，然后马上又问我"洛霞，这么一件大好事，怎么没见你激动啊？要是我，可高兴死了。"丈夫马上说："我妻子早已预料到她可以拿到了。"阿米亚更加瞪圆了眼睛："是吗，洛霞你太厉害了，了不起。"

第二天，我象个胜利的将军一样高兴地来到了学校。领到了那张"文部科学省奖学金通知书"。因为我已是修士二年级了，所以奖学金发放期间是从 1994 年 4 月到 1995 年 3 月为止，期限是一年，而且一年的学费也将由文部科学省直接发给学校，并由学校将我已支付的第二年学费退还给我。同时我的身份也由私费留学生变成了国家公费留学生。

坐公交车回家的路上，我又开始盘算了。日本大学院一期分两次招生，分别为前一年的 10 月和当年的二月。我拿到了文部科学省奖学金，我如果明年继续上博士的话，又可以连续再拿三年。这可真是天大的好事啊。所以我得今年 10 月先考博士，考不上的话明年二月份还有一次机会再考。再考不上的话就只有去找工作了。一是签证无法延长，二是没有文部科学省奖学金，这又是要交学费又没时间打工，而且年龄也大了，读出来也难以找到工作。

回家后，我告诉了丈夫我的打算："我争取今年 10 月考上博士。只要已一录取我们马上就要孩子，正好可以赶在明年博士一年级的暑假生孩子，不用休学。如果这次考不上明年二月可以考上的话，再考虑何时要孩子。如果全盘皆输的话，咱就认命这辈子不再要孩子了。"丈夫很支持、也很兴奋、表示坚决一切行动听指挥，让做什么就做什么。

8. 势在必得

于是我一边开始写修士毕业论文、一边开始准备十月的博士考试、一边盘算着什么时候去把"节育环"去掉。听说有的人取环时会引起大出血，我决定八月放暑假时回中国去取。因为"解铃还须系铃人"吗，中国医生在这方面是有经验的，再则我也想回国看看。否则怀孕生孩子还不知下次什么时候才可以回洛阳。至于疼，那是没有办法的事。母亲吧，本来就是愿意牺牲自己而换取新生命的，这点疼又何足挂齿呢？

进入八月份以后，我辞掉了打工回到洛阳。取环一切顺利，我如期返回日本，开始专心准备迎接博士考试。

博士考试要求自选三个课目的英语论文考试（就是把英语论文翻译成日文）、两个课目的专业考试。翻译论文不是什么大问题，专业专试我又选了统计代数和高等数学。我没敢选我的指导教授的流通考试课目，因为凭实力我的数学底子远在流通理论之上，所以我不敢冒险。

我在学习上有个习惯，只喜欢就把一套书从头到尾搞清楚。不喜欢今天一个参考资料、明天一个参考书、容易分心。其实各种书的内容是大同小异的，能把一本书搞透、搞得滚瓜烂熟足矣。我的高考、考修士都是这样做的，所以这次考博士我还是这样做的。

我先到图书馆找来统计学和高等数学上下册共三本书，然后利用两个月的时间，把书来回翻看了三、四遍，把所有的定理自己推一遍、做到知道定理的来龙去脉，又把所有的练习题倒腾了好几遍，已经是势在必得。于是我满怀信心地走进了博士考试考场。

9. 胸有成竹

考试题一共是六道题，可以任选四题。为了彰显我的数学功底，

第 I 部　圆梦

我选了最难的四道论证题。

十一月我拿到了博士课程录取通知书。以后的三年不仅学费全面，而且吃穿不愁，又能读博士、还能再生个孩子。这"一举几得"的好事降临到我的头上，真的有种是在作梦的感觉。

这一切应该归功于我的数学功底。所以我非常感谢当年高考时洛阳师范学校把我招进了大专数学班，也非常感谢当年高考的扩招我没有赶上，又更加感谢洛阳师范当时的数学老师。

1995 年 2 月初，医生告诉我：怀孕了。不管是男还是女，我都会给孩子取名"文博"。因为希望孩子可以记住父母的坚辛与努力，增加自己的责任感。

1995 年 5 月 12 日我拿到了文部科学省出具的期限为三年的奖学金以及学费的支付证明。1995 年 8 月 11 日是我 36 岁的生日。我特地等到这一天去医院做定期检查时第一次问了医生孩子的性别，医生告诉我："是个男孩"。我欣喜若狂，高兴的没有到家就马上给丈夫打电话告诉他："我们也有儿子了"。丈夫激动得一句话也说不上来，只是连连说：谢谢！谢谢！

1995 年 9 月 17 日文博来到了这个世界上。他真的是诞生在我读博士一年级、而且学校放暑假的日子里，丈夫也在学校读修士，一切都如他父母所计划的那样实现了。

（写于 2018 年 6 月 2 日）

绘子

今天和丈夫一起参加了小女儿的中学毕业典礼。丈夫从来没有参加过上边两个孩子的毕业式，这次却主动要求去。估计也是感觉到不参加就再也没有机会了，更不愿让自己的生活留有遗憾吧。因为小女是家中最小的一个孩子了。人总是这样：对最后一次的事是非常重视的，而对在此之前的事总觉得还有机会的。

我因有工作，未等全部结束就急忙赶回学校，只得让丈夫陪女儿吃午饭。丈夫刚才给我打电话说女儿在吃饭时不停的掉眼泪。我还以为是我们夫妻教子有方，小女终于明白父母把她养大成人是不容易的。刚得意的对丈夫自夸了几句，没料到丈夫急忙打断说："不是那回事儿。"

1. 新房送子

日本名古屋有一些市营住宅，专门提供给收入低的家庭租住。房子虽旧一些，但里面设施完备、干净，为不少低收入家庭解决了困难。因为僧多粥少，所以要抽签决定。任何人都是不能开后门、更无法走后门的，唯一的只能靠自己的运气。名古屋每年举行三次市营住宅抽签活动。

我在读书期间虽然拿着文部科学省奖学金，但奖学金不属于交税范围，丈夫也是留学生，所以我属于收入低的群体。又由于福星高照，我第二次申请就抽到了三室一厅的房子。

日本所有家庭收入情况都由企业直接报给市税务总局，所以在日本需要增税减税的情况是一目了然的，因此想偷税漏税几乎是不可能的。市营房子的每月房租是根据住户前一年的收入来定的，当时我每月房租是8千日元（相当于480元人民币），但我每月的奖学金为 19 万 3 千日元（约合 11580 元人民币，这在 1995 年时是相当一笔钱了）。

1999 年我博士毕业后马上进入了大学当了一名教员，不仅让我的身份一下子从"奴隶"变成"将军"，也使我的经济收入来了一个大翻身。工作一年后，市政府相关部门来通知：我的房租将变成每月 6 万 8 千日元。这个价格在日本可以租到条件不错的房子了，所以我得考虑搬家了。

咱们中国人历来有买房置业的传统，所以我打算买房了。由于刚工作一年还没有家底，所以我申请贷款买了一套位于"名古屋金三角地带"四室一厅的新房子。

2002 年 4 月新房建成。一阵搬家折腾忙乱之后，五月份我突然发现自己怀孕了。难道这"金三角"的新房还送孩子吗？我一向不相信风水只相信个人努力，看来以后也得好好学习一下"易经"了。

2. 怀念产痛

我大女儿是 1984 年出生的，当时我是 24 岁。当时的中国几乎都是自然分娩，临近分娩时我去拜访我的一位大学同学的大姐，想取点"真经"来战胜产痛。我永远忘不了她对我描述的产痛经历，她说：那是一个比女共产党员受刑都难以忍受的疼。

有了同学大姐的事前授课，我对产痛有了思想准备："来吧，难不成还能疼死我吗？"我记得毛主席有句话是说："困难，你不怕它，它就怕你。"看来这产痛也是这样：我没怕它，它真的怕起了我。

我顺利而短平快地生下了大女儿。1995 年又剖腹产生下了儿子。因为当时是前置胎盘，容易引起大出血，所以遵循了医生的建议进行了剖腹产手术，日本把这个手术叫做"帝王切开"。2003 年 2 月我要准备生第三个孩子了，当时我已 43 岁多了。

医生任我选择生产方式，我毫不犹豫地选择了自然分娩。因为我觉得自然分娩的疼不属于一般的疼，那是一个母亲即将迎来新生命、迎接孩子的喜悦的疼，是一种伟大的疼，是一个母亲应该而必须经历的疼。这个疼也是一个令我怀念的疼，所以我想再经历一次。我不信佛，但我相信世上的得失是平衡的，我愿以我的疼去换来我的孩子的美好前程。所以我坚定了自己的决定。

2003 年 2 月 24 日吃过晚饭后感觉有点不对劲了，就赶紧跑到楼下的医院去。两个小时后我的第三个孩子第二个女儿顺利诞生了。起名"窦梅樱"，一是因为我喜欢梅花，二是因为她生在樱花国的日本。可是几天后我又觉得：这"梅樱"两字的日本语发音不好念，又觉得这梅花开在冬天有点命苦、樱花有点短命（一般只开一周）、对于一个女孩子来说希望她的人生温暖如春，这又是寒冷又是短命的名字不太吉利。想到她哥哥是叫"文博"，干脆用一个哥哥的"文"字，用一个日本女孩常用的"子"字，就叫"文绘子"吧。

一周后，在中华人民共和国驻日本名古屋大使馆里，一个名叫"窦文绘子"的中国籍女孩报生了。

3. 要上哈佛

一转眼，文绘子四岁多了，大人们的说话都能听懂了。当时大女儿在美国留学读书，哥哥也上初中一年级了。

大女儿一放假从美国回家就经常与弟弟讲学校学习的事，还哈佛、剑桥的名词一个劲往外蹦。还告诉弟弟要努力争取考上自己曾经毕业的在名古屋排名第三、第四的名牌高中。弟弟大言不惭地说："我才不去你那个高中的，我得考前一、二名高中。"惹得他的姐姐哈哈大笑。

大女儿一回家今天教育弟弟明天教育妹妹的，好像我和丈夫成了白吃饭的人似的。大女儿还大言不惭地说："我就担心你们教育不好文博和文绘子。"我真的不知道大女儿的话从何而起？她能有今天

第Ⅰ部　圆梦

难道不是我们教育的结果吗？但令我欣慰的是：大女儿心里有弟妹，知道心疼弟妹，我们作父母的也就放心了。

后来女儿准备出嫁时，女婿父母问我们有什么要求？我说："我们没有任何要求，只希望如果我们无法照顾窦雪弟妹的时候，希望女婿能支持妻子一起照顾一下弟妹。"亲家母立即说："那是一定的，俩人结了婚之后就是一家人了，窦雪的弟妹也是他的弟妹。"可一想到女儿要嫁人了，又想到她以后有了自己的家庭，不能再像以前一样照顾弟妹，我鼻子一酸眼泪顺即而下，搞得亲家公亲家母连忙来劝我。丈夫更是不知所措没了注意。因为丈夫最怕我的眼泪，是我的眼泪的无条件投降者。

姐弟俩说话时，文绘子因为小总插不上嘴，但总是在旁边注视着姐姐和哥哥。虽然她嘴上不说话，但我从她的眼神中可以看出她有点不服气。于是我把她拉到一边问她为什么不说话？她怒怒不平地说："妈妈，我长大之后，一定要比姐姐、哥哥上的高中好。"我听后非常吃惊：真是人小志气大啊。我对丈夫说："看来我们教育孩子的方法真的不错啊。"丈夫说："咱们也没教育什么呀？咱们自己的事还做不完的。"我笑着说："那我们就是不言传只身教"了。

有一天，经常来我家玩的一对日本人夫妇问文绘子将来想干什么，文绘子想都没想马上答道："我要上哈佛"。把日本夫妇吓了一跳。连忙说："文绘子这孩子不是一般孩子，不得了，将来一定有出息。"丈夫立马脸红起来。因为日本孩子的心都是很平常的，日本孩子几乎是不会说这样的话的。我也不好意思起来。

4. 有苗不愁

文绘子是家里最小的孩子，又是我们夫妻四十多岁才有的孩子。加上她出生时家庭经济情况转好，使得她比她的姐姐哥哥更能随心所欲地得到她想要的东西。这种惯养无形的养成了她唯我独尊、任性的性格，有时候哭起来怎么也劝不住。她有时还埋怨我们为什么不第一个生她？说她不想当最小的想当姐姐，非要让我们把她变成老大。她根本不听我们夫妻对她的解释，我与丈夫私下里也常说："这孩子是不是上天派来收我们命的孩子？"

一转眼，文绘子要上小学了。在日本上小学时必须根据所在居住区域就近上学，所以文绘子上了和哥哥一样的小学校。离我家步行两、三分钟即到。

文绘子好像不太喜欢上学、也不喜欢写作业、成绩一直不是很好。日本学校的老师于家长从不会从成绩上去喜欢讨厌孩子，所以文绘子每天过得很轻松。我和丈夫也丝毫没有任何担心，因为我们坚信：有苗不愁长。我和丈夫都是数学专业出身，她的姐姐和哥哥数学都很好，她也不会差到哪里去。这是由遗传基因决定的。

不过看了她的考试卷我还是有点担心，看见丈夫对她有求必应，我也时常提醒丈夫不能如此惯坏了孩子。她的哥哥总是笑嘻嘻地说："她自己觉得自己是最小的，所以任性啊。长大就好了。"

文绘子上小学一年级下学期的时候，有一次文绘子考试成绩实在太差，老师让家长去一下。老师一见我，笑着第一句就说："文绘子真不像是文博的妹妹啊"。儿子文博在学校是出了名的聪明，速算特别好。班主任在他期末的评语上写道："真的怀疑窦文博的脑子里是不是有台计算机？他计算之快是以前没见过、将来也不会有。"丈夫总是为老师的那句"将来也不会有"而倍感自豪。

老师还告诉我说文绘子至今算十位以内的算术还得借助手指算。我问老师她是不是班里最差的一个。老师笑笑说："学校不进行学生学习成绩排名。但可以说是班里算术不好的一个。"这让我大吃一惊，也让我脸上直发烧，真的想找个地缝钻进去。

回到家以后，我对丈夫说："下次我是说啥也不去见老师了，以后你去吧。"日本小学校没作业，所以文绘子在家从来不动书包。她不喜欢学校生活，还发出了不想去上学以后也不上中学的恐吓，搞得我们夫妇对她不敢提学校的事。我们还想：是不是年龄大生的孩子智力弱？我们是不是不应该要这个孩子呢？这个孩子将来会长成什么样啊？等等。丈夫说："女孩子吗也不指望她什么，咱们多留点钱给她，别的咱也管不了这么多了。"

可是有本事生就得有本事养啊。于是我买了一套玩具钱币，又买了一杆秤，与文绘子玩卖东西的游戏，终于让她对算术有了兴趣。我又买了一个红色邮筒模样的存钱盒，告诉她："妈妈以后有500日元硬币就塞进去。等塞满了以后就带你去夏威夷旅行。"后来我发现她经常去数她的那个邮筒里有多少钱？也不知什么时候邮筒已经找不到了，估计她长大了好像不需要它了。有时候我在批学生考试卷算分数时，特意把她叫来帮我算，并夸她脑子聪明算得快。她很高兴也很得意。

到了中学时，她的数学在班里已经是很好的了。有一次她问我们数学题，我和丈夫都解不出来，赶紧求助于在外地上大学的儿子。一会儿儿子发来了答案。我问文绘子："为什么不在学校问老师？"她说："怕老师觉得我数学这么好还去问老师这样的题。"我听后感到一阵宽慰，原来她的数学也是不错的啊。看来真的是：有苗不愁长啊！

5. 后继有人

2012 年九月文绘子九岁半的时候，大女儿的孩子出生了。正当我们庆幸文绘子这么小就当姨，并向她表示祝贺的时候，她却坐在一旁抹眼泪，搞得一家人丈二和尚摸不着头脑，不知谁又惹住她了？我赶紧让儿子去问问妹妹为什么流泪？

一会儿哥哥笑着从她的房间出来对我们说："她说她这么小不想被叫姨，怕同学们笑话她。"天哪，这不叫姨叫什么呀？总不能让姐姐的孩子叫她名字吧？我只得于她商量，一阵叫法筛选之后定了下来：叫她姐姐。文绘子脸上终于露出了笑容，可是让大女儿的孩子管自己的妹妹叫姐姐，这大女儿是否愿意呢？看来这家庭问题真是五颜六色、什么都有啊。做父母难、做有三个孩子的父母更难、做老大孩子与老小孩子相差十九岁的父母是难上加难呀。

大女儿倒是爽快："这有什么？文绘子想让怎么叫就怎么叫吧，我无所谓的。"于是文绘子终于有了一个叫她姐姐的"小妹妹"，她一定很满足吧。至今为至，姐姐的孩子还是一直称文绘子为姐姐。不知什么时候才可以改成小姨啊？

2014 年我们经营的日语学校突飞猛进。在日本政府力求 2018 年底留学生人数达到 30 万人的政策鼓励下，留学环境得到了很大的改善。又由于日本经济的复苏，留学生一到日本就可找到工作，整个招收留学生的日语学校迎来了一片春天。以印度尼西亚、尼泊尔、越南为主的留学生主力军络绎不绝奔赴日本淘金、每个日语学校都是人满为患。

丈夫与我商量是否需要换一个大点的校址，因为目前的学校教室面积最多只能容下 130 人（因为在日本学校招收人数规模必须与教室面积成比例，以保证学生的学习环境）。我和丈夫说话间，又发现文绘子在一旁不吭声抹眼泪。我们夫妻又是丈二和尚摸不着头脑。我们又怎么惹她了？

细问之后，文绘子告诉我说："你们说以后这个学校让我当校长，可是你们要换地方，也不与我商量一下。"听她这么一说，我们丈妇哈哈大笑。原来她感到我们忽略了她，让她受了委屈。没想到父母哄孩子的一句戏言却让孩子记得这么深。做父母的以后一定要注意：言必行啊。

从那以后，有关学校的事我们经常对她说说征求一下她的意见，再也不犯忽视她的错误了。她也很乐在其中，经常为父亲修改发言稿。这样做也使我们可以放心我们的事业后继有人了。

今年的毕业式打算让儿子、小女儿都去参加一下，一方面让孩子们知道父母投资办学的不易，二来也让孩子们熟悉一下学校的经营。四月份文绘子就上高中了，已经到了法律规定的打工年龄了。我们准备让她课余到日本语学校帮忙处理一下文书之类的东西。

大女儿已经在日本一流大学当了副教授、儿子喜欢物理学，立志当物理学研究员，说不定这个日语学校以后还真的要交给文绘子去经营。

给孩子钱，不如教孩子如何生存为好。我们夫妻正在这样做。

6. 伤心落泪

话归正传，初中毕业式后文绘子为什么要流泪呢？是对初中三年生活的眷恋？还是对即将开始的高中生活的恐惧？往好处想的话或许是对父母养育之恩的感谢吧？

丈夫细问了女儿之后才知道，女儿是因为最后一次考试没有考好造成了"内申点"分数下降而伤心。因为日本学校虽不进行名次排列，但会根据初中第三年每次的全科目考试成绩以及道德品质而算出每个学生的"内申点"。一般来说名门高校很重视这个"内申点"成绩，因为它比较全面地反映了学生的学习能力和道德素质。

文绘子心高气傲，一心想赛过姐姐和哥哥，可是她的"内申点"不仅达不到哥哥曾经上过的高中学校所要求的标准，连姐姐曾经上过的高中学校的"内申点"也处于边缘位置。在参加最后一次有关报考高中填报志愿的"三者面谈"（老师、家长、学生）时，老师觉得文绘子现状有点危险，希望她做所报志愿学校的调整，但老师也说如果在所报高中的入学考试中发挥得很好的话也不是没有可能。

我了解文绘子的心思，也问她是否愿意调整一下报考志愿？但文绘子很坚决地"不改初衷"，我也就没有多说什么。一来我觉得应该尊重孩子的选择，即使失败也无怨无悔。二来上什么高中的确决定不了一个人的一生，没有必要搞得那么紧张。三来我觉得我自己就是从不少失败之事以及倒霉之事中摸爬滚打出来的，没有这些挫折就没有我的今天，所以年轻人遭遇点挫折对一个人来说是一笔财富。所以我同意了文绘子的固执，又鼓励了她几句。

可是最后一次考试她"内申点"不升反降，彻底被姐姐的学校边缘化了。看来文绘子是进不了她的姐姐和哥哥那样有名的公立高中学校了。这不能不让她伤心落泪，我的心也在流泪。

后来文绘子只得上了一所私立学校。当我遗憾地告诉大女儿这个消息，希望她能安慰一下妹妹时，大女儿马上说："这有什么，其实上什么学校于今后的人生真的没有多大关系。她的成绩在私立学校算是尖子了，也许可以显出她来，这也是件好事。"

我又不无遗憾地告诉儿子他的妹妹落选的事，儿子很轻松地笑笑说："没事没事，我过几天就回家了，带她出去走走。"当我第一次告诉了儿子他妹妹从小就想考比他的高中还好的学校后，儿子马上笑着说："哈哈，这可不是光嘴上说说就可以实现的事。"我之所以这样做，是希望我的三个孩子永远都能"你中有我、我中有你"的互相关爱下去。

丈夫更是无所谓地对我说："女孩子吗，上什么学校都可以，她如果上了好学校，以后也远走高飞了，我这个学校交给谁呀？"看来只有文绘子流泪了。正是：可怜天下女儿心啊。

我因为 3 月 18 日马上要回中国组织文人墨客群的"3.30 聚餐会"，我的情绪必须转换过来。所以我在中国时努力不去想这件事，以免自己伤心流泪。我更不愿让我的文人墨客的群员们看穿我的心思而替我担忧，所以我决定：在离开我心爱的群友、离开洛阳之后再写这篇文章的最后部分"伤心落泪"。因为离开大家也是一件让我难过而流泪的事。有泪就一起流吧，毕竟我们每个人都必须面对现实，都要少一次流泪多一次快乐的活下去。

（这篇文章的前五节写于 2018 年 3 月 18 日回中国之前，第六节是 4 月 1 日在由洛阳返回名古屋的途径北京的飞机上写下的。）

第 I 部　圆梦

劈叉

2018 年 5 月 24 日劈叉这个肢体动作终于在我五十八岁的时候完成了。虽然我劈叉的姿势还不够完美、漂亮，但我还是为这一天的到来而兴奋不已。因为它是我从少女时代就开始拥有的梦想。

1. 初见劈叉

劈叉虽然是一项难度较大、较为残酷的肢体动作。但对于物质文化生活都非常短缺的文革时期的女孩子们来说，它所展现的美还是令女孩子憧憬。

我是 1966 年开始上小学的。当时正是文化大革命时期，学校不怎么上课。到了小学三年级的时候，年级以班为单位要进行"活学活用毛泽东思想文艺汇演"。老师们整天开会学习，顾不得管学生，更不会教我们排练节目，只有学生们自己瞎鼓捣编节目。演什么呢？

当时街头上不时有一些成年人穿着绿色军装服、戴着红袖章、绿军帽在演节目，个个意气风发斗志昂扬的，颇为让人受到鼓舞。那个情景于现在大红大绿的"大妈街舞"是完全不一样的风格。

有一段时间，街上不少跳舞的都在跳毛主席为江青拍摄的照片提的那首诗"暮色苍茫看劲松，乱云飞渡仍从容。天生一个仙人洞，无限风光在险峰。"的舞蹈。其中在朗诵第一节道白时，总是见一女子旋转着走上前台，"拍"一个劈叉亮相，引来了不少掌声。我们也觉得这个节目太好了，也才知道这个两腿一前一后的动作叫"劈叉"。

96

2. 喜出望外

当时劈叉给予少女们的震撼是难忘的。因为我们当时看不到别的舞姿，与当年流行的"中字舞"比起来它多少带来了美感。于是各班都在模仿排练这个带有劈叉动作的节目。

可是谁会劈叉呢？当时我们全年级将近五、六百人，共分十个班。一班的女学生S不仅长得漂亮、大眼睛双眼皮的十分招人喜欢，而且嗓子也明亮，唱歌如同百灵。更为可叹的是她率先学会了劈叉，在年级里一时被传为佳话，成了"小明星"。可是因为她的一个脚的小脚趾上又长出了一个小指头，所以大家都还是有些忌讳，不太喜欢她。听说她也去考过什么歌舞团，但没有被录取。真是可惜了，如果放在现在估计也许还真能出个名的。

我当时在四班，班主任李老师是个上海人，很要强。她就招集女孩子们开会，问谁会劈叉？我们班的W班长立刻推荐了我，说是见过我在我们居住的楼下劈叉。因为她与我同住在一号街坊七幢。她家住五号门、我家住六号门、S家住二号门。

当时我父母正挨批，楼下贴着打倒我父亲的报纸。所以我家兄妹几人整天如过街老鼠一般不敢出门。我如果出门也只敢于四、五岁的小孩子们玩，在楼下教她们跳舞，有时候也来一个劈叉让小妹妹们看。当然了，我那动作哪里是劈叉，有点像坐在地上撒泼。

W班长几乎不与我在楼下玩，到了学校对我也是横眉冷对的，好像我也是坏人一样。她更是经常纠集同学一起围攻我，有的时候男同学也加入进来。

2010年我从日本回洛阳探亲，得知她得了绝症已来日不多。同学们来看我的时候顺便打算一同去医院探望她。有个C同学当时就建议我可以不用去了，C同学说我与W班长的关系不好，怕让我为难。

其实在我的人生之路上，不少为难我的人都被我认为是"功臣"，成就了我的今天，我难道还会记恨一个小学同学吗？在那个特殊的时代，连大人们都搞不清方向，更何况一个孩子呢？而且她现在已经是一个来日不多的人。我只是想：也许她也不愿看到我今日国外大学教授的光环的，我去的话别惹得她心生不快，有碍于身体的康复，所以我也就没有去。这是后话了。

有一天在班上，W班长突然对我说："今天下课后，你留下来参加班里的宣传队吧。"我一听喜出望外，如同得了大奖一般，因为我做梦都想跳舞。

3. 卖力求艺

第一次参加班级的宣传队，让我非常激动。老师说我们班也跳那个有劈叉动作的舞，并说让我负责编排整个舞蹈的动作。我一下子得意起来，感觉好像自己也要成为S那样的"小明星"一样。当老师问我"你会不会劈叉？"我毫不犹豫地说："会"老师和同学们都很高兴。同学们还说："咱们一定要比一班跳得好，为班级争光。"

其实我当时只怕班里的宣传队不要我，也把劈叉想得太简单了，以为练几天就会的，后来才知道我的狂言让我吃了不少苦头。

放学回到家，我把这个好消息告诉家人，姐姐马上说："你以为劈叉是简单的吗？那得练好长时间。"妈妈也说："就是，那练习可苦了，以前唱戏的都是打出来的。"我当时听了不以为然，兴致勃勃地投入了"战斗"。这下可不能玩"撒泼"式的劈叉，得玩真格的了，起码也要与S的劈叉样子一样啊。

当时也不懂要先活动活动两腿，更不知要事先"热身"，总是下腿就批，两腿疼痛不说根本就劈不成。我让母亲帮我掰掰腿，母亲总说："我不给你掰，弄个腿断胳膊折的可后悔一辈子的。"我说："我如果不会，同学们会说我是骗人，不会装会。"姐姐马上说："谁说你，你让她劈劈试试？"看来我得另想办法了。

当时各家都有好几个孩子，所以我们一个门栋的孩子就有一群了，于是经常也不与别的门栋的孩子一起玩。因为 S 住在二门栋，她父母是工人，特别是她的母亲是在煤厂工作。原先是挑煤送到客户家，后来又干砸蜂窝煤的工作，因为当年生产蜂窝煤的机器还没有，必须得用人工来砸，所以蜂窝煤价格还很贵，一般人家用不起。

S 有一个哥哥、一个妹妹和弟弟，于是她承担了不少家务，零食几乎吃不到，而且她在家最受气，父母对她说话也比较严厉，我觉得她真有点可怜。拉拢她简直是易如反掌，于是我用小恩小惠拉拢她与她接近一起玩了。因为我父母虽然被批斗，但工资还是照发的，所以当时我家属于家庭条件比较优越的。

我的目的很明显，但也被她看穿了。她总是说教我劈叉，可也总是以各种理由搪塞。她一会儿让我帮她做这家务、做那家务、为了取得"真经"，我也是有求必应，卖力求艺。

有一次 S 还让我去煤场找她妈妈要钥匙。我跑到煤场，看见她母亲站在挖成地窖般的坑里，往蜂窝煤的铁具里先放上煤再盖上露有蜂窝眼的盖子，再托起锤子砸实后倒出来。

她母亲不仅一身煤灰，脸上也抹上了不少煤灰，那令人心酸的模样至今让我难以忘怀。见我受她女儿之托去找她，显得很高兴，还嘱咐我与她女儿好好玩。因为她母亲也知道我是校长的女儿，所以她母亲是不是觉得我们家是文化人、地位高一些啊？

4.惨败收场

当时各班都在进行关门式排练，搞不清楚别人都在练什么？有时敲门想进去看一下，对方会马上停止排练，特别是独特动作更是封闭的如同机密一样，生怕让别的班的学生"偷"了去。所以在学校大家练的时间不多也不长，练的几乎都是集体动作。

练习时同学们一说我劈叉不像时，我马上就强调我的劈叉还没有练好，到时候我就会劈好了。同时我自己在抓紧练习时也加紧了想向 S 学习的步伐。

可是 S 又告诉我说，她的母亲让她勾桌布，她没有时间教我，让我也帮她勾，勾完后教我。我赶紧行动起来，在家连饭都顾不上吃加紧"工作"。姐姐听说后说我是个大傻瓜，并说"等你快勾完后，她就不会跟你玩了。"有一回姐姐的好友赵志和姐姐来我家玩，姐姐给赵姐讲了我学劈叉的事后，还担心地对赵姐姐说"我妹妹怎么这么傻呀，你看人家 S 那个小女孩多精啊。"果然不久 S 真的不与我玩了，我一次也没有看到 S 是怎么劈叉的？更不用说学了，十足的"竹篮打水一场空"。

我很懊恼也很沮丧，到了临演出的时候，我的劈叉动作只比以前的"撒泼"好一点，但后腿还是弯的。正式演出完后，班主任李老师一句话没说，同学们也埋怨我的劈叉不好看，连累了她们。她们更不待见我了，因为我又多了一条罪状。我也变得更不爱说话，更别说笑了，哪天去学校不哭就算天大的恩赐了。我们班的宣传队也以残败收场解散了。

后来到了小学四年级，年级又搞什么以班级为单位的演出。我们班上三分之二的同学都上场跳舞演出。有的同学一上场简直像个木头人一样吓得动作都忘了，而我这个喜欢跳舞的"小骗子"却被排除在外。当天看着同学们在前面跳舞，我真的如乱箭穿心，因为我太想上去跳了。当天是在矿山厂以前的零号食堂大厅里演出的，从那以后我一直对那个食堂耿耿于怀，因为我不喜欢它，它总让我想起那次我被排挤在外的演出。

后来我看演出节目，只要一看见劈叉的动作，我就会情不自禁地起身想看看怎么劈的？然后回家就偷偷地练一下，但第二天就什么都忘了。所以我父亲说我没有长性、不能吃苦的话也不是不无道理的。

5. 重振旗鼓

上了中学以后，我还是进不了学校宣传队。后来我父亲在矿山厂中学任革委会副主任时，估计负责宣传队的老师看我父亲的面子让我进了宣传队。

每天早上，老师带着学生练功练声的跟真的一样。可是老师是声乐老师，不懂舞蹈，每天上午只是弹着钢琴让同学们象征性的做几下伸胳膊踢腿的动作后半个小时就结束了。临近"五·四青年节"时，只让我参加了一个藏族舞蹈节目就再也没有后话了。我在宣传队只呆了将近两个月的时间，因为当时又兴起了演话剧，我们学校也排练了所谓批判资产阶级教育路线的话剧。

后来直到大学毕业、出国、在日本的大学当教员，我都没有正式接触跳舞的时间，劈叉也只有作为一个美好的梦想锁在了心里，觉得这辈子已经是不可能的事了。因为生儿育女、打拚、学业、闯荡等成了我生活的主要内容。

2015 年 7 月 28 日我建了"文人墨客"群，找到了原洛一高宣传队的黄静碛、郝建辉两位姐姐，她们都是我姐姐的同学。2016 年 3 月我回洛阳时见到了郝姐，当郝姐说到前几天在洛一高校庆演出时她与黄姐一同劈叉赢得阵阵掌声时，我的心再一次受到震撼。说者无意听者有心，我没有想到黄姐和郝姐这样的年龄还能劈叉，那我就更没问题了，于是我对劈叉的憧憬又复苏了。2016 年 3 月文人墨客群又进来了几位原洛阳市专业舞蹈演员，于是我重振旗鼓，攻可劈叉的决心更加坚定了。

2016 年 8 月 30 日文人墨客群要举行第一次聚会演出。于是 8

月中旬我大学一放暑假，就赶紧回到洛阳与原来歌舞团的几位舞蹈演员练习跳"洗衣歌"舞。

刚进门一阵寒喧之后，吕姐就问："大家都热身了吗？""热身？"我头一次听说这个名词，我还以为是指"洗澡"的，忙说："我夏天每天早上要冲一下的。"后来才搞清楚"热身"的含义。

直到我今年三月回洛阳，我虽然多次提到劈叉，但还是没有认真坚持功关，只是三天打鱼两天晒网的，觉得太疼了，劈不下去。

2018年3月下旬我回洛阳见到郝姐时，我还向郝姐述说我还不会劈叉的事。郝姐劝我说："小霞，姐是当年就会劈，所以有这个基础，你以前不会，现在要劈叉是比较困难的。"前一段我又与黄静琪、许玲打电话，不无泪丧地说："我怎么还劈不下去啊？"两位姐姐又一次"传经送宝"的，我觉得我必须要用功了，因为不能一而再、再而三地说劈不下去这样的话了，这劈叉没有什么捷径可走，靠得就是吃苦呀。

于是我咬紧牙关，开始按步骤进行，先热身再练习劈，这次再劈不下去的话，我就每天练习，看什么时候可以过关？

6. 梦想实现

于是每天晚上吃完晚饭后，我先于丈夫一同散步，回到家后即投入"战斗"。我让小女儿帮我掰一下腿，小女儿理都不理继续看她的电视，她是不是觉得妈妈"有病"啊？我又让丈夫帮我掰下腿，丈夫说："我可警告你啊，你现在的身体素质是在往下走，人家以前能劈下去的现在都不知能否劈下去？你这以前不会的都快六十了怎么能劈下去呢？"我碰了一鼻子灰，很泪丧。

没办法我只有靠自己练了，这次我决不退缩一定坚持下去。否则骨头、关节将越来越不行了。

劈叉

2018 年 5 月 20 日我热身后，试着劈了一下，突然发现两腿一前一后，臀部可以触摸到垫子了，但坐得还不是很稳、也很疼，有点难以坚持的感觉。我惊喜地叫起来，让小女孩赶紧给我照张像。因为我担心又是作梦，怕一会儿就不见了。又练了两天，24 号这天，我终于可以稳稳地坐住，而且并不觉得很难受了，我立刻叫来丈夫帮我照了几张像留作纪念。

我终于完成了我儿时的梦想，我的"劈叉"夙愿终于实现了。我不仅在事业的道路上毫无疑问地证明了"有志者事竟成"，我在兴趣的爱河中也证明了"有志者事竟成"。

我立刻将照片上传到文人墨客的几个群，让大家一同与我分享这来之不易的快乐。一个人五十多年都想干成的一件事终于干成了，这种喜悦是可想而知的。我激动地告诉我的群友们："这是群主在文人墨客群里实现的又一个梦想。因为没有文人墨客，群主就没有这个动力，真的感谢大家的陪伴。我还是那句话：我们玩群，要玩的有意义、有收获，更要使自己进步，去努力完成自己没有完成的事"我真的是这样想的，我没有半点言不由衷的必要。

为了让朋友们也替我高兴，我又把我"劈叉"的像片发到了我的朋友圈。果然立刻收到了很多朋友的鼓励。其中有的写道："需要多么顽强的意志才能完成多年的愿望啊？"有的写道："太了不起了，在你身上真正看到了有志者事竟成的道理和意志的力量。""祝贺 58 年的愿望今日实现！这就叫功夫不负有心人，有志者事竟成！"

我充分感受到了朋友们的温暖，也真正感受到了"苦尽甘来"的感觉。我再一次由衷地谢谢朋友们的支持和关爱。

（写于 2018 年 5 月 26 日）

第 II 部

陪伴

月亮

又到一年一度的中秋节了。每年的这一天，我总是望着天上皎洁的月亮想到了母亲。母亲对我太好了，如果母亲能多活一些年就好了，我一定去给母亲摘"月亮"。

1. 旧居

我是在洛阳市涧西区 1 号街坊 7 栋 6 门 2 楼 309 号的一个房间里出生的。尽管过去的旧房子现在很多已经不复存在了，但我出生的那栋楼和那间房子至今仍然还在。我不止一次地带着我的孩子在那窗下抬头了望它，也每每回洛阳时总要去向它表示感谢，然后再告诉它："下次我还来看你"。

我的童年是在这幢房子里渡过的。当时矿山厂每周六晚上在 2-2 街房的一块空场地放映露天电影，这可成了孩子们的最爱。孩子们下午三、四点就去广场摆凳子选地方，以求可以占到最佳位置观看电影。有的父母也帮着孩子们找大地方，以求可以全家一同欣赏。我也几乎是场场必看，但我始终不明白我的父母为什么一次都不去看？这也使我感到了极大的孤独。

2. 笑月

我上面有一个大姐和三个哥哥，姐姐和大哥从不去看露天电影，二哥三哥也是三天打鱼两天晒网，但从不下午去排队看，也从不与我在一起看。这使得我非常羡慕小伙伴们的家长以及兄弟姐妹们团结一心共同看电影的情景。也使得我在小伙伴们面前很没有面子、没有底气。所以我也总是扛着四个脚的大方橙子一个人去、一个人回。现在想起来估计父母当时都属于文化大革命的批判对象，所以不愿多见人吧？大姐大哥已经懂事也不愿抛头露面的，只是我当时还是小学生，还不懂这些。

看完电影回家的路上，我总是默默地低着头走路，时而抬头看看高挂着的月亮。我觉得月亮总是在向我微笑，我不想让它笑可它还是一直笑。于是我加快脚步想逃离它的微笑，可是跑了几步发现它还在追着我笑，我快它也快，我停它也停，怎么都甩不掉，真的让我即害怕又气恼，搞不清是怎么回事？直到现在我每次看月亮时也在努力寻找它的微笑，只是现在我只看到了月亮上的山和树，以及翩翩起舞的嫦娥和捧着桂花酒的吴刚。

每每走到我家的窗户下边时，我便不顾夜深人静总是高声叫一声"妈"，随即马上就可以听到母亲"哎"的一声回答，我顿时暖流飞遍全身，加快脚步奔上楼梯。母亲也总是已经站在单元大门口迎接我（当年是三个家庭住一个单元），不管是寒冬腊月、也不管是酷暑盛夏，母亲总是象月亮陪伴我一样不肯先睡而一直等着迎接我。

3. 月饼

小时候过中秋节时，家里条件好一点的能吃到那巴掌大的烤得黄澄澄的但是有点硬硬的月饼。月饼侧面是一条条凸起的犹如车轮带的纹，馅也是枣泥的。

后来苏式月饼的出现才使我知道了月饼也可以是小小的。那一层层白色的薄薄的包皮给了我无尽的暇想，也总是让我去细心地一层层地剥开，直到最终已无法剥的时候才不得不放到了嘴巴里。二哥三哥总是很迅速地将月饼吃完，然后连哄带骗到我这里讨月饼吃。他俩还给我做了一杆小秤，说是让我卖给他们吃，我一听很高兴，立刻将纸撕成小片，写上金额，高兴地当起了营业员。直到最后我才感到了"问题"的严重性，看着剩下的空空的盘子，我不禁黯然神伤，向哥哥们讨伐月饼，两个哥哥见事不妙赶紧溜之大吉，母亲一边将她的那份月饼给我，一边笑着说："你真是个傻丫头啊。"象这样的游戏发生过好几次，我也确实是个好了伤疤忘了痛，不长记性的人。

有一年中秋节，看到同住二楼的长我两岁的史丽家过中秋节时还有石榴，我便哭闹着让母亲去买，母亲只得出门去买石榴了。可是到了傍晚，母亲也没有回来。当时身为校长的父亲被关押没有回家，我又哭着让姐姐带我去找母亲。姐姐气愤地大声说："你哭啥？你就知道吃，还知道什么？"三个哥哥吓得不敢吭声，我心里后悔害怕极了，害怕姐姐打我。我当时还想："我什么都不要了，我只要妈妈。"等到晚上九点多，母亲终于回来了，原来母亲步行跑到谷水去买石榴了，回来时走迷了路。当我拿到红彤彤的石榴时，我马上飞奔到了史丽的家。

这件事也是我至今难以忘怀、难以释怀的一件事。如果母亲能多活几年，我也有个机会弥补母亲、报答母亲。可是不能了，因为母亲在 56 岁时离开人世，而当时我只是月收入不足百元、并且有一个一岁孩子的一名普通教师。虽说报答、孝敬不能用金钱来衡量，但我当时又能做什么呢？失去的东西将永远失去了。

4. 赏月

后来姐姐哥哥们相继下乡。一到中秋节，姐哥们回家探亲时总是带回来鸡、肉、水果。小伙伴们非常羡慕我有这么多的哥哥，能使我吃到不少从农村带回来的土特产。这对当时什么都凭票供应的人们来说，有孩子下乡的家庭就意味着可以比别的家庭多吃到点东

第Ⅱ部 陪伴

西。农村，一直是个颇有争议的地方。它一会儿令人向往，让广大青年胸怀大志奔向它，立志扎根农村。一会儿又令人逃离，唯恐被落下，"农转非"成了农村青年的奢望。据说现在的人又都想拥有"农村户口"了，可是当年因"农村户口"不知道摧残了多少相亲相爱的青年男女。真的是应了那句话："三十年河东、三十年河西"呀。

说句实在话，当年的中秋节对我来说，与其说期盼看月亮不如说是期盼好吃的。我从没认真看过月亮，也还真没关心过月亮有什么传说？有什么美妙的故事？

1990 年我到了日本以后，每年的中秋节才开始真正的看月亮。不，确切的说是猜想月亮那一边的人们在干什么？也才真正地开始享受"赏月"。

现在每到中秋节时，我总是会在凉台上坐一会儿，也试图找出点日本月亮与中国月亮的不同。我发现是途劳的，因为我虽然站在日本的土地上，但脑子里回想的全是中国的事。都说"月是故乡明"，可是我真的想告诉大家：在国外、在远离家乡的地方、你所看到的月亮永远是最明的，因为此刻你的心是与故乡、与朋友、与月亮最近的。

文人墨客群里几位群友的孩子们都在国外，我非常理解她们在中秋节时对孩子的思念和牵挂。但是远离父母置身国外的孩子们估计想得更多的是他们曾经与父母是如何渡过了一个个中秋节的？他们需要的是回味那种温馨和快乐。但是由于他们工作很忙，他们的回忆估计是支离破碎、不完整的。他们真的不需要父母们常念叨的是否吃得好？是否穿得好？因为他们已经长大，已经知道如何吃得好、如何穿得好了。他们需要的是与父母一同分享曾经拥有的天伦快乐。所以如果你在中秋节想念你的孩子的话，不妨拿起笔来为你的孩子写一遍你们家里中秋节的故事吧。

群友们，又快到中秋节了。不知道您是打算怎么过今年的中秋节的？作为群主，我衷心希望每一位群员都能过一个不同往常的、快乐的中秋节，因为你是文人墨客群的一员。

"又到中秋月圆时，我在月亮那一边。隔山隔海难隔情，与友一同赏月圆。"这就是我送给大家的"月饼"，请大家于我一起品尝吧。

（写于 2016 年 9 月 14 日）

手表

女人天生爱美，喜爱首饰。在手镯暂时退出舞台的文化大革命期间，手表代替了手镯很好的演绎了女人的爱美之心。

我至今对手镯不是很感兴趣，却钟爱手表，也是因为童心未泯。

1. 童心难泯

小时候，我看见一幅有关描写刘少奇夫人王光美的漫画：她烫着大卷发、穿着高跟鞋、身着超短裙、手上带着一个亮灿灿的小手表。虽然作者是在丑化王光美的资产阶级思想，但是我很迷恋这幅漫画，更迷恋她的那身打扮。以致于使我对卷发、高根鞋等可以衬托女性之美的东西特别喜欢，特别是对手表独有情种。

后来我开始注意母亲手腕上亮灿灿的手表，便开始喜欢起来。并乘母亲不备的时候，总是偷偷地把它带在自己的手腕上。因为母亲不太喜欢我玩她的手表，怕我不小心摔坏了。

我上初中时，大姐大哥参加了工作，一个个也带起了手表，真的是让我羡慕不已。当时只要我的面前有女人飘过，我第一眼也是先看她的手表。我觉得手腕上的表真的是给女人白嫩的手腕增添了无比的光彩。真的是美极了。

当时百货商店有买玩具小手表的，两角五分一个。黑色表带白色表盘，外观也很美的。我买了一个还每日戴在手上。虽然表针不会走，但是它把我的手腕点缀得非常的漂亮，所以我很满足，也很得意。当然了上学的时候我是绝对不会带上这个心爱的小手表的，只是放学回家后的第一件事就是带上它。并时刻憧憬着：什么时候我能有一块真表啊。

当时正是三转一响的时代。大哥谈对象时，介绍人提出让大哥给女方买快手表。我听见大哥对母亲说："她明明自己有手表，干嘛非要让我给她买一块？"我才知道：原来女孩子谈恋爱时可以让男孩子买手表啊。

上高中了，我仍然戴着我心爱的玩具小手表。有一天，出嫁后的姐姐回家吃饭，见我依然戴着玩具小手表，马上说道："小霞你也不小了，小的时候戴着玩，现在都这么大了，不要自己装小，戴着个玩具表也不觉得不好意思？"

我姐姐比我大十岁，总爱教训我。她的"家训"好几句我至今都记得，我的母亲几乎从不教训我。每当我被姐姐哥哥们教训得感到委屈流眼泪时，母亲也会马上流出眼泪。同样的，我也看不得母亲的眼泪。我家 7 口人之中，只有我和母亲保持着这种默契。这也是在母亲去世十几年之后，我的经济终于翻身后我为母亲所做一切的理由。当时很多人不理解：对逝去十几年的人还做这些有什么用？这也是我至今从心里无法离开母亲、怀念母亲的一个原因。母亲对我真的是太好了，而我却没有机会报答她，真的是太遗憾了。

经姐姐训斥以后，我再也不戴那个玩具手表了。

2. 喜出望外

1978 年 8 月我考入了洛阳师范学校数学大专班。我买手表的事正式进入了家庭讨论的程序。我又想起了王光美的那块精致的小手表，希望母亲也能够给我买一只小巧的小表盘手表。因为我实在不喜欢那种可以将手腕完全盖住的大表盘手表。

当时在洛阳，小表盘手表不是很多，几乎买不到。母亲劝我说买个大表盘的算了，但我始终就是不松口，我三哥也帮腔说："小霞喜欢小的就给她买块小的表吧"。母亲只好去找她的一位在上海市场商店工作的学生，希望有小表盘手表进货的时候告诉母亲一声。

后来我听母亲对父亲说，她的学生说进口表因为贵，买的人少，有现货。我不记得父亲是怎么说的了，总之有一天母亲花了 200 元钱将一块精致的日本西铁城小型手表戴在了我的手腕上。

当时 200 元还是一个很大的数字（我大学毕业后的 1982 年参加工作时的工资是每月 38 元），而且那时的人还是很崇拜外国货的，我的喜悦自不必说，那简直就是喜出望外。足以可见母亲也是经历了一番思想斗争、下了很大决心的。当时的我颇为兴奋，并发誓日后一定要加倍偿还母亲的大爱之心。

当我到了谈婚论嫁的时候，丝毫也没有让男友买表的想法了。因为我的表已经是非常好的了。我当时还没有见身边的女友有戴小表的，更何况是进口表了。当然了，也没有想到让男朋友买别的东西。因为当年女大学生还是颇有身份、有优越感的。觉得让男友给自己买东西是把自己当商品卖了，是"掉价"，是自己看不起自己。那个时代丝毫也想不到男人给女人买东西也是男人对女人的一种爱的表示啊。现在明白了但已经时过境迁，总之：晚了。

现在流行所谓的"只要女友喜欢，男人们再贵也要买。"而且现在的女性还找了一个光明堂皇的理由，那就是：即然喜爱女友，连女友的爱好也要一起喜爱。

1985 年 8 月 26 日，母亲因病去世了，我当时是刚过二十六岁。我从此更加珍惜这块手表。因为它是母亲留给我的唯一一件物件。我每天带着它，如同我还在母亲的身旁一样。

3. 失而复得

1990 年我带着这块表来到了日本。不，也可以说是这块表引导我来到了日本。不然的话，我怎么会突发奇想的开始自学日语了呢？

因为当年流行的都是学英语啊。又怎么会壮起胆子敢到日本闯荡了呢？因为当年我已经有了孩子，有了稳定的教书工作了。世上的事真的是很难预料，如同小说一样。其实我们每个人也许都有着如同小说一样的经历吧？

因为我很喜欢手表，所以在日本一进商店总要去看一下手表，有时候也会买上一块。所以我的"百宝箱"里装了不少手表，它们在里面挤呀、扛呀，争先恐后地想得到主人的"宠爱"，以求"见到天日"。但是我总是把母亲给我买的那块手表放在最受尊敬的位置，以求"母仪天下"。尽管它已经"青春不再"，从价格上也已经不能与"后起之秀"抗衡了，但每当参加重要仪式时我总要带上母亲的这块表。

1998年，儿子因病毒感冒住院，我带上这块表日夜陪伴儿子以求母亲也能保佑儿子早日康复。出院的当天，由于收拾东西慌乱，回家后怎么都找不到这块表了，我还以为是不是儿子拿到病房外面忘到什么地方了？我很沮丧也很伤心，觉得对不起母亲，把母亲给弄"丢"了。那一段我干什么事心里都不痛快，有一次竟然放声大哭起来。因为有些错误真的是犯不得的啊。

丈夫安慰我说："再去店里买一块一模一样的不也可以吗？我们就住在日本，不是很方便吗？"我没有同意，因为我觉得没有任何一个表可以代替它。

两年后的一天，我收拾屋子时见到一个手巾纸盒，里面的纸已经不多了，我随手一扔，听到"当啷"的响声。我以为是孩子的玩具，倒出一看：竟然是它——那个令我魂飞魄散、朝思慕想的手表。我欣喜若狂，简直不敢相信自己的眼睛，更不敢相信世上还有这等好事。我高兴极了，把它重新戴到了我的手腕上。我觉的我又可以偎依在母亲怀里，又重新得到了母亲的温暖。我发誓：以后再也不让它离开我。我百年之后也将带着它去寻找母亲。

第Ⅱ部　陪伴

4. 永恒之爱

随着我在日本的事业蒸蒸日上，经济积累增多，欧米茄手表、劳力士手表等也纷纷跳入了我的"百宝箱"。但是我最钟爱、最挂在心上的永远是母亲为我买的那只手表。因为它就像脐带一样将我和母亲紧紧地连在一起，永远给我血液、给我勇气、使我得以战胜困难、坚强的生活下去。它不是一般的一块表，它更是母亲的化身，是母亲对女儿的永恒之爱的一个见证，对我来说它将是这个世上最有价值、最值得尊敬的一块表。

（写于 2017 年 4 月 19 日）

揣老师

我们每个人都有老师。有的老师是因为从事教学工作而成为了我们的老师。而有的老师却是与我们没有任何干系却为了我们的成长而情愿付出的人。揣老师就是这样的一位老师。

1. 初识老师

揣老师名叫揣得为。出身于书香门第，东北辽宁人。他的哥哥曾作过张学良将军的秘书。我与他相识在 1988 年的冬季。

当年我因为自学日语曾经去洛阳宾馆、洛阳工学院"蹭课"都被赶了出来以后，于是洛阳旅游景点成了我的日语课堂，日本游客成了我的日语老师，以至于我现在对龙门石窟、白马寺没有一点想再去看一下的冲动，因为当年我去的次数太多了。我估计每一座佛像都会记住我的面容、每一块石板都留下了我的足迹。

但这样的学习还是因交流的时间太短而效果不是很理想。于是我四处打听洛阳市里有没有常驻洛阳的日本人。

终于有一天打听到洛阳大学有从日本冈山来的留学生。我喜出望外，因为我就是洛阳大学的毕业生，到母校去打听她们应该是比较容易的事吧。于是我第二天就来到了母校教导处说明了来意。

几经问讯终于打听到了负责留学生生活的一位临时管理员：揣得为老师.

2. 孤单老人

当时正值学校中午下班，天又很冷。揣老师把我让进了他住的

第II部　陪伴

屋里，还给我倒了一杯热茶。屋子里摆设很简单如同男职工宿舍一样。只是屋内有一个小的蜂窝煤炉，用于他作饭和取暖。

从交谈中得知，揣老师是被洛阳大学请来专门照顾日本留学生生活的。因为他不是正式老师，所以他没有办公室。

他那年65岁了，以前在辽宁一个中学当教师，退休后洛阳大学的一个朋友推荐他到洛阳大学来照顾日本留学生的生活。因为当年日本人占领东三省时学校搞日语教育，他正是在学校学过一些日语。

我告诉了揣老师我的来意以及我现在是教师的身份后，揣老师很惊讶，觉得我这么热爱学习令他很感动。他告诉我这几天正好日本留学生回日本了，等回来以后一定介绍我们认识。这让我很扫兴，因为我迫切想早点见到日本留学生。

看到我失望的表情，揣老师马上说："你不要着急，我还有个学生在洛阳工学院当日语老师。我回头打听一下他的联系电话，然后我介绍给你，看他有没有什么办法能让你学习日语？"我听后，觉得非常高兴，总算没有白来。

随后，揣老师又和我随便聊了几句日本的事。他说他不喜欢日本人，因为日本人把东三省害苦了。他现在从心里恨日本人，但是现在的日本留学生都还是孩子，不能把老一辈的罪都算到孩子们身上，况且中日建交以后，日本也给了中国不少的帮助。

我没想到揣老师还有这样的心理障碍。我仔细的观察了一下揣老师，他穿着一件兰迪卡中山装，略微有点驼背，中等个子戴着一顶深兰色帽子，很有点知识分子的味道。

我又问他一个人在这生活是不是有点冷清啊？他说他和妻子是包办婚姻，两人感情一直不好，所以他几乎不在家住。也正因为如此他接受了洛阳大学的聘用。

原来如此，看来这包办婚姻真的是要不得啊。

3. 一定助你

果然没过几天,我正在学校办公室工作时,一位老师告诉我:"有位老人要找你",我猜想一定是揣老师来了。

我当时一家三口正住在校内一间只有10平方米低矮潮湿的仓库平房内,屋里简直是没有下脚的地方。比揣老师住的房子还小还暗。

那天天很冷、风很大,我赶紧跑回家,只见揣老师戴着一双白线手套,穿的还是那件兰蒂卡中山装、戴着兰色的帽子,在凛冽的寒风中站在校院里等我。他浑身有些冰得发抖,因为他穿得太单薄了,一个男人真的不太会照顾自己的。

我连忙把他让进屋里,他大吃一惊,因为原先他以为我这个书香之后校长之女一定居住在宽畅明亮、优雅舒适的房间内,进而才浪漫地要自学日语。他问我:"你就住这样的房子?"我很自然的答道:"是啊。"因为我觉得住校内上下班挺方便的,没有什么不好的。过了一会儿,他又说:"洛霞,我没想到你在这样的环境下还这么坚强,我一定要帮你。"

其实我当时因为一边上班,一边在外面经营着一个冷饮滩,已经是十足的"万元户"了(那个年代万元户是刚刚被称做有钱人的象征),因为我已打算要到日本留学了,所以我得积攒留学费用就没想着去买房子的事儿。

说话间,丈夫带着五岁的女儿回来了。女儿一见来了客人很高兴,"爷爷、爷爷"叫个不停,揣老师立刻从口袋里掏出二十元钱,非要让我代女儿收下,搞得我很不好意思。

他告诉我,刚才他已经去工学院找到他的学生L老师,并拜托L老师一定要帮帮我。并把L老师的办公室电话号码给了我。让我抓紧时间与L老师联系。我让他吃完饭再走,可是他执意要回去,说完他就骑自行车走了。

4. 不堪回首

次日，我赶紧按揣老师给的电话号码给工学院的 L 老师打了电话，我问他能否让我去工学院听他的日语课？他说没有这个必要，让我有问题时随时去找他就行了。

我听得出 L 老师的口气不是很热情，他大概以为我是一个中学数学教师还自学日语，一定是属于心血来潮瞎胡闹的人吧？而他作为一个大学教授也不想多搭理这样瞎胡闹的人吧？其实他不知道给他打电话的女子是一个有着强烈的求知欲望、并且不达目的誓不罢休的一个人。所以，我们任何时候都不要轻易拒绝任何一个我们可以帮助的人，因为你不知道对方的潜力究竟有多大？

作为我来说，只是想听听 L 老师的日语发音，别无所求。因为当年日语教材几乎没有，就更别说日语录音带了，一盘也找不到。所以我也没有什么日语问题可以去问 L 老师的。

过了几天，揣老师从洛阳大学给我学校打电话找我，问我是否联系上了 L 老师？我告诉揣老师，我已经联系上了 L 老师，并且告诉揣老师说 L 老师很好很热情，揣老师听后非常高兴。我之所以这样说，是因为我不想让揣老师放心不下。

有一天我偶然发现一本杂志上在搞日文翻译征文比赛。我赶紧翻译完后到工学院找 L 老师，想让他帮我看看我翻译得对不对？我以为他会与我用日语说话，我哪怕能听到一句日语也算没有白来。可是没成想他一个日语发音都没说，全部用的中文普通话与我说话，而且还把我无情的数落了一顿，说我根本就不懂日语，不要不懂装懂胡乱翻译。他那劈头盖脸的一席话把我搞得灰头土脸的，非常难为情。这个情景让我至今都不愿回想并且羞于启口，从那以后我再也没有与 L 老师联系。当然了，这件事我没有对揣老师提起过，因为 L 老师毕竟是他的学生。

到日本后不管多么艰难，我想起我当年的这件奇耻大辱，我就发誓：我一定要混出个模样来。

2012年我被当年的工学院现在的河南科技大学聘请为国外特聘教授。大学校长王健基亲自给我带上校徽，并将聘书发给我，我心里很激动，真的有点想流眼泪。因为在这个大学，我曾经被赶出教室又曾经被这个学校的老师给数落了一通，而今我又被聘为这个学校的特聘教授，这不能不说人生真的给我开了一个大玩笑。我也一直想找一下那位 L 老师，想用日语与他交流，听一下他的日语。只是我没有找到他，因为他早已不在，同事们也不知去了哪里？

5. 不辞而别

后来在揣老师的介绍下，我终于将两个冈山来的日本留学生请到家里做客了。我很高兴，头天晚上我准备了很多日常日语，想第二天都说出来，让她们帮我纠正日语发音。

我和丈夫准备了一桌丰盛的午餐，我想我终于可以不慌不忙的与她们用日语对话了。可是她们俩是来留学学汉语的，估计我的日语她们听不懂，她们还是用汉语与我对话，是不是她们也想趁机学学汉语呢？所以与她们就只见了这一次以后就没有再见面。

时间过得飞快，1989 年的 8 月份我开始正式办理赴日留学手续了。90 年的一月份，万事俱备只差出发了。我和丈夫在临出发的前几日专门去洛阳大学想与揣老师告别。可是学校的人说揣老师因身体不适辞职回辽宁了。我很惊奇揣老师怎么不告诉我一声呢？

是不是工学院的 L 老师把我的"不懂装懂"之事告诉了揣老师，而让揣老师不愿面对我呢？还是因为我这半年一直在做留学准备而忘记了问候揣老师而让他感觉"人走茶凉"了呢？总之揣老师不辞而别一定有原因。只是我永远也不可能知道了，因为揣老师如果活着的话现在也应该是将近百岁的老人了。

6. 不应忘却

在我人生的成长道路上，揣老师所起的作用虽然并不明显，但是他以他那极大的善心极力地想要帮助我，这份心是伟大的、赤诚的。虽然我从读小学到读完博士遇到了很多位老师，但当我书写"老师"一文时，我还是第一个选择写揣得为老师。因为他与我无任何干系却真心地想成就我。所以不论他现在在哪里、也不论他现在在人间还是在天堂、我希望他能看到我的这片对他的感激之心，因为他是我这一生中永远都不应忘却的人。

（写于 2018 年 5 月 11 日）

影子

"情书"顾名思义，是表达爱情的书信。虽然人人都有遇到爱情的时候，但是人人却未必都拥有"情书"。战争时期是"家书抵万金"，和平时期估计要是"情书抵万金"了吧。

我与丈夫是大学同学，也就没有了写"情书"的浪漫，但是我还是从一位"他"嘴里知道"他"从美国给我寄了一份"情书"，但我却没能收到。

1. 美国同学

1990 年我作为留学生从中国洛阳来到日本名古屋市，在 N 大学外国人留学生别科学习日语。

N 大学是德国教会创办的，至今在日本中部地区私立大学中排名第一。N 大学学生素质比较高，学生也被社会公认为头脑聪明的人。

外国人留学生别科主要是为了接收欧美大学生在上大学期间来日本学习日语而开设的。虽然也招收欧美以外国家的学生，但是比例非常小。我有幸成为了其中的一员，与欧美学生有了接触的机会。

班里欧美国学生占多数，他（她）们大多是大学二年级的学生，年龄为 19 到 20 岁。欧美学生确实很活泼，也很富有。因为当年中国的收入水平很低，所以中国留学生都是下完课就马上去打工，也几乎不与欧美学生有过多的接触。唯一接触的时间也只是在午饭时间或课间休息时间。

2. 我的影子

班上有一个个头高大（约一半八五）、皮肤白质、戴眼镜的一个美国学生，20岁，大家都叫他"史靠德"（我是根据这个叫法的译音写的，因为我也不知道他的名字用汉语怎么表示？）。他性格比较孤僻，不太爱与别的欧美同学们在一起说话。可他却被同学们笑称为"张洛霞的影子"。为了叙述方便，以后我就用"影子"来称呼我的这位美国同学吧。

影子来自美国的什么州我已经记不起来了。他酷爱中国文化，对中国历史也懂得不少，特别是对末代皇帝溥仪特别感兴趣，经常问我有关溥仪皇帝的事。因为我小时候经常听母亲讲溥仪的故事，也看过溥仪写的【我的前半生】一书，所以也总能告诉影子一些他所不知道的溥仪。影子非常高兴，刚开始时总是为了谢我请我一起吃饭。

美国学生的学习费用和生活住宿费用都是由美国学校赞助的，学生们不用打工而且都是住在日本人家，所以影子也是住在日本人家里的。他平时晚上还教日本人英语，一小时是3500日元。这与我当时打工的工资每小时750日元是无法相比的，所以与影子一起吃饭时他从来不让我付钱，而且经常早晨上课时给我带些水果来，搞得我好像像个要饭的很不好意思。他每日西装革履的穿着整齐，颇有几分魅力，不像别的美国青年那样经常穿便服或休闲服来上课，所以老师们也很喜欢影子。因为日本社会就是西装社会。

同在这个学校留学的中国女留学生D比我早一年来日本，所以比我高一级。D是上海姑娘，未婚且比我小两岁，也经常与我在一起。D小小的个子胖胖的，还戴着一幅高度近视眼睛。D的爸爸是个医生，来日本公费研修回上海之前将女儿办到了日本留学。

我当时已经是30岁了，D虽然也已经28岁了，但她还没有谈过恋爱，在男女之事上还是显得比较天真的。D 对我很好，带我一起去找工作，给了我不少的帮助，对于刚到日本语言不通的我来说，D 也是我应该感谢的一个恩人。

影子在学校不管是上课还是下课，总是不离我的左右，中午在学校食堂吃饭时，D 也常与我在一起。影子总是将我的饭也买了，常常引得 D 大为不满，还几次对我说："你告诉他，让他不要缠着你。"我对 D 说："他这么小，怎么可以用这种语言伤害他？"D 还问我："你会不会和他好啊？你可不能这样啊，你是有家庭有孩子的人"我笑着说："怎么可以想的这么远？估计他只是喜欢中国文化，喜欢与中国人接触罢了。"

说句实在话，我当时脑子里全是如何多打工多攒钱，好给丈夫交学费，以便把丈夫和女儿尽早办到日本。所以还真的没有去认真想过影子的事。我照例是每天一下课就回家打工。我当时只是对存折上存款数字的增加而感兴趣。

3. 心系丈夫

我来日本的第三天，就开始给丈夫找经济担保人办留学手续。因为 N 大学招中国留学生比较少，所以三个月后录取通知发表的那天，影子和我上午上完课后一起去事务室打听消息。

当听到对方说我的丈夫没有被录取时，我的眼泪瞬间夺眶而出。我想到了我的丈夫如果知道后会多么的失望啊？因为丈夫一心觉得他马上也要来到日本。他每日那么辛苦地自己照顾着女儿，那种对未来生活的憧憬和全家团聚的期盼是那么的强烈，我怎么忍心把这个不好的消息告诉他呢？想到丈夫那温柔善良的心以及将会失落的表情，我真的是心如刀绞。影子赶紧掏出纸，让我擦眼泪，并告诉我"不要这样"。还帮我谢了告诉我消息的学校担当职员。

123

第Ⅱ部　陪伴

　　我因为心情很坏也不想吃午饭、下午也不想上课了。影子也没有吃饭，一下午一直陪着我也没有去上课，并一个劲劝我下次再报。

　　我们来到图书馆找个人少的地方坐下。我在继续抹我的眼泪，他在旁边随便翻着英文报纸，我们俩一句话也没有说，就这样默默地坐着。一直坐到我要回家去打工的时间。

　　到了黄金周的假期了，欧美学生都在商量着出去旅游了，同学们互相相邀一起出门。有一天影子、D、和我三个人在一起吃午饭时，影子问我是否愿意去美国转转？我说我得抓紧时间打工。D马上说她想去。可是影子没有接D的话。D的父母是上海医院的医生，家境殷实，所以她是有这个财力的。而我真的是要为挣钱放弃一切。

　　很快半年就要过去了，影子学完课程要决定回美国继续上大学三年级了。影子正式地对我表白了他的心情，我告诉他："不行的，我不忍心抛下丈夫和女儿。"他说他要等，我说："不必的。我们不可能有任何的发展。"其实我当时真的没有想到要和影子有什么结合？因为我当时一心想着要在日本能有所发展、能有所成就、所以我一直保存着要在日本洁身自爱、不在日本留下一个污点的想法。因为我能来日本这一步真的是太不容易了，我不会在日本一无所获的过平平淡淡的日子。我还要读博士、我还要再生儿子（因为我的第一个孩子是女孩）、我还要得到我想得到的一切，所以我根本不会想以"嫁人"来改变我的生活轨迹，我只想以我的成功来改变我的人生、改变我的家庭状况。如果当年我是轻而易举地来到日本的话，可能我也不会这么坚定地要在日本干出点东西。现在的留学生来日本太容易了，所以有些人也不太珍惜自己在日本的每一天，一遇不高兴的事就想回国。

124

4. 不可饶恕

结业典礼之后，同学们在相互道别合影留念。欧美学生显得非常的兴奋和激动，闪光灯亮个不停。我因为没有相机，也觉得没有什么人值得一起照相的，所以只是与几个中国留学生们说话。

影子在日本住家的妈妈也被邀请来参加结业典礼。影子邀请我一起照个留影，我欣然应允。影子拉着我的手走到一块儿较为空闲的地方，他的日本妈妈也做好了拍照的准备。

我正想着应该摆个什么样的姿势时，影子两手迅速将我托起转起圈来，招惹得旁边的同学们起哄大笑。几个中国男留学生们在旁边只是看着笑笑没有起哄，中国男人还是比较文雅的。

我毫无防备，只觉得头晕目眩脸上发烧，让他赶紧放下我。影子轻轻的把我放下，用一手紧紧的搂着我的肩膀，他的脸几乎贴到了我的脸上，并对他的日本妈妈说："妈妈，照吧。"这是我和影子身体距离最近的一次接触，我感到很不习惯并极力挣脱，但是躲闪不及还是留下了一张俩人比较亲密的照片，照片上我的表情可以看得出是比较勉强的。

这张照片我至今自己依然保存着。我丈夫也见过这张照片，夫妻之间应该互相信任，因为我没有什么好对丈夫隐瞒的。如果我想背叛丈夫与影子交往的话，我根本不需那样对待影子。

这件事叫我非常的生气。我觉得影子在不经过我允许的情况下如此之做，彻底的摧毁了我的自尊心，是不可饶恕的。照相结束后我马上就离开了会场，全然不顾影子的道歉和劝说，更没有留下参加宴会的心情了。我看都不看影子一眼走的是那么的坚决，现在想起来真有点后悔，因为他还年轻，不应该那么残酷的对待他。

影子回美国的前一夜，他的日本妈妈给我打电话说要给影子开家庭欢送宴会，希望我也能来参加。我当时正在气头上，就以有打

第Ⅱ部　陪伴

工为由拒绝了。我当时太高傲、太目空一切、也做得有点太过分了，过分的连一些必要的礼节都不要了。

5. 意外重逢

影子走后我们一直没有联系，我也没有那个心情想与他有什么联系。因为一来我比他大十岁，我可不想让外人觉得我是个坏女人，落个我在引诱他的罪名。二来我的心思只在努力奋斗上。到1992年8月份，我完成了我出国时对我丈夫和我二哥的许诺，把丈夫、女儿、还有二哥都办到了日本来留学。我也正式在N大学经营学科功读流通经济学。影子在我的记忆中渐渐淡去，本来在我的生活中不应该出现的人忘掉也是很容易的事。

1994年我去名古屋大学观看由成方圆、郁均健等中国著名歌唱家来名古屋的访问演出时，在会场上居然意外得遇见了影子。他一见我赶紧把我拽到一边问我道："这几年你都在哪里？我一直在找你啊。"我忙说："我一直在日本，还在N大学读书的。"他大为懊恼地对我说："我回美国后往留学生别科发信给你，可是一直没有接到你的回信，别科老师说也不知道你结业后去了哪里？我又问了他们你从中国来时的地址，说是你在一个中学工作过，于是我往你中国的学校给你发了一封信，后来说查无此人又退回美国来了。我还是不甘心，去年大学毕业后我专门来到日本工作，我还是想找你，你果然还在日本啊，太好了。"听完他的叙说我很感动，当一个女人特别是一个嫁了人的女人知道有人曾这样不辞劳苦的寻找她的时候，这种心情是百感交集的。我的眼泪又瞬间流了下来，影子显得很激动也很兴奋，一把把我搂在了怀里。我马上告诉他："我丈夫和女儿也在这看节目的，不可以这样。"随后我俩坐在一起聊了起来。得知他就在名古屋附近的一个公司里工作，今天是公司的中国人同事邀请他一块儿来看节目的。他想着因为今天是中国人的聚会，会不会我也在这里？所以就接受了朋友的邀请一起来了。他显得特别激动的说："果然在这里遇见你了，今晚我要跟你好好聊聊，我要跟你走。"

这让我非常的为难，我既不想拒绝他，因为我已经不忍心了，又不想与他单独相会，因为我不想留下什么后遗症。我与丈夫商量过后，决定干脆邀请他到我们家来住一晚算了。也许他看到我温馨的家庭会比较现实的考虑问题的。丈夫刚开始不太高兴，但我还是说服了丈夫。我对丈夫说："我不忍心拒绝他的要求，他这么年轻，我不忍心让他失望，况且我和他如果真有什么的话，大可不必让他来家。"丈夫只得同意。

晚上我包了饺子真心的想感谢影子那"纯真的心、执着的爱。"并让我丈夫拍下了我与影子的第二张照片。有一本小说叫做"第二次握手"，那么我这张照片能不能说是"第二次照相"呢？因为为了避免丈夫不高兴，又拍下了影子吃饭的镜头，还有他与我的女儿及邻居的孩子在一起的镜头。

6. 永恒情书

不到半年时间影子要结婚了。女方的哥哥是与影子一起工作的中国人同事，女方比影子大 5 岁。我的心再次受到了撞击，看来影子真的就是喜欢中国女人，而且不在乎年龄。

影子辞掉了日本的工作带着新婚妻子回美国了。他匆忙的结婚是不是与我想重修旧缘而无果之下的匆忙决定呢？我不太清楚。我也没有直接问过他。因为我不想再触动我与他的事，尽管我们之间也并没有发生过什么事，但是有些事不发生或许给人留下的遗憾会更大。

影子回美国后的一段时期里，他有时候会趁妻子不在家时给我

第Ⅱ部　陪伴

打电话。影子脑子很好，能说一口流利的日语，他的妻子也会日语。因为当时国际电话还是很贵，都是影子从美国打过来。从他的话语中得知他妻子是一个比较厉害的人，他感到很孤单孤独。

他打完电话后总是会告诉我一句："洛霞，我很寂寞。如果妻子发现我往日本打电话追问你时，你一定告诉她说我们是同学。"我欣然应许，看来影子生活的也不是很幸福。

后来我搬了新居换了家庭电话，估计影子又找不到我了。因为我不知道他的美国电话号码（他以前留给我的美国电话打过去已经是空号了），也无法告知他我新家的家庭电话号码。那时还没有手机，所以我们的联系又中断了。我不知道他现在生活的怎样？我大女儿在美国留学六年，我原本想让女儿去寻找一下影子，但是又一想，寻找他又有什么意义呢？

影子发给我的信我没有收到，更没有看到。我不知道里面写的是什么滚烫的语言？也很想知道里面写了什么？但是这些已经是永远也不可能知道的事了，这些也构成了我的一个遗憾，真是太可惜了，因为我从没接到过任何一封情书。

影子的信能不能算是"情书"我不敢断定，但是影子以自己炽热而纯真的爱给我交了一封真正的"情书"。 这一点是不容置疑的。

（写于 2017 年 5 月 12 日）

草君

草君是我第一年来日本时在工厂打工时认识的一位日本男青年。草是他的姓，他的名字我已经记不清了。因为大家都叫他草君，我也就没有用心记他的名字，以至于现在怎么回想都记不起来了。

1. 工厂做工

1990 年正是日本泡沫经济最鼎盛之期，各个公司都愁招不到临时工，日本上下到处是一片繁忙景象。这对勤工俭学的留学生来说是个挣钱的大好时机，以至于不少留学生都说在日本闭着眼睛都能捡到钱。所以像我这样日语不是很会的人找工作也是很容易的。当然必须是那些只用眼睛看就能知道该怎么做而不用说话的体力工作。

当时我每天晚上 5 点到 9 点在饭店打工，但是因为有时候下午的课不多，而且当时工厂的工资比较高，于是我经常来到专门给留学生介绍工作的场所不停寻找可以打两、三个小时的短时工。

进入 9 月有一家生产民用保暖汽油炉的工厂在招临时工。条件是身体健康、一周工作一天甚至几个小时都可以，足以可见他们是多么需要人啊。于是我前去报名进行面试（也就是看看你是不是个正常人而已的那种走过场式的面试）后得到了这份工作。

30 年前日本的空调式制冷暖两用机是比较贵的，一般家庭夏天用的都是单一型的制冷空调机，一到冬天取暖时用的都是那种放在地上的座地式汽油炉子。现在这种取暖炉已经不生产了。

这家公司有 50 多名正式员工，可生产量确是惊人的，公司在每年的 9 月开始经常招临时工，以便突击生产取暖产品。

面试当天我就开始工作了。人事部长把我带到一个车间后对科长说："小张是中国留学生，不要让她做不安全的工作，以防出事故。"我瞥了一眼四周，发现都是车床，顿时吓出了一身冷汗，因为我从没有摸过车床。但既然公司敢要我，说明我还是能够做这个工作的。反正是为了挣钱，还管它这么多干什么。

于是我就开始工作了。而且决定辞掉饭店工作，因为这里工资高，苦和累我都不怕，我只希望赶紧攒足我和我丈夫明年的学费，好把我丈夫和孩子早日接到日本。

2. 惊魂难定

刚开始的头几天是干的什么活我已经记不清了，印象中感觉到工作还是很轻松的，我并为此得意，觉得这工作太简单了，还拿这么多的钱。

每天下午三点开始有 15 分钟的休息时间。工人堆里来了一个外国留学生是很让他们感到新鲜的，因为当年留学生还很少，他们觉得留学生都是很聪明很有钱的人。于是他们不仅与我热情的交谈，几位中年妇女还经常从家里拿点糖果点心分给大家吃，我也有一份。

每当这个时候我总是看见屋内有一个瘦弱低小的男孩坐在旁边远远的看着我，一只左手永远是插在兜里，有时候顺便搭上一两句话，我也没有多留意。后来我发现大家干活时他总是一个人呆在屋子里，或是看看报纸或是接接电话。后来我从别人嘴里才知道他的左手在冲床上干活时出事故切掉了五指，我吓了一跳。但是还是没有与他正面说过一句话。

过了几天后科长分配我干一种需要车床加工的活，我也叫不上来是叫什么车床？需要把铁板摆放在一个探头的下部，按一下电动钮开关，车床上方出来一个由上至下的探头打在铁板上，打出一个模型，把这个模型再拿下去，就算完成了。

科长一个劲儿给我说："小张，真对不起，因为实在太忙了，人手拉不开，麻烦你就干这个活吧，你可以慢点干，现在机器都装了红外线设置，手一伸进去，机器就自动停止，还是比较安全的。"我也看到确实工厂里没有几个人，那几个女的员工都是临时工，一到下午四点要回家做饭，我不干谁干？于是我只好硬着头皮，惊魂难定的干活。虽然说有红外线保护，但是这出事故的事也不是百分之百地可以避免的，每一个出事故的人都是觉得不会出事的。但我也没别的办法，饭店工作也辞掉了，我如果再出去找工作又得耽误几天挣钱的时间。干脆硬着头皮干吧，小心一点就行了。

3. 大逆不道

随着工作量的增加，我开始忙碌起来。因为我爱喝水，只有趁喝水的时候喘口气。日本的自来水是可以直接喝的，于是我总是在公司的自来水笼头上用双手捧把水喝。虽然有自动售货机卖汽水、茶、咖啡什么的，但我平时不爱喝有甜味的饮料，只喝白开水，所以喝自来水也没有觉得难喝。

有一天下午三点休息时，草君从自动售货机上买了两筒咖啡递给我一瓶。其实我不喝咖啡，但是当着这么多工人的面我又不好意思拒绝（因为日本人平时一般是不给别人买东西的，只买自己的份，以防别人为难），只得谢谢他了。

从那以后，每当我干活时，草君总是来到我的机床旁，一只手插在裤兜里，另一只手帮我递零件。刚开始是帮我一会儿，后来越发发展到从我一开始干活就寸步不离我的左右，而且还不停的给我讲这讲那，听到好笑处我也忍不住会笑了起来。

这样的工作样子不仅让我感到不自在，也引起了旁边人的"白

131

眼"，首先是科长批评草君、进而是那几位临时女员工对我摆出了冷漠的表情，后来发展到她们对草君也直接冷嘲热讽。她们还去向科长施加压力，说我干活还有人在旁边帮助，应该干两个人的工作量，否则对她们不公。这些话都是后来草君告诉我的。因为她们一是觉得我是外国人不好直接对我说。二是估计她们觉得我日语还不好，与我也说不明白。她们只得以她们的行动来表示抗议。这也不能怪她们，主要还是因为我和草君的工作态度实在是有点不合时宜、大逆不道。

我问过草君为什么不去干他的工作，他说他出了事故后可以不用干任何活，想不想上班都无所谓没人管。他来公司只是因为闲着没事干。

以后每当下午 3 点休息时，如果我一进屋子，几个女员工就马上挪位置离我远远的，以示对我的厌恶。这时草君会马上走到我的身边跟我说话，显得对我很热情。后来我干脆中间休息也不回屋去了，就在车床旁找个地方坐一下。

我因为工作很忙，经常加班到夜里 11 点，草君是每天六点下班。科长有时候会提出开车送我回家，我一次也没有答应。因为我不想平白无故地让他送，我坐地铁也很方便的。科长有点儿不悦，也不知是什么原因，让我干的活越来越多越来越重，我有点难以承受。我只得跑到人事部长那强调我现在干的活不是当初招工时说的活。部长赶紧把科长叫去训了一顿，科长从此以后不再有意与我搭话了。看到这些，草君的行为才略有收敛。

有一天零件短缺供应不上不用加班，草君说到："今天你不用加班，晚上我请你吃个饭吧？"我也正想问草君一些事，便欣然应允。

4. 草君身世

草君带我来到一个挺安静的餐馆，进门时当店员们喊"欢迎"的时候，他很自豪地放大声音说"两位"，坐定后草君略微显得有点激动，表情温和、两眼放光。可以看出他是很久没有带女人一起出来吃饭了，他那种自豪的表情没能逃过我的眼睛。

草君首先对给我添了麻烦而道歉，我连忙说："不要紧的。"草君说："其实你刚来时我真的没怎么注意你，因为中国女留学生在日本有不少人都是去当陪酒小姐的。名古屋有一条街是红灯区，里面不少都是中国女孩。可是后来我发现你和她们不一样，你不仅跑到工厂来受这份苦，你竟然每天还工作到这么晚。所以我觉得你不是一般人。你为什么要来日本呢？"我简单地给他讲了我来日本的经过，又告诉他我之所以这样拼命干是因为想赶紧把丈夫也叫过来留学，特别是为了不致于让他对我产生误会，我还比较多的特意讲了一些对我丈夫的思念。其实我当时又上学又拼命打工的，哪里有时间思念丈夫啊，都是纳头便睡的。

我又问他："你这样帮我，你们公司人一定很不高兴吧？"草君笑笑马上说："他们说我被你迷住了。"草君又讲了一些她们对他的抗议以及冷嘲热讽，她们甚至还说草君是为了与我交男女朋友而帮我。我趁机问道："你没有结婚吗？"草君听后便慢慢地给我讲起了他的身世。他的表情很从容，一直轻松微笑着，如同在给我讲故事。

草君出生前父母已经离婚，因母亲早产，草君初生时体重很小，母亲把他放在孤儿院门口后就一去不复返了。他是被放在婴儿宝温箱里才得以保全性命，因此身体比较瘦小。他是在福利院长大的，直到现在他都没有见过他的母亲，更不知道他的父亲。

后来他初中毕业进了这家公司工作，并结婚生了一个儿子。可是在儿子一岁时他在工作中出了事故压掉了他的左手手指，等他清

133

醒过来以后，他的妻子带着儿子已经离他而去。他多方打听直到现在他也没找见这一对母子。

他非常希望能见到自己的儿子。因为他现在孤身一人，已经 27 岁了，又是现在这个情况，所以他对前程很灰心，觉得自己是个没有用没人要的人，活着也没什么意义。我一听马上劝他不可如此悲观，也许以后会找到儿子的。他说："不可能了，我已经不想这件事了。只是因为手很疼，晚上疼的睡不着，所以又不得不想到这些事。"我听后也不知说什么好？更不知道用什么话去劝他？只是说相信奇迹吧，因为有些事真的是可以发生的，并为我对他无能为力而心感不安。

他笑笑说："没关系的，只要你能答应，如果下次没有加班时我再约你，你能随我一同出来吃顿饭就可以了。"我说："我尽量吧"。因为我实在说不出不同意的理由，虽然我不喜欢随便陪男人一同出来吃饭，但是他已经很可怜、也很自卑、我不应该再让他感到连我也看不起他了。

5. 快活草君

吃完饭后，草君开着车送我回国际留学生会馆。草君一路很兴奋，一再谢我。我也很高兴今天终于可以找到一些他为什么如此帮助我的原因了。他的身世决定了他的善良、见弱同情、拔刀相助的日本武士之心。因为以前我一直在纠结他为什么这样帮我？

当时我白天在学校上课是美国男青年影子不离我左右在保护我、晚上打工又是日本男青年草君不离左右在帮我。我一直在想：为什么会这样？是不是我自己在哪些方面做得不好？以至于引起了他们的幻想。可是我觉得我当时除了想挣钱以外，我没有任何别的想法。因为我要成功，我不能留下任何一个污点。所以我更没想要去勾引什么人，也从没有要以女色去得到什么的想法，我只想要洁身自爱。

但是草君今晚也一直没有让我看到他的那个受伤的手。这是他永远的伤痛、是造成他妻离子散的手、他不想让别人看到也是情有可原的。

第二天我去打工见到他时，我们俩互相交换了一个释怀的快乐眼神后、彼此又送给了对方一个微笑。就是那种做了什么让人感到非常好笑的事之后的那种会意的笑。我发现草君的脸一下子舒展开来，两个眼睛大大的配上高鼻梁，我突然感到他长的有点不太象日本人。不过我从没有问过他，因为他自己都不知道他的父母是谁？

从那以后，草君今天给我买这个、明天给我买那个、还不停地给我买了几件衣服，并要求我一定穿上让他看一眼。我一再劝他不要这样乱花钱乱买东西，他总是说："洛霞，你不用担心，我一个人的工资自己花，我没有任何负担，我给你买东西我觉得非常的快乐。"我只得警告他："如果再这样下去，我要辞掉工作。"他才不得不有所收敛。

后来草君干脆下了班后吃完晚饭，专门买一个盒饭在工厂门口等我，我下班后他马上开车把我送回去，并递上他买的盒饭，说一句："早点休息吧，晚安。"就径直开车回家了。他的家在哪儿？我不知道也从来没有问过。

草君每天如此对我，从没有对我提出握一下手的要求。我还想：这日本男人还真有点男子汉样子啊。不像美国青年影子那样多少有点放肆。

6. 带你看海

时间过得很快，转眼到了第二年的 1 月份了，公司今年的订单

第Ⅱ部　陪伴

已经基本完成了。我丈夫来日本的手续也已经办好了。因我丈夫不会日语，所以我又找了一个生产电极板的工作，并说好我将与我丈夫同时去工作，那家公司欣然应允，因为当时哪个公司都需要人。于是我告诉草君，到月末我就要辞掉这里的工作了。草君说："这就好了，你也有个人照应了，也不用打工打得这么苦了。"

可是有一天，草君突然对我说："洛霞，你辞工之前能不能随我去海边一趟？我没有别的意思，只是因为我很喜欢海，非常希望你也能去看看大海。"看着他那认真的眼神，我一下子不知道应该怎么回答他？我当时真的不忍拒绝他，只得说："必须当天去当天回。"他马上说："可以，那就后天吧。"我答应了。他高兴得说："那我去准备东西了。"

可是下班以后，我觉得不对头啊。我怎么能轻易地答应跟着他到海边呢？如果他万一想不开拉我陪他葬身海底那可麻烦了，因为他一直觉得活着没意思。而我可是想干点事的人，我可不能有任何闪失啊，我丈夫和女儿还在中国等着我呢，我更不可能让身体受到一点伤害，那样我就不是一个在日本打拼得毫发无损的人了。

可是我已经答应人家了，人家又去准备东西了，我怎么再给他说不去啊？他听到这话将会多么的伤心啊？就这样我在床上翻过来覆过去的翻腾了半天没睡着。最后我还是决定不去了，不管他怎么说我背信弃义，我还是不能用生命去冒险。

第二天周五上班时，我首先告诉草君我长距离坐车晕车不舒服还是不去为好，并表示了歉意。没想到草君马上笑笑说："没关系的，不去就不去吧，有空我再请你吃个饭吧。"我说："可以"。时间订在了我辞职的那一周。

看到草君并没有对我不去海边有什么不悦，我才放下心来，虽然我比他大 3 岁，但我觉得他变得高大起来，他的包容心让我觉得我太渺小了，是不是有点冤枉好人了？

136

7. 伤痛之手

这一天下班后，我打开书包准备放入工作服。发现里面有一个很精致的长方形首饰盒。我打开一看：是一条金灿灿的特别粗的手链以及写有黄金 50 克的品质保证书。金灿灿的手链泛着光好像在向我微笑，我不禁回了一个微笑。我想这一定又是草君送的，于是原封不动地包好打算晚上还给他，因为这个礼物太贵重了。

我们俩在饭店坐好后，我拿出来这个盒子要还给草君，草君马上说："洛霞，你总是不常微笑，太忧郁。我至所以送这个，只是想看一下你打开时能露出微笑。你不知道刚才我远远的站在别处，看见你的微笑，我是多么的快乐。我们日本人有个习惯，送出去的东西是不能再还回来的，如果你真的不想要，你想怎么处理都可以。"

草君马上又有些泪丧的说："洛霞，以后你不在，我会感到寂寞的。我也不在这里干了，我打算换个公司。"我说"为什么？你不是干得挺好的吗？再说换工作哪有那么容易呀？"他说："我这样的人不愁找工作，因为日本政府给雇用伤残人员的企业有很多補助，所以不少公司都想雇像我这样只是手有伤残但脑子体力都没问题的人。之所以不想继续在这干，一方面是这里的人的冷嘲热讽让我没有了在这儿继续呆下去的勇气，另外我也不想看到以后没有你在的情景。"我无话可说，搞不清事到如今是不是真是我的错？可我也没想这样呢？我问他打算去哪里？并说等我丈夫来了，过年过节就来我家做客。他马上说："洛霞，你丈夫来时我去车站接他，我很想看看你的丈夫是什么样子？而且以后我不会去打扰你们。我们日本男人是不会去结过婚的女人家的，那样的话将让她的丈夫担心，对她的丈夫不公平。"我说："你不必这样啊，我们之间没有什么，也没有什么公平不公平的事。"他马上说："洛霞，我很感谢你这一段带给我的快乐，但是你不懂的。"我不再说了。他突然说："洛霞，我

第Ⅱ部 陪伴

只有一个请求：我的左手自从负伤以后没有任何一个人摸过它，它太可怜了，你能不能摸摸我这只受伤的手，给它点温暖？"我听后顿时不知如何是好？因为让我去有意触摸一个男性的手，我还是一时拐不过这个弯。因为我们这一代在男女之事上还是比较保守的。

可是我一想到草君的辛酸、草君的悲哀、以及草君的善良和为我的付出，我难道不能委屈一点去抚摸一下他那伤残的手、破碎的心吗？草君见我一副迟疑、犹豫不决的表情，立刻说："你不要介意啊，我只是觉得它太可怜了。"

我一下子想到我小的时候在家不受待见，在学校因父母问题受同学们的欺负，当时也是多么渴望有个人可以温暖我啊。我又想到我初恋的 L 君，我当时是多么希望 L 君能多看我一眼、可以握一下我的手啊。于是我不再犹豫的说："草君，可以的。"草君立刻露出了微笑，一边说："谢谢，谢谢。"一边把左手伸到了我的眼前。我终于看到了他那伤残的手。他的五个手指已经完全没有了，只留下了一个呈倒三角状的小手掌。由于手上的皮肤是从大腿上移植过来的，所以手背上有几根毛。我最怕摸毛烘烘的东西，但是这一刻我还是用双手抚摸了他的左手、我感到我是在用心抚慰他那残缺的心。

草君嘴里不停的说着谢谢，流出了眼泪，并用右手一下子盖住了我的双手，我也不禁流下了眼泪，因为我对草君只能做这样的事。我告诉草君我周六要去大阪接我丈夫，他让我到时候一定告诉他我和丈夫到名古屋的时间，他一定要去车站接我丈夫。我答应了他。

8. 无影无踪

1 月 9 日草君在名古屋车站接上我和我丈夫赶往名古屋国际留学生会馆。在车上草君一边开车一边对我说："洛霞，我给你丈夫买了一条牛皮皮带，你交给他，希望他能直起腰杆保护你。我还有一盘我非常喜欢的歌手五轮真空的歌曲录音带，你也交给他，希望他能喜欢，对他学习日语是有好处的。"我当时正沉浸在与丈夫别后一年的重逢之中，一个劲的问丈夫这问丈夫那的，忽视了草君的存在，根本就没有把草君的话放进脑子里去认真想。

等我将丈夫的入学之事以及打工的事儿都办妥当了以后，我与丈夫商量决定请草君来家吃个饭，以答谢他对我的照顾。可是当我给他们单位打电话找他时（当时还没有手机），对方说他已经辞掉工作了，究竟去了哪里他们也不知道。

我恍然大悟，知道草君对我说的话都是真的了。

几十年来，我时常想起可怜的草君，不知他现在在哪里？也不知他过得怎么样？更不知他现在是否还在人世？我耳边只留下他的那句话："我们日本男人是不会去结过婚的女人家的，那样的话将让她的丈夫担心，对她的丈夫不公平。"

我不知道日本男人是不是真的是这样？但是草君是这样的日本男人。

（写于 2017 年 6 月 20 日）

第Ⅱ部　陪伴

纯子

"男大当婚、女大当嫁"是天下父母对儿女结婚时经常说的一句话，"成全儿女婚姻事、了却父母一片心"也是天下父母的一个愿望。可是我却遇见了一个不愿意让女儿结婚的父亲，这让我至今都不愿想起这件事。因为我忘不了这个女孩在我面前流着眼泪说：我想结婚。

1. 初见纯子

80 年代初期中国的日语教育还没有正式开始。不仅日语教学书很少、日语教师更是没有。因为我是自学日语，一直很想听听日本人的发音。

1985 年 8 月母亲去世以后，我加快了学习日语的步伐。87 年我经常利用节假日去洛阳的旅游观光地寻找来洛阳旅游的日本人对话，以求取得"真经"。我当时只是想听听日本人的发音，全无任何别的超前意识。

1987 年夏天学校放暑假的某一天，我来到洛阳博物馆等待日本游客的光临。因为当时正是日本流行来中国旅游的热潮，所以洛阳的中州大道上时常可以看到满载日本游客的大客车在满载着日本游客奔向洛阳的各个旅游景点。所以洛阳博物馆也是每天必定会有日本客人的来访参观。

一会儿来了一群日本客人，有大人也有小孩。因为我当时不会说日语，只会说一句诸如"你好"之类的话，所以只敢找一些面善之人或者是小孩前去招呼。

我总是拿着纸和笔与日本游人交流，因为日语里有很多是汉字，

140

而且有不少汉字表达的意思与日语中的汉字的意思是一样的，这无疑为我的学习增加了很多的便利。于是我大着胆子走向了一位学生模样的女孩。

我用日语"你好"与女孩打招呼，女孩立刻显得有点紧张，慌忙回了一句"你好"就开始四处张望。这时一位略显清瘦的中年男子走了过来，用不太流畅的中文与我打招呼。我大为惊奇，能遇见会说中国话的日本人我还是第一次，于是我连忙做了自我介绍，并说明我只是在自学日语，是想与日本人进行对话学日语。中年男子的表情立刻显得温和起来，他告诉我这是他的女儿叫纯子，他自己是日本神户市一所高中学校的教师，很喜欢中国并且一直在学中文。因为正值暑假所以他带女儿来中国旅游。

纯子当时是中学二年级学生，13 岁。她长得白白的、胖胖的，看上去是个很老实的一个女孩。我当时是 28 岁，也是一个 3 岁多孩子的母亲了。她父亲给我和纯子照了张相，并要了我的中国地址，承诺回日本后一定寄给我。

2. 海外老师

当时我又用同样办法在洛阳的几个旅游点交上了另外几位日本朋友。后来我与这其中的五位日本朋友展开了书信往来。在那个时期每周不是收到日本的来信、就是收到从日本寄来的小礼物。更为让我的矿山厂中学同事们开眼界的是：纯子的父亲每月给我寄来一本妇女服装杂志。那装潢精美的封页和质地高级的纸张以及漂亮的画面都是当时国内所不曾见到过的。

新颖时尚的服装让同事们为之振奋，大家纷纷传阅，整个学校的话题都成了日本时装。不少老师拿着我的书让裁缝照着书中的样子做衣服。

第Ⅱ部　陪伴

　　与日本友人的来往信件越来越频繁。大阪的横濑先生是一位七十多岁的老人，他每周一定给我发一封信，所以每周的收信发信成了我生活的一部分。刚开始写第一封回信的时候，我两天才写了半张信纸，两年以后我不到两个小时就可以写出两张多了。纯子的父亲不仅给我写信，还会将我每次的回信用红笔修改后再随下一封信寄还给我，对我日语的学习起了很大的帮助，俨然成了我的一位"海外老师"。

　　88年我下海经商时，听到了有关国家允许去日本自费留学的事，我心潮澎湃。我将我想去日本自费留学的愿望写好一式五份，分别寄给了这五位日本朋友（纯子的父亲也是其中之一）。我想一定会有一位可以帮助我的。

　　一个多月后纯子的父亲来信表示他无能为力，无法帮助我。我也同样接到了别的日本朋友们的信，没有一个表示可以帮助我实现留学愿望的。

　　因为当年中国收入水平还很低，"万元户"还是让人可盼而不可求的，所以中国人去日本留学必须要有一名日本人做经济担保人才可提出留学申请，后来经过了一年多的努力，名古屋的松浦先生终于承诺了我的要求。

　　1990年1月21日我终于来到了日本，并很快在日本给纯子的父亲发去了第一封信。我虽然希望可以看到他的回信，因为他毕竟是我的"海外老师"，但是又想到：他会不会因为没有给我当经济保证人而不好意思回信呢？或许怕我以后会给他添麻烦而不愿回信呢？

　　纯子父亲接到信后立即打来了电话。因为我当时日语不好，也不太熟悉他的声音，一时间没听清是谁的电话，他立即用中文说："我是纯子的父亲。"我这才恍然大悟。

　　几天后他专程从神户跑来看我，并不出所料地一再对没有给我当经济保证人而自感惭愧，还反复道谦。看到他毕恭毕敬的样子，我反而觉得我简直像是一个罪人，让一个好端端的人平白无故地对我负有内疚感。

3. 老师的痛

纯子父亲是日本早稻田大学的毕业生，毕业后在高中教历史。虽然我们相处这么多年，但从来没有讨论过一次有关中日两国对中日问题的看法。每次相见多是他去东京参加同学聚会时路过名古屋时，他或者约我在名古屋车站一起吃个饭，或者有时到我家来坐一坐，有时也会留下吃完饭再走。他照例是每次见面都对没有给我当保证人而道歉。他比我大 26 岁，所以我一直视他为长辈、老师。不管我打工再忙，我还是有约一定前往。他来我家时我也是热情招待。

后来从他的话语中，我得知他的夫人曾经是他的学生，比他小18 岁。婚后二人育有一女一男两个孩子。纯子有一个弟弟，可是弟弟天生脑残，生活不能自理，每天必须送康复中心理疗。他的夫人不得不每天在康复中心上班，以求一边工作一边可以照顾自己的儿子。为此这是北地老师的一个无法了却的痛。他便把所有的希望和教育都给了女儿纯子。从他的话中我也知道了纯子自从和我在中国见过面以后，也对中国开始感兴趣，跟着爸爸开始学习中文了。

1995 年日本阪神大地震，纯子家地处重灾区。当电话可以接通以后，我马上给纯子父亲打电话，问他们一家是否需要到我这里来避一避？纯子父亲不在，是纯子接的电话。我再一次听到了纯子那清脆的少女之声。后来由于当地政府安排得挺好，他们一家也没有到别处去避难。

纯子后来又考上了大学专修中文，四年大学毕业后几乎不工作，还又学这学那的，拿了好几本资格证书。其中有可以在日本中学教国语的教师资格证、还有营养师资格证等。可是纯子一直没有当上教师，也不从事别的工作。我一直不知原因也不便问。

2008 年 7 月左右，有一天纯子的父亲给我打电话，问我能否在中国给纯子找个工作？因为纯子非常喜欢中国，并说过两天他将带纯子一起来我家坐坐。

4. 重见纯子

说来也巧，这时正好洛阳一所大学的外事办事处与我联系，希望我帮他们找一位能教日语的日本籍老师，我马上想到了纯子。因为她是中文专业毕业的，去洛阳教日语应该是条件比较过硬的。于是我答应了洛阳的大学，并大致讲了一下纯子的情况，对方很高兴，说是希望马上办手续，九月就可以上岗教书了。

我立即将这个消息告诉了纯子的父亲，并让把纯子的所有证件都带过来。纯子父亲喜出望外，带着女儿来到我家。

父女俩落座后我简直不敢相信自己的眼睛：我发现纯子出落得还是挺漂亮的，特别是大大的眼睛、白脸红唇的、即端庄又大方。真的是女大十八变、越变越好看呀。

一阵寒暄过后，纯子的父亲让纯子用中文与我说话。纯子的中文虽然算不上流利，但是她说的话我还是能听明白的，只是她说话时目光有点轻微呆呆的，始终是同一个微笑的表情，一动不动的像一尊塑像。特别是遇到有些中文字的发音，她会比较急促的反复发好几遍，而且有点上气不接下气的感觉，但是她说日语时是没有这个现象的。所以我一直以为大概她在我面前过于紧张才导致了这种现象，也就没有多在意。再说在中国教日语，就是一句中文不会的都是不要紧的，还何况纯子还会点中文。

八月下旬我带着纯子父女来到洛阳某大学进行试讲。纯子那天表现得非常好，不慌不忙的用中文做自我介绍时发音非常漂亮，也没有表现出什么异常。大学方面非常高兴并立即签约，我心里也落下了一块石头。觉得给双方都做了一件好事。当时签约支付纯子的工资虽然与日本不能相比，但是比当地大学教授的工资还是高一点的，因为她属于外教。

5. 一记耳光

可是过了不多久，洛阳方面的大学给我打电话，说是纯子教书还马马虎虎，只是发现纯子生活不能自理。他们很担心，说是如果可以的话，半年以后打算停止纯子的教学工作，因为学校担心出事。我很奇怪，一个已经成年的女孩子怎么会生活不能自理呢？学校方面说：她的屋子乱的简直是不忍目睹，完全不像一个女孩子的屋子。

我只得给纯子的父亲打电话，委婉地讲了学校的决定。他父亲当即决定这学期结束后去洛阳接女儿。为了不至于在交接上出什么问题，我特意让我丈夫回国陪纯子的父亲去接纯子。因为我正上班走不开。

后来听我丈夫讲，他和纯子的父亲赶到纯子住的屋子时，屋子里简直像垃圾箱一般的乱，没有插脚的地方。纯子的父亲气得二话没说，当着我丈夫的面先给了纯子一记耳光，骂她"混蛋"。

纯子父女回到日本后，两人又专门到我家来给我道歉。纯子的父亲一再表示是他没有教育好孩子，并希望我再找找中国是否还有学校愿意接受纯子？而且他下次陪纯子一起去中国，他不但一切费用自费、而且还可以义务的给对方大学讲课。并保证纯子再不会发生生活不能自理的事。

我问纯子的父亲，纯子到底是怎么回事？后来纯子的父亲告诉我：纯子多少有些智障，不太会与人接触打交道。纯子母亲一直担心纯子在外工作会给别人添麻烦、受欺负，所以也就没敢让纯子在

第II部　陪伴

日本找工作。另外纯子是中文专业毕业的，一直希望可以在中国工作生活。纯子父亲还一直对他没有事先告诉我他女儿的身体情况而表示道歉，把我搞得气也不是、不气也不是。事到如今我也不好说什么，自认倒霉算了。因为我不忍心满怨一个有着残缺孩子的父亲，他也是希望他的孩子会一天比一天好啊。幸亏这件事对两方都没有造成什么大的损失。

后来武汉某地区的一所大学托我找日语教师。这所大学地处小城市，工资又比较低，一般日本人都不愿意去。我只得又问了纯子的父亲。因为纯子的父亲已经退休，完全可以陪女儿在中国的大学住一段，对方大学也表示同意，而且也可以免费提供纯子父亲的住宿。

就这样纯子再次成为了中国一所大学的日文教师。从学校的反应来看，对纯子的教学非常满意，对纯子的父亲也非常满意。2010年元月我去武汉地区的那所大学看望了他们，发现这个城市确实是太一般了。脏、乱、差不说，出租车的起步价是 3 元，足以看出这个城市的生活水准。我在街上走了一会儿，尘土飞杨的，纯子父女能在这里住下已经很不容易了。

过了一年后，纯子的父亲因病先行回到日本，并高兴地告诉我：纯子又被继续签约了一年。纯子一个人生活已经完全没有问题了，他还一再强调说："这次再不能给你添麻烦了，纯子也再不能失败了。"

6. 我想结婚

就这样，纯子一个人在大学呆了下来。每次大学与她续约后，她都会高兴的给我发邮件，一边表示她兴奋的心情，一边总是不忘谢谢我。她父亲也会马上从神户打来电话对我表示感谢。

纯子

其实我的心情也很矛盾，一方面让纯子一个女孩子在那样的城市里生活心里也是略感不安的，一方面我也是确实是为了中国大学方面的需要而希望纯子能多呆一段，为大学解决点燃眉之急。因为那个地方确实是日本人不想去的地方，估计中国人也不是很想去。

转眼间过去了两三年，有一天纯子发邮件告诉我，她马上要回日本探亲，并要来我这坐坐。我也没有多想，以为她是和父亲例行到我这儿"汇报"一下她在那儿的情况的。

父女二人坐定以后，纯子的父亲对纯子说："你给张教授说说你恋爱的情况吧。"我征了一下，马上说："好啊，纯子，恭喜你啊，是中国人吗？"纯子立刻拿出了好几张照片一边让我看，一边给我解释，据她讲：有一个在大学附近晚上教大妈们武术的一个男子喜欢上了她，而她也喜欢那个男孩。可是我从纯子拿的照片上怎么看着都不像是正常的谈恋爱。一群媒婆似的女人强拉着纯子的手硬往那个男人的手里放，还要把纯子往那个男人的怀里推，让我立刻有一种对方想生米做成熟饭的"逼婚"的感觉，根本不是一对恋人心心相应的谈情说爱的温馨场面。

我心里不禁一阵酸痛，因为我知道纯子从来没有谈过恋爱，也没有与男的接触过，估计这是她第一次接触男人吧？虽然她有点弱智，但是她毕竟是一个已经30多岁的女人了，哪个女子不怀春呢？她是招架不住男人的诱惑的。那个男人看着已经像是中年男子，而且从那个男子的身材上、动作上怎么都看不出像是一个练过武术的人。特别是那男的神情和站相一点不像是搞体育的人、更不像城里的人，因为那个男的还留着锅盖头。一群妇女们也是五大三粗的俨然是一群农家妇女，穿的也是大红大绿的。我还想：这男的会不会是故意为了迷惑纯子，而特意穿着一身练武术的白色衣服呢？我问纯子："你了解这个男人吗？与他能够用语言沟通吗？"纯子指着照片上的一个女人说："这个女的是这个男子的姨妈，他姨妈告诉我说

147

第Ⅱ部　陪伴

这个男人特别喜欢我，还说如果我回日本他也一定会跟着我回日本，他可以在日本教武术，他绝不放弃我，所以我很感动，可是我爸爸不同意，说我不适合结婚，让我不要和那个男子来往，张教授你帮我劝一下我爸爸，我想结婚。"我听后恍然大悟，原来他们今天是为这事来的。

　我一时不知该怎么回答，只是告诉纯子："国际结婚太难，如果你想结婚，还是应该找一个日本男子结婚为好吧？"可纯子说："我爸爸不让我和日本男子谈恋爱。"我马上问纯子的父亲："为什么？"纯子父亲说："纯子是这个情况，如果她与男子结婚，男子未必会让她幸福，那样的话纯子将更受罪，而且以后有了孩子还不知道孩子会怎么样？因为纯子的舅舅就是脑残，结果纯子的弟弟也是脑残，所以我不想让纯子以后再有这样的事。"我说："那可以让纯子找一个不打算要孩子的男人啊。"她父亲马上说："那怎么可以，既然结了婚就要尽妻子的责任，不能因为自己耽误了别人，结婚不生孩子这怎么能行呢？"事到如今我才恍然大悟，为什么纯子至今没有男朋友。其实我以前也曾问过纯子的父亲，问纯子有没有对象？纯子的父亲一直说是没有，我还以为是纯子一直没有找到合适的。因为现在在日本，三十五、六岁结婚的女子大有人在。纯子在旁边一边安静地听着，一边默默的流泪，她一边说："我不要紧的，我可以管理好自己的，我要结婚。"并又一次对我说："张教授，你劝劝我父爸爸，我想与那个中国男子结婚。"他父亲马上说："你胡说些什么呀，不要再往下说了。"又对我说："张老师，不好意思，让您为难了。"我一看这架势也不好说什么了，我也觉得纯子挺可怜，可是她如果真和那个男人结婚，我看那个男人的样子也不像是什么好人？万一跟着纯子来到日本，再把纯子抛弃了，那纯子岂不更可怜。因为在那个小城市的地方，想以结婚跑到外国的人估计还是有的。

纯子

7. 无能为力

对于纯子父亲的做法，我一直不太理解。我单位有个男同事，不论从长相上、个头上、人品上都是日本女人眼里比较理想的男子。我们在一块工作配合得非常默契，也很谈得来。他已经六十岁了，可是至今未婚。日本人一般同事之间既不问对方的婚姻、也不会给同事介绍对象，因为他们担心会添很多麻烦进而影响同事关系。可我是中国人，一直都想做"好事"当"媒婆"，我问他为什么一直不结婚？而且我们学校就有几个与他年龄相近的女教师也是至今未婚。他对我说：他有个妹妹是残疾，现在是由父母在照顾妹妹，将来如果父母不在了，照顾妹妹的责任必须是他的，他不想给别人带来麻烦，因为这必然要引起夫妻关系的不快，与其这样不如不结婚。

我这才理解了一点纯子父亲的做法。他们宁愿放弃结婚也不想要那将来不会幸福的婚姻，更不想让别人与他们一起承担他们生活中的不幸。我不知是因为中日文化不同？还是道德观念不同？我觉得婚姻这个东西很难知道将来的，再完美的婚姻也不可能保证永不褪色，为什么非要去为了以后而舍去现在的幸福呢？不过日本男人在责任与担当上确实做得比较到位，所以在日本很少看到夫妻吵架，因为日本男人是不会与妻子吵架的。虽然在电视剧上看着日本男人也比较会沾花惹草及时行乐的，但是在现实中在对待婚姻上日本男人还是比较严肃的，"及时行乐"或许不是他们所崇尚的。所以从那以后我再也没有劝过纯子的父亲。

2014 年纯子结束了在中国的教学工作回到了日本。据她讲是因为中国大学减少了日语课。我不知道真正的原因是什么？我也没有问对方的大学，我觉得我该做的也都做了。但是纯子回到日本后没有再来我这里例行"汇报"。

2010 年我和丈夫投资在名古屋创办了一所日本语学校，叫做"名

149

古屋福德日本语学院"。并与河南科技大学外国语学院建立了友好校际关系，双方互开办事处，互为对方招收留学生。我丈夫任校长。现在学生人数已经有三百多人了。因为我是大学老师，所以不能担任日语学校的工作，只得以"顾问"挂职，有空了就问两句、没空了也就顾不上问了。

2014 年的一天纯子父亲再次来到我这里，面有难色的对我说："纯子现在没有了工作，我老婆让我问问您，您的日本语学校能否招纯子当日语教师教书？真是不好意思，总是给您添麻烦。"我告诉他："我的日本语学校的教师必须要持有日本语教育能力资格证书，这是负责管理日语学校教育的【日本语教育振兴协会】规定的硬性条件，否则是进不来的。"纯子父亲听后很惋惜的说："纯子是没有这个证书的，这也是没有办法的事了。"

看着老人离去的背影，我心里也很不是滋味。但是有些事确实不是我所能办到的，我也确实有很多"无能为力"的时候。

从那之后，纯子父亲就一直没有联系，只是过年时互相寄些贺年片。我还想着怎么这么清静啊？2017 年 5 月 18 日纯子的父亲又突然给我打电话，说他去年因脑溢血住院了三个多月，现在已经恢复。5 月 27 日到 29 日他要去东京参加同学聚会，回来时路过名古屋。如果我方便的话，想来我家坐坐，我欣然答应。我不知道他这次来我这儿是不是又要托嘱点什么事？他已经 83 岁了，我也快 58 岁了，纯子也已经 43 岁了。

时隔 30 年，当年洛阳博物馆的一次偶然相见，竟发生了这么多的变化。一个中国女孩要往日本跑，而一个日本女孩要往中国跑。孰是孰非的评论已经没有了意义，有的只是各自选择各自喜欢的生活方式罢了。我还是那句话：世上本没有好事坏事？适合自己的就是好事。所以当你有烦恼时，就想想这件事是不是符合你吧？

（写于 2017 年 5 月 22 日）

爱的陪伴

群是什么？当 2018 年 4 月 20 日【洛阳晚报】登载了一篇题为《張洛霞和她的"文人墨客"群》一文之后，不少朋友给我发信，说是想不到我还领导着一个群？而且我还会跳舞？因为他（她）们眼中的张洛霞是个有着一双小酒窝、很文静的、甚至不爱说话的一个弱小女子，怎么会把一个群搞得风生水起的？因此我再一次思考：群，到底是什么呢？

1. 手机上群

自从手机可以上网以后，很多年轻人用它玩游戏、买东西、遨游在手机的自由天空中，去得到他们想得到的一切东西。

而我对手机上网毫无兴趣，就像对汽车毫无兴趣一样，摸都不想摸一下。因为我觉得玩手机上网的人都是游手好闲的人，所以我不想做那样的人。我觉得手机就是为了打电话用的，除此之外我不想用它干任何事，更没有任何别的奢望。

后来苹果手机开始流行，手机上网已是势如破竹、一发不可收拾。我丈夫先买了一个苹果手机，还劝我也买一个。我坚决拒绝，因为我觉得它有违于我的为人。丈夫三天两头让我看他的手机能干这干那的，还打开网页把手机伸到我的眼前，硬要我看里面有趣的画面，搞得我十分恼火，说他是玩性不改、不务正业。丈夫只得作罢，但是嘴上还是不服气地说："你真是跟不上时代的潮流，不会享受现代科技。"

又过了一段丈夫又老生常谈说是他就想让我玩玩新的东西，又劝我换个苹果手机，哪怕不上网也行，否则他不忍心看我每天还是

151

用着不能上网的翻盖手机。我把他的话全当耳旁风，想都不想。

这一年的夏天暑假我回到洛阳。我突然发现我周围的中国朋友几乎人人都用智能手机，使我的翻盖手机很难拿得出手，这时我才发现：自己真的是落伍了。

回到日本之后立刻叫丈夫带我去买苹果手机。丈夫二话没说，立马拉着我冲到店铺，对服务员说："要一个最好的、功能最全的。"

因为我家里有电脑，学校也有电脑，所以我还是不习惯用手机上网。还埋怨丈夫是瞎浪费钱，买个上网手机也用不上。

有一天，丈夫与住在洛阳的大学同班同学邱仁午通国际电话，邱让丈夫加上微信，好把他拉进群去。丈夫当时听不懂什么叫拉进群去？就说："好好，我叫洛霞弄一下，因为我不会玩微信。"我和丈夫是大学的同班同学，自然也认识邱仁午，既然老同学交代了任务，那就不能坐视不管。可我也不知道什么叫微信？正好我的大学里有两个从河南科技大学来的交换留学生，于是让她们帮我下载个微信的软件，也才终于搞明白是怎么回事了。

一切搞定之后我告诉了邱仁午，他即刻把我拉入了我们班的大学群。我一下子在群里看到了这么多久违的同学，心里非常激动，于是我的手机上群生涯开始了。

2. 热情满腔

2015 年 3 月里我进了大学同学群（叫做"大数一"群）以后，我就像一个丢失了的孩子终于回到了家一般，想与同学们交流的心情如同"久旱逢甘露"。于是每日我都把在日本的所见所闻（我多是谈一些日本的风土人情，以图让大家了解异国风土人情）以及我们对人生甚至退休生活的看法与态度拿出来与同学们交流。

我们这个班是文革结束后恢复高考第二年也就是七八届的学

生。班上同学年令以年长者居多。我属于比较小的一群人了，所以从内心来说，我对同学们是很尊重和敬畏的。就连"大数一"群的群主贾建政都在群上发文说："这两个月来洛霞发了很多帖子，而且知识面宽、内容丰富、充分体现了她对同学们的热情和尊重。"

为了让同学们能够看到一般的中国观光客难以看到的风景，这一年的五月、六月我连相片带散文上传了在日本的两篇游记。文章写得风趣而幽默，很有意思。同时我也把游记一个个发给了我的亲朋好友（包括了我的表亲和亲家）。

在同学们和好友们的印象中，我有着传奇一般的经历。大家不仅感叹我连一句日语都说不好的人竟然一个人抛下丈夫和未满六岁的女儿孤身一人跑到日本，还在日本的大学里当起了正式教师，而且还在日本又生了一儿一女两个孩子。这一切使我在好友们眼里如同驰骋疆场的"巾帼英雄"。现在我竟然还写出了如此浪漫、情节曲折、充满柔情的散文，让朋友们大跌眼镜。朋友们一个个认认真真的写出了自己的感受，令我非常高兴而兴奋。于是我的手在手机屏幕上龙飞凤舞地欢快跳跃，不停地把我的心情以及所见所闻即时告诉大家。

可是问题来了。由于我的散文都是一小节一小节的，每写成一小节都要一次次分别发给每个朋友，十分的费事麻烦。又因为我白天经常要上课、工作，所以哪些人发过哪些？经常连自己也搞不清楚，还得一遍遍确认，十分的麻烦。经常有朋友告诉我说怎么中间少了一节？满怨我存心不想让他（她）们睡觉，还有的朋友说每天期盼我的文章让他（她）们节约了不少粮食，不读到最后饭都不想吃。总之，朋友们的热心陪伴使我写文字的热情一路高涨。

其实我的写作水平真的是不高，因为我长年在国外，夸张式的语言描述我已经不会了，所以我的文章满篇充满了真情和朴实。这对我的"读者"们来说是新鲜的。

第Ⅱ部　陪伴

因为当时不太会玩微信，更不懂群发，所以我为不能方便地一次性发给大家而苦恼着。现在想想：如果当初知道可以从朋友圈一下子发给大家的话，估计就不会有"文人墨客"的"出生"了。所以有时候人笨也有笨的好处。

3. 文人墨客

从大学同学群我受到启发，能不能自己也建个群，把大家集中到一起呢？一来我发文章方便，二来大家也可互相看看文章的评论，也是一个很有意思的事。但是大家互相不认识怎么办？特别是有些朋友还是比较高傲孤僻的，但文章写得很好，让我不忍松手。

我想起电影【李双双】里面的一句话，叫做"先结婚后恋爱"。对，先弄起来再说，咱中国不是讲究"朋友的朋友就是朋友"吗，不怕我这"三寸不烂之舌"把他（她）们拢不到一起。

于是我先把我的想法给几个要好而又会点文墨的朋友一说，请大家入群。他（她）们几乎是同一个回话，"我手里有好几个群了，没啥意思。乱哄哄的，干什么的都有，我都根本不上群。"我恍然大悟：原以为我建群是玩个新潮，原来已经是别人玩剩下的东西了。"只要你同意进来，不想聊可以潜水，不满意也可以再出去的，咱们是来去自由的。"我还是不愿改变我的初衷如此这般的动员我的朋友们。朋友们只得允许，于是我从我中国的朋友中挑选了几个文笔都不错而且觉得估计能玩到一块的朋友建了一个群。

我只想让我的朋友们的作品都能够得到大家的阅读、欣赏、能互相鼓励对方并为对方的艺术生活带来一丝阳光。给这个群起个什么名字呢？这些群员来自五湖四海互相都不认识，而且职业、经历等也没有相同的地方。我想到了"洛阳纸贵"这句话，洛阳不仅是中华文化的起源地、又是盛产"文人"的地方。于是我取了一个比较高雅的名字"文人墨客"。因为我觉得群里的这些人也确实是多少有点"文人"和"墨客"素质的。

为了不至于出现大家因为相互生疏谁都不想发帖的场面，我特意叫了几个关系比较好的大学同学来烘托气氛。虽然他们不擅长文墨，但总得找几个"敲锣打鼓、明锣开道"的人吧。

一开始，大家都是看我发帖以后和着我的帖子上群发表自己的看法，对别人的帖子不敢品头论足的，生怕被别人笑话或是招来别人的不快。于是我做起了"红娘"，穿针引线般地硬把大家的帖子往一起凑合。渐渐地，群里有了热气。可是，过了一段大家都觉得群主很辛苦，对群主的"苦心经营"表示理解，但还是没有共同话题。于是群里的热气又逐渐散去了。

4. 抛砖引玉

即然建了群就要维持，徒有虚名半途而废不是我做事的态度。我这个人真的是本事不大，只是做事比较有韧性、认真，才使我有了今天。而我为什么这么想维持这个群呢？主要是我喜欢我的这些朋友们，喜欢与朋友们在一起谈笑交流。我不仅自己要从群中得到快乐，也希望我的朋友们也都能从中得到快乐。

任何事情都得一分为二，关键看你怎么去想去做了？虽说大家以前都互不相识不易交流，但这也是个好事。因为彼此之间不必忌讳谁的地位高低？谁混得好坏？更不必在意谁的为人如何？这是一个极为有利的条件，因为大家可以毫无戒心地在群里随便说话而得到心里的放松。

我觉得要使群再度热起来而且要持续一段"高温"之后，这个群才能吸引人。唯一的办法就是必须要抛出一块砖石，以起到"一石激起千层浪"的效果。同时这块砖石也必须起到"抛砖引玉"的

155

第Ⅱ部　陪伴

效果，以勾起大家都能参与、而且又都想参与的劲头。

当时群里一大半人都未退休，在单位上也挂有一官半职的。有三个五十多岁的男子（在洛阳某刊物担当编辑的陈氏、在上海画画的竺氏、曾在部队担任文书后在山东某银行担任领导的崔氏），不仅文笔娴熟而且性格比较开朗豁达，所以应该先让这三个人活跃起来。也就是说这块"砖"应该先激起他们的"浪花"，进而抛出他们自己的"玉"。

于是我想到了写一篇"初恋"的散文。因为人到了中年不仅怀旧、而且已经可以以宽容大度的心理去看过去的事了，甚至对过去的仇人也会与他"举杯畅饮"的，更会因怀念自己过去的"青涩之恋"而思绪万千、一吐为快的。

果然不出所料，刚写完"初恋"的第二节上传到群里之后，不少人急不可待地纷纷跳了出来，高喊着"群主，赶紧往下写。"因当时已经是夜里快十二点了，我停下了笔准备休息了。可是却发现大家的帖子如泉水般的涌了出来，什么"初恋是人生最美好的记忆"、"一个人如果没有初恋，就白活了一次"、"一个人可以不结婚，但不能没有初恋"、"千万不要和初恋结婚，否则你将失去世上最宝贵的东西。"等等各种"奇谈怪论"都跑了出来，而且每抛出一句"奇谈怪论"之后就会有不少人跟帖逗乐。因为群里都是"文人"，其幽默打趣的语言所引起的欢笑及快乐完全不亚于央视春晚赵本山的小品之乐。

那一夜群里简直是沸腾了，我深深地感到："原来大家都还年轻啊"。群中的北京好友韦姐特意发贴说："群主几个字把大家搅得一夜不得安宁，这群主就是群主啊！"

后来我写完了整个散文后，大家已经变得如同兄弟姐妹般亲热的一家人了。大家都毫不忌讳的诉说着在别处无法说出的话、倾诉着在别处无法倾诉的情感。几个人也把自己的"恋史"搬倒了群里。

同时我的威望和群主的地位也得以巩固。有些群员甚至称我为"皇上"，把自己称为"臣民"。大家每天在群里谈笑风生、热闹非凡。

5. 有章可循

从那以后什么"皇上降旨臣不敢不从"、"罪臣乞求皇上开恩"等逗乐玩笑话时时跑了出来。大家已经喜欢上了这个群，觉得这是一个可以放松的场所。但我也发现了一些群员自由散漫、在发帖上的随意性。如果坐视不管任其发展下去的话，势必会造成一些群员的反感，也有违于我建群的初衷。因为我想让"文人墨客"群不仅成为大家情感交流的一个快乐的平台，也能在放松心情的前提下在知识、为人处事等方面也有所收获、有所提高。进而感到这个群是一个有追求、有能量、高品位、高层次而又有温暖的一个家。

为了让大家喜欢这个群、又感到自己在群里的责任，我觉得必须要有完备的规章制度在激发大家斗志的同时也能约束大家的行为（这个想法源于我对经济学的学习，因为经济学强调的是制约下的利益最大化，而不是以肆意妄为的代价实现的利益最大化）。因为一个无组织无纪律的松懈团体是没有战斗力的，也是不能长久的。

于是我让大家把自己的出生年月日告诉我，然后我做了一份由年长到年幼的年龄排队表后发给大家，然后"颁旨"：为了体现大家的平起平座、地位平等，以后在群中不许叫职称，一律按年令顺序表以自己所处的位置而称呼别的群友为兄、弟、姐、妹。这个制度一直沿用至今，后来群中又进来了 70 多岁和 30 多岁的群友，如何称呼呢？我还是规定我们不按辈分只按年令顺序表以兄弟姐妹相称。

另外，我又制作了全体群员情况介绍表。把每个群员现在的大致情况和兴趣爱好做了登记后在群内公布，每当有新群员进群时，我就发一遍，以帮助新群员尽快熟悉老群员们的情况，熟悉群内环境。我还没周布置作业题目，让大家展示自己的才华。

为了保持纯洁的群风，我又特意制定了"文人墨客群员规则"，强调群内纪律、规范群员行为、坚决杜绝自由散漫现象。

我当初也觉得：如此严格的规章制度会不会招致大家的反感呢？因为"群"就是玩的，干嘛搞得这么戒备森严的。但是事实证明："群规"还真的是需要的。因为现在以"群"为平台做什么私事的都有，我不想文人墨客群也变成这样，我不想经营这样的群。

6. 第二支柱

也许大家已经看出来了，我的朋友们不仅是我的精神支柱，也成了文人墨客群的第一根支柱。

贾建政是我大学的同学。从微信聊天中我才知贾师兄与我姐姐同为洛一高六八届的学生。因为我在小学时曾在洛一高姐姐的学生宿舍住过一段，当了几天"洛一高的小学生"，所以我才知原来我与贾兄早就是"同学"了。

洛一高有个学生宣传队，是我在洛一高时经常去玩的地方。而且我对那里的大哥哥大姐姐们十分崇拜、迫切希望能回到他（她）们身边，以期望可以报答他（她）们。因为他们当时对我真的是太好了，象常秉永、郝建辉、田梅等都是对我关爱有加。我还特意写了一篇"洛一高的小学生"一文，讲述了我长年以来对他（她）们的思念和感激之情。

由于贾兄的努力，我终于相隔 48 年后找到了他（她）。他（她）在洛一高宣传队群里转发了我的文章，有几位姐姐竟然激动的流出了眼泪。因为他（她）们没有想到当年跟着他（她）们闹得要与他（她）们同台跳舞的一个"小不点儿"，竟然会把与他（她）相处的往事描述得那么清晰，以至于每个人的音容相貌都记录得如此的一清二楚。这些描述也填补了一些他（她）们对过去美好回忆的一些空白。连连说："小霞怎么记得这么清楚，连我们自己都记不清了。"

2016年3月份我终于见到了阔别了48年的宣传队哥哥姐姐们，让我激动得热泪盈眶。特别是还找到了我儿时的心中偶像：在洛阳舞台上第一次跳"白毛女"中大春的扮演者曾健哥哥和喜儿的扮演者黄静琪姐姐。我分别写了"永远的大春"和"偶像"两篇文章送给了曾哥和黄姐，以表达我对他（她）们的思念。

这次见面让我欣喜若狂、如获至宝似的倍加珍惜。为了不至于再丢失他（她），我把他（她）们加进了我的文人墨客群。因为我希望继续跟着他（她）们、看他（她）们跳舞、学他（她）们跳舞。所以我现在每当与曾健大哥、黄静琪大姐在一起跳舞玩时，我真的没有感到我是在跳舞，我感到我还是象小时一样在对他们嘻闹、耍娇，让他（她）们教我跳舞。四十八年了，经历过多少的风风雨雨，我们竟然还能在同一个舞台上跳舞，这不能不说是一个奇迹。这种感觉使我感到非常的愉悦，超过了跳舞的热情。

后来他（她）们又将洛一高老三届文笔好的朋友介绍到群里，文人墨客群如虎添翼，这些老三届成了文人墨客群的第二支柱。特别是刘源哥哥不仅文笔好、心细、而且非常的体谅我。不仅每次都认真交作业，而且一直在喑中支持我、保护我、使我很感动。因为以前我并不认识刘哥哥。

7. 第三支柱

对于文人墨客群来说，2016年3月是一个丰收的季节。这个月不仅让我找到了洛一高宣传队大哥哥大姐姐，撑起了文人墨客群第二根支柱，而且我的一个北京的朋友李博成因办事赶到了洛阳，又使我遇到了文人墨客群的第三根支柱：原洛阳歌舞员的演员们。

第Ⅱ部　陪伴

　　李博成和双胞胎弟弟李博良原先也是从洛阳市歌舞团打拼到北京舞台的相声演员，曾两次登上中国春节联欢晚会。因为李博成也是文人墨客群早期的群员，所以他这次回洛也准备参加文人墨客群3月21日的第二回群员聚会。

　　3月20日晚李博成准备带我去参加原洛阳市歌舞团团员们的聚会。这次聚会也是洛阳市歌舞团二十多年以来比较正式、人员比较多的一次聚会。看来我还是挺有福气的，因为这样的巧事真的不多，而且"机不可失、失不再来"呀。

　　洛一高的那些"非正式演员"已经让我崇拜的五体投地，魂飞魄散似的，这洛阳市歌舞团可是"正规军"啊。我望着我的一大堆衣服发愁，不知道应该怎样"装扮"自己才能招之这些我眼里大明星们的"待见"。因为她们也是我儿时崇拜的对象，这马上就要见到她们了。我的心怦怦直跳，如同去与男友约会般的兴奋。

　　其实1994年成方圆、郁均健等著名歌唱家也曾来名古屋演出。我当时没有一点想看这些有名歌唱家演出的愿望（也许我当年正在奋斗中，也没这个心思），虽然去看了也没有什么兴奋之情。他们演出完后特意留出一点时间允许观众与他们合影留念的，可是我一点兴趣都没有想都不想就回家了。虽然他（她）们有名，但是从感情上来说我与他（她）们没有任何瓜葛。而原洛阳市歌舞团不同，他（她）们是我从小的梦想是我理想的化身，他（她）们的每一个表情我都愿意看，他（她）们的每一个动作我都想记住。所以能够与他（她）们见面，是我可以高兴得不知天南地北的事儿。

　　凭着我在日本打拼时所积累的经验，我能够看出这个晚上哪些人是将来可以成为我的朋友的人，又凭着我在日本打拼时一张像片定乾坤的经验，我提醒这些演员们一起合影留念，他们才如梦初醒，因为当时他（她）们都沉浸在聚会的兴奋中而忘记了照相，以至于有几个人已经提前回去了。为此，主持操办这次聚会的邢姐还特意表扬我说:"我们一大堆人竟然没有一个人想到要照相留念的,还叫一个外人提醒我们。"

参加这次聚会果然收获不小,特别是认识了舞蹈演员许玲。又通过她们招蜂引蝶般的往我的群里拉进来几个歌舞团的人,令我兴奋不已。这些原洛阳市歌舞团的舞蹈、歌唱、伴奏、美工等专业人员的加入,不仅撑起了文人墨客群的第三根支柱,更为每年文人墨客群举办具有专业水平的歌舞会奠定了坚实的基础。

8. 第四支柱

由于群员的增多,又由于大家兴趣的不同,如果让大家继续都呆在一个群里的话,势必造成群员间的交流会出现话不投机而失去热情和兴趣的被动局面,也加大了我的管理工作量。

为了有的放矢提高工作效率,于是 2017 年 5 月文人墨客群创建了《文人墨客艺术团》。艺术团内设合唱团、民乐团、舞蹈团,并按群员的特长分群、配备了各团团长。文人墨客群的活动也以各团队为主自行制定运营规则。平时各分团在分团团长的带领下自行活动,自负盈亏,我主要负责整个文人墨客群联欢活动的策划、节目安排、以及对问题的处理之事。

2017 年 8 月 26 日文人墨客全体分团聚集一堂,首次集体在牡丹广场公开亮相并公演了一台歌舞会。纯艺术性的表演以及群员良好的素质给洛阳观众留下了新鲜而富有朝气的印象。没有一句空洞的口号,有的只是一群对艺术发自内心的热爱之人的纯真而纵情的表演。又由于不少专业演员的精湛表演,使得整个歌舞会的层次比较高。【洛阳晚报】也派出记者到现场采访,及时地对这一自发而有序的高水平表演给予了高度评价,并在 2017 年 9 月 4 日以整版报纸刊登了当天的盛况。使"文人墨客"这一名字正式走进了市民的视线,其影响力得到了极大的扩散。

于是想加入文人墨客群的人也开始通过各种渠道以及好友的介绍成了文人墨客的群员，并补充到了各个分团。另外又吸收了一个有 50 多人的教师群而更名为《文人墨客教师群》。总之，各个团体都采用了统一的姓：文人墨客。

大本营文人墨客群也吸收了一些擅长写作、摄影的爱好者。特别是来自河南大学（原开封师范大学）、洛阳市第六中学、洛市一附小等在各层次最有名学校毕业的群员的加入，一下子拔高了文人墨客群的层次。他们每天精彩的作品给文人墨客群增添了新鲜的活力，当之无愧的成为了文人墨客群的第四根支柱。

于是，大学名校的河南大学、高中名校的洛一高、初中名校的洛阳市第六中学、小学名校的洛市一附小等各层次名校毕业的精英们以及原洛阳市歌舞团和原部队文工团的专业文艺骨干汇聚在文人墨客，牢固的撑起了文人墨客群，使文人墨客群成为了一个聚集精英的"聚才盆"。

2018 年 8 月 26 日《文人墨客艺术团》各分团再次在洛阳王城公园举行了公演。观看者里三层外三层，《文人墨客艺术团》给了市民们与众不同的享受、充分展示了一个业余文艺团队的战斗力和向心力。另外文艺团队又进栾川、奔偃师为当地群众演出并与当地群众联欢，充分说明了文人墨客群与市民及百姓的亲和之情。

9. 任重道远

2018 年 9 月《文人墨客合唱团》进行了重组。新的合唱团不仅配备了艺术总监、专业老师，而且对团员也进行了"专业化、年轻化、形象化"的"三化"要求。2018 年 11 月又聚集了洛阳市负有名望的器乐演奏专业人员组建了《文人墨客爱乐乐团》，并在 2019 年 1

月 19 日合唱团与乐团联合举行了"迎新春"歌舞会。

2019 年 1 月 12 日《文人墨客艺术团》派出的赴日代表团又正式登上了由中国驻名古屋领事馆主办的《第十三回名古屋春节祭》的春节舞台、并在当地大学举办讲座、传授中国文化。文人墨客群正式吹响了走出国门、进军海外的号角。2019 年 1 月 26 日文人墨客群又被《洛阳晚报》授予"最抱团"荣誉称号，文人墨客群的风貌以及内涵历时三年半正式被媒体所公认、被社会所重视，这也表明了文人墨客群已结束了"童年时期"而开始进入"青年时期"。我们前面还有很多事情要做，还有许多梦要去实现，可谓"任重道远"。

群，是交流的一个平台。但在文人墨客群里，这个平台演绎出了群员彼此间太多的爱、太多的陪伴。所以文人墨客群不是一个一般的群，它是一个充满而渗透了"爱的陪伴"的群。

群，又是一个娱乐的平台，文人墨客群虽然也追求"玩"，但它是一个追求玩得"有尊严、有秩序、有品位、有层次"的群。

让我们文人墨客的每一个群员都积极努力在群中献出自己的爱去陪伴群友吧！让我们共同携起手来去创造更美好的明天吧！

（初稿于 2018 年 4 月 27 日，补稿于 2019 年 1 月 30 日）

163

第Ⅱ部 陪伴

"文人墨客"精彩献艺

三代"喜儿"同台演出

（2017年9月4日【洛阳晚报】 记者：闫卫利 ）

洛阳有一个"文人墨客"群，群里聚集了不少洛阳文艺界的老前辈。这些"文人墨客"虽然大多已经退休，但把高雅的演出奉献给洛阳市民，仍是他们的心愿。群友说，这都是群主这个火车头带得好。群主是谁呢？是远在日本的一名教授——从洛阳走出去的张洛霞。

三代"喜儿"同台演出

8月26日下午3时许，"文人墨客"群在牡丹广场举行群庆三周年歌舞会第一场演出。舞台设在一棵大树下，横幅一扯，在水泥地上就开场了。当一个个演员登台亮相，立马技惊四座，观众围得里三层外三层，不停地鼓掌叫好。

首先出场的是河南省音乐家协会会员、洛阳市歌舞团退休的架子鼓表演者王军，接着上场的是我市知名男中音饶晋生，他以浑厚而富有磁性的嗓音，将一曲《啊！中国的土地》唱出了专业水准。歌舞《伴梅》，由群主张洛霞自编自演。张洛霞就是这场高大上歌舞会的组织者，她还是专程从日本飞回来的。更让观众惊喜的是，8月27日下午的第二场演出，洛阳市三代芭蕾舞剧《白毛女》中喜儿的扮演者——黄静琪、吕亚娜、范虹等同台演出《白毛女》片段，让观众们大饱眼福。

要走就走高雅路线

"文人墨客"群有群友 100 多名，大多是洛阳市歌舞团退休的专业演员，年龄在 50 岁以上。

张洛霞原本是我市一所中学的教师，30 岁出国求学，最终成为日本一所大学的教授。虽然在日本 20 多年，但她对故乡的感情很深厚。

"文人墨客"群原本是她的亲友群。2016 年 3 月，她接触到洛阳市歌舞团的退休演员。"你们现在都在干什么？"张洛霞在微信里问朋友。"在家干家务、带孙子啊！"朋友说。"这多可惜呀！你们有那么好的专业功底，不出来展示展示？"张洛霞一动员，大伙儿都来了。

张洛霞除了管理群务，每周还要给群友布置作业。什么作业呢？看近期的群通知就知道了——本周布置的是"少女"作业，群里的女性回顾自己的少女时代。女群友们大呼过瘾，男群友们则备感寂寞。为了遵循男女平等的原则，下周的作业是：男青年，请大家以文、画、照片、歌、舞等形式表现男青年的胸怀、责任、健美等。

作业布置下去，"文人墨客"们根据自己的特长，赋诗的、绘画的、唱歌的各显神通，张洛霞还要对大家的作业进行点评。群友赵美容调侃道："当了一辈子老师，都是给学生布置作业，现在 70 岁了，开始当学生交作业，真新鲜！"

"文人墨客"的梦想

在家乡办歌舞会，既给群友们展示的机会，也为家乡的厚重文化添上一笔。2015 年 7 月张洛霞虽远在日本，但也和群友积极筹备第一届歌舞会。2016 年，洛阳市歌舞团退休人员的加入，让歌舞会

第Ⅱ部 陪伴

的专业味儿更浓，演出很精彩，吸引了更多有实力的艺人进群，上海的、北京的、深圳的都有。

黄静琪匆忙从北京赶回洛阳参加演出，她跳了一段自编的舞蹈《天边》，美得让人屏住了呼吸。"我今年将近70岁，离开家乡的舞台40多年了，现在还有机会给家乡的亲人们表演，就像回到了青春岁月，太幸福了。"黄静琪激动得直掉眼泪。"这些'文人墨客'群员虽然不再年轻，但歌、舞、乐的梦想还在，歌舞会让他们再一次回到了梦想的舞台，也让洛阳的百姓受益。这就是我想为家乡做的。"张洛霞说。

张洛霞和她的"文人墨客"群

（2018 年 3 月 20 日【洛阳晚报】 记者：范丽 ）

日前，优酷网上一个"日本教授在西苑公园自编自跳'梁祝'"的视频引起网友关注。视频中的女士身着白上衣、粉红色裤子，伴着一名男士的歌声翩翩起舞，极其投入。这名日本教授其实是洛阳人，名叫张洛霞，前些年在日本留学并获得博士学位，现在是日本至学馆大学的教授。

张洛霞身在异乡，心中挂念祖国、思恋家乡，拉了一群中老年朋友组了一个微信群，并给这个群起了个文绉绉的名字——"文人墨客"。每年两个假期，张洛霞都会从日本飞回洛阳，看看家乡变化，和群成员们聚一聚。她说，每年在洛阳度过的日子，让她觉得快乐、充实、幸福。

组建"文人墨客"微信群

3 月中旬，日本至学馆大学放假，张洛霞立即收拾行李，准备从日本名古屋飞到中国上海，然后再回洛阳，待上半个月。大女儿的孩子还不到 1 岁，大女儿很希望妈妈帮忙照看孩子，但听说妈妈要回洛阳，和"文人墨客"群成员相聚，就啥也不说了。

对张洛霞的举动，丈夫窦道德也很支持，他明白那是她的"使命"。前几年，张洛霞和国内的朋友们常在微信上互动，了解家乡最新消息和朋友们的动态，但是，个人对个人沟通太单一，信息也零散。2015 年 7 月，张洛霞组建了一个微信群，当时群成员不足 10 人，但都多才多艺，如：李博成曾两次参加央视春节联欢晚会，林惠子是上海知名作家，石红桥博士是南京某医院的医学专家……有

第Ⅱ部　陪伴

人喜好文墨，有人长袖善舞，群名干脆就叫"文人墨客"。群是建起来了，但除张洛霞定时在群里问候外，大多数时间群里都是静悄悄的。都不活跃，怎么交流呢？张洛霞冥思苦想，开始在群里写自己的初恋故事："……与其说是初恋不如说是我的单相思。这次回国偶然遇见了他——曾经让我魂牵梦绕、朝思暮想的 L 君……"群成员们轰动了，看到群主这么坦诚，大家开始畅所欲言。

想方设法让群成员活跃起来

群成员们和张洛霞的互动多起来，但群成员间的联系还是比较少。张洛霞又想出了一招——给群成员布置"作业"，并互相点评。作业花样繁多：唱歌音频、舞蹈视频、诗歌、散文、摄影作品等。群主以身作则，每次都保质保量地完成作业，群成员们也"乖乖"地定期把"作业"上传到群里供大家"评头论足"。群成员们从"作业"中尝到了创作的甜头，有的一发不可收，频频把自己的得意之作发到群里与大家分享。

张洛霞还根据群成员们的爱好、特长组建了"合唱队""舞蹈队""乐器队"等，并督促大家勤学苦练，群成员的才艺水平大幅提高。每逢放假，她都回洛，通过举办文艺演出对大家进行"检阅"，希望大家老有所学、老有所乐。去年 8 月的演出，100 多名群成员一下子报了 50 多个节目，从下午演到晚上，好好过了把瘾。之后，群成员们还在牡丹广场、万达广场演出，丰富了洛阳群众的文化生活。

让每名群成员都能品尝到快乐的果实

张洛霞说，她把"文人墨客"群看成一棵树，勤勤恳恳地浇水、施肥，希望它越来越茂盛，每个群成员都能品尝到快乐的果实。无论群成员是何职业，年长年幼，她都一视同仁。有群成员病了，张洛霞就带上演出服，在群成员的病床前进行"专场演出"；有群成员的老伴儿去世了，张洛霞就在群成员生日那天发一个大红包，让她买生日蛋糕，给她温暖和慰藉。"群友虽然互不相识，'文人墨客'召唤你我他。虽说身处五湖四海，转眼即成温暖的一家。"张洛霞在《文人墨客群歌》中这样写道。

听说洛阳晚报咱爸咱妈老友聚乐部经常举办丰富多彩的活动，学习或出游还能享受优惠，张洛霞准备带着她的群成员加入。此外，今年，张洛霞又有了新的目标——想办法让群成员们到日本演出。她一是想让大家的艺术才华能在国外的舞台上施展，让更多人了解美丽的洛阳，认识热情善良的洛阳人；二是借机让群成员们到日本旅游一次。她说："我就想力所能及地为家乡、为朋友们做点儿事，我忙并快乐着。"

群成员心声（摘登）

曾健：我们这个群里的人是热热闹闹的一家人……心中有爱就充满阳光，有爱的地方就是天堂！能在"文人墨客"群里与你们相伴真好！

吕亚娜：让我们细读美文，收获哲理，领略春华秋实。让我们走进大自然，与山水花鸟共度美好时光。

李京：这个群气氛和谐，正能量满满，还很接地气。我能有幸成为其中一员，十分欣慰。

第Ⅲ部

曾经

永远的偶像

对于年青人来说，每个时代都有自己追求的偶像。不管这个时代是幸福的？还是痛苦的？是难以忘怀的？还是不堪回首的？总之年轻人发自内心迸发出的那种追求偶像的人性之心都是一样的。

1. 时代偶像

大春和喜儿是文化大革命期间家喻户晓的芭蕾舞剧【白毛女】中的男女主人公的名字。这部由上海芭蕾舞剧院演出的芭蕾舞剧一经搬上银幕，喜儿立刻成为了那个时代女孩子的偶像。

当年芭蕾舞剧电影【白毛女】的上映，使女孩子们眼前为之一亮。不仅是因为喜儿代表着那个时代贫苦出身的正面人物，而且喜儿的那种轻盈的，飘飘欲仙的芭蕾动作所流露出的美感，让女孩子们一下子萌发了对舞蹈的热爱。在当时"忠字舞"满天飞的时代，芭蕾舞犹如春风成了女孩子们的最爱，她们从而也知道了贫苦出身的孩子还可以这样跳舞。尤其是喜儿的那段"北风吹"的独舞不知吸引了多少女孩子，以至于女孩子每天都要学喜儿来掂几下脚尖。

我与喜儿和大春的接触是在 1967 年到 1968 年之间。当然了，我所见到的喜儿和大春并不是电影【白毛女】中主人公的扮演者，而是我们洛阳市芭蕾舞团演出的【白毛女】中喜儿和大春的扮演者----黄静琪和曾健。

2. 初识偶像

我的姐姐是洛一高 68 届 3 班的学生。68 年我还是小学 3 年级的

171

时候，我父母因所谓的历史问题被集中审查又迟迟不能自由回家。母亲因担心我没有人照顾，就让姐姐带我去洛一高"陪读"。

黄静琪是洛阳市第一高中（简称：洛一高）68届1班的学生。我的姐姐张丽娜和她是同届的学生。姐姐带我在洛一高住了一段时间，于是我有幸与黄静琪得以相识。

"洛一高"学校有个由学生组成的宣传队。由于当时正处在文化大革命运动中，宣传队学生的任务已经不是学习文化课，而是每天自己编舞蹈到附近的工厂或军队去慰问演出。因为我从小喜欢唱唱跳跳，就经常去看宣传队的节目排练，也整天缠着宣传队的哥哥姐姐们让他（她）们教我跳舞。

那个宣传队里有个皮肤细白身材苗条的女学生，长得很漂亮，经常梳着两条圆环式辫子（就是那种辫稍与辫根绑在一起的圆环式的发型）。当有人从背后叫她的时候，她总是一边答应着，一边很娇柔很优美地先回过头，再转过身，就像芭蕾舞演员跳芭蕾时那样的留头动作，让人看着就心旷神怡的。

她就是黄静琪，是个上海姑娘。因为她的舞蹈跳得很好、人也漂，我一下子就很喜欢她、崇拜她，同时也为我能亲眼见到"英雄人物"而沾沾自喜，觉得自己也满了不起的。所以每当我去宣传队看排练时，也总是先看看黄静琪在不在？只要一见到她我就缠着她，拉她的手。

可是不知道怎么回事？平时不太见她到宣传队参加排练。即使来也是匆匆忙忙，以至于我经常为无法靠近她而闷闷不乐。如果我在洛一高学校调皮时，我姐姐也总是说："你再不听话，我就不带你去找黄静琪了。"我听后就会马上安静下来。

黄静琪有个小名，叫"老虎"，同学们也几乎都是这样称呼她。我从小体弱多病，不喜欢厉害的动物，所以我很不喜欢"老虎"这个名字。我也一直都想不明白：这么娇柔，漂亮的黄静琪怎么叫"老虎"呢？

宣传队里还有个长得很英俊，个子也很高的男生叫曾健。曾健是洛一高66届1班的学生。曾健的父亲是军人，曾健长得很英俊，个子也很高。在我的印象里，他表情好像有点威严，不太爱说话，总是戴一顶军帽（这在当时是很时髦的打扮了）。

曾健和黄静琪一样也是在宣传队里闪现闪离，好像很忙的样子。每当宣传队外出演出时，曾健和黄静琪总会跳一段芭蕾舞剧【白毛女】。曾健饰演大春，黄静琪饰演喜儿。

当时曾健和黄静琪都是学生，没有经过专业训练，可是竟然能跳出一段完整的芭蕾舞【白毛女】，真的是很了不起。曾健长得也很像电影芭蕾舞剧【白毛女】上的大春，以至于从那以后我每次看芭蕾舞剧【白毛女】电影时，总觉得是曾健哥哥在跳。至今为止我还记得当年曾健和黄静琪年轻时的音容笑貌。

3. 终得赐教

有一天，我和姐姐刚吃完晚饭回到宿舍，宣传队的刘国瑞姐姐跑来对我说："小霞，我刚才看见黄静琪回宿舍了，我带你去找她。"我高兴极了，跟着刘姐姐来到了黄静琪的宿舍。刘姐姐对黄静琪说："老虎，小霞整天找你，让你教她跳舞。"这时黄静琪还在吃饭，听说后马上说："好，姐姐今天就教你一个。"她边说边把手里还未吃完的馍放在一边，教了我一个舞蹈《我们的解放军》。她教我跳舞的事就想昨天发生的一样，她的神情和举手抬足更是时常回荡在我的脑海里，至今记忆犹新。

后来这个舞蹈成了我的看家本领。有一次我还在宣传队去洛阳市驻军地慰问演出时，求哥哥姐姐们也让我上台表演一个。哥哥姐姐们被我闹得不行，终于答应让我上台跳了一个。因为我没有哥哥

173

姐姐们那样的军装，她们慌忙地在我的蓝底百花的小袄上系上了一条军皮带。也算是有点"小革命战士"的味道了。

面对台下黑压压的观众，我一点也不害怕，大大方方地跳完了《我们的解放军》。"哎哎，我们的解放军啊，手中握着那冲锋抢，挺着那胸脯多雄壮，红帽徽呀红领章，闪闪地发光。啊，革命战士永远和你们团结在一起，战斗在一起"这个舞蹈的动作以及歌词我到现在还记得一清二楚。

4. 梦幻舞鞋

对于当时的女孩子来说，芭蕾舞鞋那简直就是一双梦幻的魔鞋。大家即好奇又很不理解，搞不清芭蕾舞鞋的脚尖部分到底是用什么材料做成的？为什么那么一双小小的芭蕾舞鞋竟然可以经得住一个人的重量？我也想着自己有双芭蕾舞鞋就好了，哪怕让我摸一下也行啊。

后来我才得知因为洛一高的白毛女舞蹈跳得出色，67年冬天开始洛阳市投入了大量的财力、物力、人力、组织成立了"洛阳市革命样板戏芭蕾舞剧【白毛女】演出团"。并且特聘了洛一高宣传队的几位学生出演，编排演出了芭蕾舞剧【白毛女】全剧，由黄静琪饰演喜儿。

1968年的一天，姐姐的同班同学袁明珠来找姐姐，相约一起去洛阳八步校（现在叫洛阳外国语学院）看黄静琪排练。因为当时黄静琪她们正在那里集中排练芭蕾舞剧【白毛女】。由于我很崇拜黄静琪，也很想见见她，就让姐姐带上了我。

我们在八步校的演员宿舍里见到了黄静琪。同屋住的还有演二婶的女演员。我记不得她们在一起都说了些什么？只是记得黄静琪一个劲地说："累死了、累死了、不想跳了。"我当时怎么都不理解：

扮演喜儿多好啊，怎么就不想跳了呢？

　　屋内墙角边放着黄静琪的芭蕾舞鞋，我姐姐看我眼睛一个劲地往墙角撇，就征得了黄静琪的同意后，让我看一下芭蕾舞鞋。我终于抚摸到了我梦寐以求的芭蕾舞鞋，那种兴奋至今难忘。

　　黄静琪他们当时每天下午都要排练的，只是平时排练几个片段，而那天因为正好有省里的上级领导来检查观看，所以那天黄静琪她们是全部换上演出服，跳了一个全场。我坐在台下，美美的观看了一次真人演的芭蕾舞剧【白毛女】。曾健和黄静琪跳得真是太好了，于电影芭蕾舞剧【白毛女】上的大春和喜儿跳得简直是一模一样。我看得如痴如醉的，这也是我当时第一次亲眼看芭蕾舞剧。从那以后，我对黄静琪更加崇拜，完全把她当成了英雄喜儿的化身。可是没有想到这也是我儿时最后一次见到黄静琪了。

　　后来的四十多年里，我一直没有她的消息。我脑海里经常回忆着每一次见到黄静琪的情景以及她跳的喜儿的形象，也经常为我那个想不通的问题而百思不得其解。我时常想：她后来怎么样了？

5. 不辞寻找

　　后来我长大了，可是宣传队的事一直难以忘怀。我不止一次地对我大姐说起宣传队的事，也告诉姐姐很想找找他们。姐姐说"好久没有联系了，都不知道他们现在在什么地方了？回头我打听打听。"

　　可是直到我90年出国，也没能找到宣传队里的一个人。那个宣传队里还有常秉勇、郝建辉、田梅、刘国瑞、游祖芳等都是我记忆中很鲜活的人。我忘不了宣传队里待我如亲生妹妹一样的的哥哥姐姐们，所以我一直在寻找他（她）们。

　　贾建政是我大学的同班同学。后由贾师兄联络，终于找到了宣传队的常秉勇。随后我终于与黄静琪联系上了。她现在在北京居住，因为我一时不能回国，所以就与黄静琪通过微信联系着。

曾健的特征包括他的嗓音是我儿时的记忆，对我来说简直是太熟悉了，是绝对不可能忘掉的。因为我对他的记忆既是始于儿时又是终于儿时，是几十年来一直回荡在我的脑海中的。特别是他又是跳"大春"的，这种对英雄人物的崇拜和敬仰是我们那个少年时代的儿童所人人具有的。这个并不奇怪，因为那个时期的每一个人都可以记得八个革命样板戏里每一个主角的音容笑貌。

2016年1月9日，常秉勇通过微信发给了我一个中年男子在洛阳牡丹广场引吭高歌的一段1分39秒的录像，还没等常秉勇告诉我这个人是谁？我已经看出了那是我一直在寻找的曾健哥哥。

曾健唱的是一首俄罗斯曲子。他是47年出生的，上学时学的也是俄语，所以估计他很钟情俄罗斯曲调。他唱得很投入、很钟情、也很得意。从他的表情可以看出他内心很平静，那种似乎已经别无所求的平静。由此可以猜出他的内心已经开始了一种心灵上的升化。如果一个人没有曲折一生、辛劳一生、奋斗一生的话，是不可能有这种表情的。我当天看他唱歌的录像，一连看了十几遍还没有看够。我觉得他唱得比任何知名唱家都能吸引我，真的是太好听了。

一会儿，常秉勇告诉我："这是曾健"啊，时隔48年，我终于找到了曾健，完成了我多年的夙愿。我非常激动，就是那种"妹妹找哥泪花流"的感觉。

2016年1月8日【洛阳晚报】刊登了一篇采访报道："大自然里纵情唱，唱出健康好体格。"报上不仅登有曾健的近况，而且还附有曾健的相片。从报上我才得知他最近身体不是太好，正在恢复中。但是我坚信，他一定会好起来的。因为他是那个把"喜儿"从荒芜人烟的山洞里带向光明的人，这样的人是会永远朝着光明、朝着未来走下去的，胜利也一定是属于他的。

6. 重逢偶像

找到黄姐后，我也得以亲自问了那个在我脑海里一直困扰了四十对年的问题。当我问黄静琪的小名为什么叫"老虎"后，她告诉我说：她原本是在上海出生的，10岁的时候父母因所谓的历史问题被调到了洛阳，她也随父母一起来到洛阳上学。在她上中学的时候，有一次上海越剧团来洛阳演出越剧【王老虎抢亲】，后来她们在学校也模仿表演了【王老虎抢亲】的节目，因为她扮演的王老虎很逼真，同学们从此以后就管她叫"老虎"了，她的母亲还为此大为不悦。后来她和同校的一个同学都考上了洛一高，这个"老虎"的绰号也跟着来到了洛一高。

她还告诉我说：那年我去八步校看她们排练芭蕾舞剧【白毛女】的当天，正好省里来的领导和省芭蕾舞团扮演大春的男主角来检查观看之后，打算让她去省里跳舞。可是她没有去，一是她担心如果自己走了，洛阳的【白毛女】剧组就要解散，因为洛阳已经投入了很多人力、物力，她不忍心为了自己的前途抛下他们。二是因为她当时心里还一直想着上学，因为她很喜欢上学。

后来黄姐没有继续跳下去，也没有上学，而是与同学们一起在1969年1月8日下乡了。听到这些我的心一阵疼痛，这么一个跳喜儿的优秀演员、这么一个把集体的利益看作高于一切的美丽、纯洁、善良的黄姐怎么能去下乡扛锄头呢？

我问黄静琪是否可以发给我一些她当年的照片，我想留作纪念。她告诉我：80年因为她家里遭遇火灾，一切物件毁于一旦，就连她的相片也全部化为灰烬。哎，真的是太可惜了，为什么这么好的黄姐竟会遭次不幸呢？我真的觉得老天有点不公啊。

不过，过了几天黄姐给我传来了两张她以前跳【白毛女】的剧照，是她的一个同学保存的。这多少对她也许是个安慰吧。姐姐还给我发来了她最近的几张照片，可以看出她还是那么气质超群，身材还是那么苗条，看来真的是"英雄不老"啊。其实在我眼里她是永远不会老的，我真的希望黄姐能够永远过得快乐，因为她是我永远的偶像。

2016 年 3 月我与曾哥在洛阳见面了，与黄姐在北京见面了。2017 年 8 月，我与黄姐和曾哥在文人墨客第三届歌舞会上终于在同一个舞台上起舞了。时隔将近五十年，与少儿时的偶像一起起舞真的可以说是一个奇迹。我们的舞姿已经超越了舞蹈的美，完全是一曲人生团圆的大合唱啊。

（初稿写于 2016 年 2 月 1 日，补稿与 2018 年 6 月 1 日）

过年

对每个中国人来说，"过年"是一个人人都会聊几句的话题，而对于在文革中长大的人来说，对"过年"的感触不仅是物质上的变迁，也有精神上的领悟。

1. 过年饺子

从我记事时起，只知"过年"是一个可以穿上新衣服，衣兜里可以装着几块糖的日子。男孩子们总是一手拿根香，一手拿个小鞭炮，不时地扔上几个响。有时还恶作剧将小鞭炮故意扔在人后面，以观看对方的"受响若惊"的表情姿态去寻求刺激的快乐。女孩子们便是扎堆比谁的糖纸好看？比谁的踢键子跳皮筋儿可以赢？也就是说：男孩子在意结果的快乐、女孩子争强好胜在意输赢的性格真的是一种与生俱来的天性啊。

有一年过年的大年三十傍晚，一家人围在一起包饺子。我听见父母在说："别人家过年包饺子时把钱也包在饺子里，谁能吃到说明谁今年就有福。"

"说者无意、听者有心"。看着包好的月亮型的饺子，我觉得这里会不会有钱啊？虽然我不知道我家的饺子里面放的是否有钱，但是还是觉得鼓鼓的饺子似乎"腹中有宝"。于是我爬上凳子爬到放着包好的饺子的桌子上，用我的食指在每个饺子上钻了一个洞去"探宝"。正当我的恶作剧在继续进行的时候，被母亲发现了。母亲大喊一声"你咋把饺子戳成这样？"一边扬起了手，但母亲的手终究没有落下，就赶紧去解救那些被我破了"相"的饺子去了，我也吓得连滚带爬地逃出屋去，半天不敢回家。

第Ⅲ部　曾经

　　我真正理解"过年"的意义还是从电影芭蕾舞剧【白毛女】开始的。从那里才知道过年时家家要"贴窗花"、"包饺子"之事。因为当年正时兴"破四旧、立新风"之风，过年还要"贴窗花"、"写春联"之事我还真不知道，也没有见过。至于包饺子吗，我家平时也经常包，而我家邻居是一个南方人，从来不包饺子。所以对"过年"要包饺子的事还是不以为然的。学校老师也说："万恶的旧社会是人吃人的社会，穷人过年穷得连饺子也吃不上，而地主却还要逼债，还打死杨白劳抢走喜儿。"当时我们真是对地主恨透了。但是我们女孩子也在议论：大春为什么要给喜儿送面？大春送的"面"是哪里来的？当时没有人回答这个问题，只感觉大春是男孩子力气大，估计能种麦子收麦子，而喜儿是女孩子干不动庄稼活。怎么也想像不到大春是喜欢喜儿、恋着喜儿，因为我们当年根本无法看到有关男女爱情的任何一件文学作品。

2. 期盼过年

　　儿时对"过年"的企盼还源于可以得到"压岁钱"。随着年龄的增长，压岁钱也从"两毛"增加到"五毛"。而有的家庭的孩子还是得不到压岁钱的。那个年代几乎各家都是好几个孩子，生活状况好一点的家庭还不是很多的。顿顿是粗粮（当年把玉米面、红薯面、小米叫粗粮，把小麦面、大米叫细粮）的家庭也不在少数，孩子多的家庭总是把每月供应的一人一斤大米去与南方人做交易，可以换回五斤的粗粮。

　　当时一挂 100 响的小鞭炮是 1 角 2 分，所以一到过年我总看到平时不太于二哥三哥在一起玩的男孩子总是围在两位哥哥的前后，因为两位哥哥的压岁钱都拿去买小鞭炮了。当时是物资匮乏时期，一切供应都是凭票，男孩子们除了买炮也确实没有什么别的东西好

180

买的。女孩子的钱或是去滩上看小人书，或是买花皮筋玩跳皮筋。有的女孩也去买个漂亮的灯笼，好等到正月十五点灯笼。

当年的灯笼比较单一，是直上直下直筒型的，质量也比较差，灯笼底座是平的，无法插蜡烛。得先从蜡烛上滴下几滴蜡烛油然后乘热将蜡烛底部直立着粘上。可是插在灯笼的底座上的蜡烛总是摇摇欲坠，走不了几步便"头一栽、身一歪"随之整个灯笼便"呜呼哀哉"的迅速被点燃。好一些的站得稳的蜡烛还没等小主人表扬，便会遭到不知道从哪个方向的弹弓射来的小石头个个击破。总之，不管是哪种形式的灯笼"粉身碎骨"都会招来小姑娘们的凄惨的哭声和淘气男孩的狂笑声。这些淘气男孩把爱美的小女孩的心撞击得支离破碎，女孩子几天都缓不过劲来。在当年那色彩单调的年代里，五艳六色的灯笼赋予给女孩子们的美感是神圣的、崇高的、是男孩子们永远也体会不到的。

而我的压岁钱是全部存在一个红色的小木箱子里（箱子里面还放有一些我的宝贝）。当然了小箱子也不是一年才吃一次"饭"，平时母亲买东西找的零钱也总是随手给了我，也被我随手去"喂"了箱子。

1972年我的大姐和大哥从下乡的农村被招回城进了工厂，家里的经济状况得到了很大的改善，我每年可以得到的压岁钱和零花钱迅速膨胀。到我上初中二年级的1974年时，我的"百宝箱"几乎每月可以吃到五元钱。而此时平日母亲给我的钱源源不断，我对"压岁钱"的企盼也随之淡薄了。

上高中以后，压岁钱彻底没了综影，因为当时吃穿都是家里供着的，也觉得自己已经长大，再没有了要压岁钱的欲望了。

3. 回家过年

"回家过年"是印在每一个中国人心上的烙印。每个人说起这句话时都有些自豪。因为这句话最少包含了两个意思。第一，说明了自己是健康的，可以有体力有经济能力回家。第二，说明了他（她）是有家的，家中是有人在牵挂他（她）的。不管这个家是指父母的家、还是指自己的家、总之有一个可以充分休息放松的地方。

有了孩子以后每年的大年初一，我总是抱着大女儿坐在丈夫自行车的后座上回丈夫家去过大年初一。路上象我们这样形式的"三人行"比比皆是。男人们无一例外的个个都是满面春风，不仅一身新衣打扮，就连头发也是梳的油光发亮的没有一根不到位。他们用铮亮的皮鞋拼命地在车蹬上划着圆，车把上挂着的礼物如同挂在马脖子上的铃铛不停的发着响声。女的都穿红着绿的坐在丈夫的自行车后座上，双手将孩子紧紧地搂着，生怕孩子掉下去。那川流不息的自行车车流就像缓缓的洛河水，把一家三口平安地送到每个目的地。当时没有照相机无法留住这些镜头，那场景让我至今想起来都倍感亲切，挥之不去。那场面实在让人激动，比现在的开车回家场面要壮观得多。因为现在我们只能看见不同样式、不同颜色的车在慢慢"吐气"，我们丝毫看不见车主人回家过年时的那种满面春风的面部神情。

日本以前也是过中国的阴历年，到了明治时期，为了与欧美接轨，日本就改成了过公历年，即 12 月 31 号是日本的"大年三十"元月一号是日本的新年。

90 年 1 月我来到了日本名古屋的 N 大学留学。在这一年中国的大年初一的当天，我在 N 大学听完课后准备回家，当我走到 L 栋教学大楼时，突然飘出来一阵学生们念中文的声音。我情不自禁地停下脚步，循着声音去寻找这个声音究竟是从哪里飘出来的？当时我马上有一种得到母亲温暖怀抱的感觉，身上也瞬间有一种暖流在全身迅速的流淌，我立刻有一种中国人的自豪感。可当我稍停片刻并清楚我现在已身在日本已经不可能回家过年时，我不禁百感交加，眼泪瞬间流下。后来发现这个声音是从 L 栋地下一楼传出来的。从那以后，每当我路过那个教室附近时，我总免不得要多看那个教室几眼，也总希望能从那个教室里再次飘出中文的声音。

说来也巧，我于 1999 年 3 月从 N 大学博士后期课程毕业后 4 月开始在 Z 大学当了一名正式教员。N 大学当时正打算两年后组建新的学科"外国语学部亚洲学科"，就请我担任亚洲科的代课教师，我欣然应允。巧的是：我上课的教室正好也在这个 L 栋 1 楼的教室，一直到现在我每周一的中文课还是在那个教室进行。虽然我现在已经没了当时的激动，但是每当我走进这个教室时，我总是在想：会不会有人也像我当年那样为飘出来的中文而激动？而流泪呢？于是我总是要求学生们念中文课文时声音要大一些，而且多念几遍。

1991 年 1 月我丈夫也来到了日本，1992 年我们非常想回中国过年，顺便将女儿也带到日本。当时名古屋还没有直飞中国的航班，我和丈夫托着几乎拖不动的两个大箱子从名古屋赶到东京的羽田机场坐飞机直飞北京。

下飞机后才得知从国外回来的中国人必须先做抽血化验看是否带有"爱滋病病毒"？而外国人却不用化验。这种"岂有此理"的抽血化验费用是我们自己支付不用说，还必须等第二天才能拿到结果。这无疑给我们急于回家过年的心情泼了一大盆冷水，没办法只有先在北京住下。第二天去抽血，排队的人可真不少。在北京瞎游荡了两天后拿着"平安无事"的化验单终于踏上了回洛阳过年的征程。

从那以后直到现在我再也没回中国过年，也不再说"回家过年"这句话了。因为每年的一月、二月是日本大学期未考试时期，也是大学招收新生考试时期，如果不遇"婚丧嫁娶"之事的话，是不好意思张口请假的。但是我在梦中却梦见好几次"回家过年"了。所以"过年"这个对中国人来说很容易的一件事，而对于在国外生活的华人来说真的是很并不容易的。

4. 过年拜年

小时候经常听父母说：过年时小孩要给老人拜年，老人会将用绳子串起来的一串铜钱挂在小孩的脖子上。解放以后这样的拜年场景已经没有了，所以我印象中以为所谓"拜年"只是小孩子们的事。

当时正是文化大革命期间，父母已被审查，我家中既没有亲戚上门，平时也没有父母的同事登门，所以每年过年家里还是比较冷清的。只有早年与父亲一同从信阳调到洛阳的几位同事们每年的初五或是初六傍晚来家中一聚，父亲总是做上一大桌菜与他们畅饮。可是父亲从来不去他们家里，这是因为父亲所谓的历史问题还没有解决，所以父亲不愿给他们添麻烦。我记得有潘得福、王培德两位叔叔是每年必来，其余的叔叔已经没有印象了。

1972 年我家搬到了 18 号街坊 6 门 3 楼。我们那个门栋是四层楼，一层住三家。四楼有一位 Z 师傅是矿山厂的八级油漆技工。Z 师傅和妻子都是不识字的人，妻子也没有正式工作，家中还有 4 个孩子。所以平时全靠 Z 师傅一人的工资生活。有时揭不开锅的时候她妻子常向我母亲借点钱度日，但 Z 师傅一发工资马上就还，从不拖欠一次。他妻子也常请母亲代写家信，母亲也总是有求必应。

Z 师傅每年逢年过节不是值班就是加班，以求可以多拿点值班费。特别是每年的年三十都是在厂里值班，直到大年初一早上七点下班后便立即换上一身干净的衣服挨家挨户去敲门拜年。他每年都是不到八点就来我家拜年，而且第一句话就说："过年好"。由此我才知道了原来街坊邻居也可以拜年啊。后来姐姐哥哥的同事们过年来家时，大家也都先说"过年好"。于是我知道了过年的第一句话要说"过年好"。以后每到过年的大年初一早上，母亲总是会说："快点起来，一会儿Z师傅要来拜年了。"

当年一到大年初一，街头上到处可见成群结队的年轻人去同事家拜年。大家都穿着新装，姑娘们多是穿着花衣服，脖子上系一条花围巾。还不时地可以看见穿着黑色呢子大衣或外套的姑娘，那一定是结过婚的女人。因为当时呢子料还是很贵的，只有结过婚的媳妇才会有一件。

1974年以后，父亲光复原职担任中学校长。春节来我家拜年的人络绎不绝，父母忙于应酬，有时午饭不得不拖到傍晚才能吃上。我也每年跑到关系好的同学家去给同学拜年，并第一句也说："过年好"。

有一年大年初一我去中学班上的一位女同学家去拜年。因为我常去她家玩时一直总是对她的母亲叫"阿姨"。我觉得有点叫腻了，今天是新年我感到我也长大了，我应该换个称呼让她母亲也高兴一下。我记得著名作家浩然的长篇小说【金光大道】中的男主人公高大全的妻子好像不管走到哪里都被别人称作"嫂子"，所以我感觉这个"嫂子"是不是也是对中年妇女的一个称呼呀？说实话我当时真的不是很清楚"嫂子"的意思，于是我敲开门见到同学的母亲时很兴奋地叫了一声"嫂子新年好"。我本以为一定可以看见她母亲兴奋的表情，也一定会表扬我几句，可是她母亲楞了一下，然后马上回答到："你也新年好"。

回家后我把这事讲给家人听，家人笑得前仰后合的，母亲说："这家里怎么出了个傻丫头？"姐姐也说"将来不会象红楼梦里的傻大姐一样吧？"我后来把这件事当笑话讲给我丈夫听，可他现在却是时不时地拿这件事来取笑我："你能干？把同学的妈叫嫂子当然能干

185

第III部 曾经

了。"气得我真的后悔不应该告诉他这件事，我是"自取其辱"啊。

5.海外过年

我是 1991 年 1 月 21 日首次到达日本的,那一年的春节好像是 2 月中旬。2 月 10 日以名古屋大学留学生为首组织的"欢渡春节"活动在名古屋大学校内一个食堂举行。同在 N 大学留学的上海姑娘 D 约我一同前往。当时我还没有找到工作,就同她一同前去看看。

D 比我早一年来到日本,她爸爸是上海市一家医院的医生,她父亲来名古屋医院公费研修回中国前把她办到了日本。D 小小的个子,圆圆的脸,还戴着一幅高度近视眼境,比我小三岁。她非常的天真纯洁,活像从保温箱里抱出来的嫩娃娃一样对世间的人情冷暖不太知情。见我是从河南来的,又不会说日语,就向我伸出温暖的小手成了我的"伴友",带着我去找工作,逛商店。

当时留学生还很少,也没有什么歌舞之事的,屋子中间放了几张桌子摆了几样菜和果汁之类的东西,也没主持人讲个话什么的。不过我在这里一下子见到这么多的中国人,心里还是非常激动,如同党的女儿历尽千辛万苦找到了党一样般的激动。我还跟真的一样对名古屋学生会主席说:"我可找到你们了,我以后在名古屋也有家了。"眼眶的眼泪差点掉下来砸坏了我的脚。对方也赶紧说:"以后你遇到什么困难就找我们。"可是会场上留学生谈的最多的是如何可以在日本多呆几年? 如何多赚点钱? 有什么办法可以延长签证? 等类似这样的话题,完全不像媒体上经常说的海外华人在一起总是谈论如何爱国? 如何为国家做贡献? 等等的事,而且会场上几乎没有人提到"过年"两字,俨然成了一个有关拿日本签证的交流会。会上有一位披着长发的女青年刚刚拿到了在日本某商社工作的就职签证,她是名古屋第一个拿到工作签证的中国人,我望着她的背影羡

186

慕极了，觉得她真神。

后来到名古屋留学的中国人逐渐增多，春节晚会移到了名古屋"鹤舞公园"的一个大礼堂中举行（我曾数次受命主持庆祝晚会的抽奖活动）。当年的留学生们年令都比较大，像我这样上有老下有小的人比较多，一边上学一边养家这样的勤工俭学非常辛苦，大家也是"惜金如命"的人，大家为了过年能给家里打电话报平安，所花掉的国际电话费不知心里要心疼多少天的。日本电话公司为了促销，就在每年春节晚会会场摆几部可以打国际长途的电话机，让每位留学生可以打三分钟免费国际电话。

每年到此排队打电话的人络绎不绝，很快就摆起了长龙，不少小孩也受"父母之命"加入行列"站岗放哨"。有的留学生专门为了这三分钟免费电话跑来，不少人还反复排队打好几次，尽管旁边写有"一人只能打一次"的牌子也全然不顾，春节晚会俨然成了"电话晚会"。

虽然是新年，也没见几个人满脸堆笑的。因为大家一边排队，一边各有心思：有的人在构思如何在三分钟内多表达出一些事来？有的人在构思着说点什么才能让家人放心？有的人抱着电话一个劲地哭，过后又后悔什么话也没说成。更多的是只报喜不报忧的"爸妈过年都好吧？我在这很好，你们放心吧。"之类的话，有的已经当了父母的留学生还在埋怨孩子："让你赶紧给爷爷奶奶拜年，你半天不说一句话，三分钟都让你给浪费了。"那场面实在是让任何一个人看了都想流泪，谁还笑得出来呢？

2006 年名古屋中国领事馆建成后开始在名古屋正式举办春节联欢会了，叫"春节祭"。每年 1 月 10 日前后举行并历时三天，会场设在名古屋闹市区久通大道的露天广场上。现在这个春节祭歌舞会已成为中国政府在海外举办的规模最大、享誉世界的盛会。会场有表演歌舞的、有中国料理店卖吃的、还有中国物产店、航空公司什么的也在搞促销，整个会场犹如赶庙会。中国人去的不多，基本上去看的都是日本人。因为现在的中国留学生基本上都是父母出资在日本读书，他们出手阔绰、从自行车到手机是不断地翻新。年轻人觉得"春节祭"没什么意思，卖的东西的价格比平时要贵，而且现在的中国留学生们也不缺吃，所以对留学生的吸引力不是很大，好像还不如在家玩玩手机或是与朋友聚餐有趣。

2019年1月12日到14日已经是第十三届春节祭了，我们"文人墨客艺术团"也荣幸的将在1月12日登台表演舞蹈"女儿情"。

6. 再话过年

1983年中央电视台的"春节联欢晚会"开创了中国人过春节的新局面，虽然当时有电视机的人还不多，还有很多人没有看到，但是人们的言谈话语已经从居家小事的唠叨上开始转向春节晚会的节目趣闻上了。

后来随着电视的普及，每年大年三十的"春节联欢晚会"已经成了家家津津乐道的话题。一到大年三十的夜晚，人们的眼光也从与亲人目光的交流而转向对节目的盼求。有能力的企业更是"一掷千金"在节目穿插中做广告，以求得到最大的收益。孩子们的语言也开始模仿电视小品的幽默语言而"早熟"起来。

近年来又随着手机的普及以及通讯技术的飞速发展，"过年"的兴趣已经转向了触摸手机寻乐了，以至于孩子们只是在接受"压岁钱"的时候才会抬一下头，道一声谢谢。

家用电器的普及将妇女们从过年的繁忙中解放出来，妇女们得以抽出时间亮嗓子、走台子。商品的极大极时的供应也不需要人们再去囤积年货，更可甚则有不少家庭连年夜饭也不做了，全家一古脑儿都钻进了饭店。人们在享受生活便利的同时，也总在议论：现在的过年已经没有年味了。

是的，如果单从过年的物质准备所给人们带来的精神愉悦上确实"今不如昔"。但是历史是向前的、社会是发展的、新的东西总是会代替旧的东西。虽然我们现在过年的家庭气氛淡薄了，但是现在过年的内容确实是丰富了很多。旅游、聚会、唱歌、跳舞等等。人们以各种方式扩大自己的交友范围，与大家一起尽情享受着、挥霍着过年的七天假期。也就是说"过年"已跨出家门走向了朋友。每个人都企盼七天假期的到来，每个人都想在这七天中得到彻底的放松。

所以我们每个人一年中还是最企盼过年。这是因为我们是中国人，"过年"二字已经深深融入了我们的血液中，烙在了我们的心里，是我们的一个永远都不会消失的情结。

只要有中国人的地方，就有"过年"的念想。这个是永远也不会改变的。

（写于 2017 年 1 月 6 日）

第Ⅲ部　曾经

曾经年轻过

"年轻"一词常常与冲动、惹事、不成熟联系在一起,并因此给他人造成麻烦。我也曾是这样的一个人。这也不足为奇,因为当年我也曾经年轻过。

1. 黄漂英雄

记不得是八六年还是八七年的事了。当年洛阳有一支以雷庆生、郎宝洛二人为首的"洛阳黄漂队"闻名于全国。顿时全国上下一片支持声,他们二人更是成了洛阳的英雄。尽管这支队伍的成员并不是有着英雄事迹的英雄人物,但他们的骨头是硬的。当时虽然也有人提出了这种冒险行动是不值得赞扬的,但是他们在和平年代能够将妻儿置之度外、不怕死亡、前赴后继的这种大无畏的气概和勇气还是值得称赞的。

我当时已经有了孩子,非常能够理解抛下孩子前去冒险的人是需要多么大的勇气啊。我永远忘不了当年雷庆生在接受洛阳电视台的采访时对记者说的话:"我们不是为了出名,而只是为了能够振兴民族意识。"

他们第一次漂流好像没有成功,之后又进行了第二次漂流。洛阳上下捐钱捐物的支援之声也随之高涨起来。

2. 夸下海口

我当时正在学校当数学教师并负责学校团里的工作。我也马上行动起来发动学校的学生和老师给他们捐款。

190

有一天报上登了一个消息，说是有五、六个人组成的声援队要骑自行车从洛阳出发，边走边为他们沿途捐款，计划要骑到英雄们的宿营地，并计划好了出发日（具体日期我已经记不得了）。

我当时只是看到这篇文章，也没有仔细品尝这篇文章，觉得这件事儿离我的生活太远。可是那天下课后我看到办公室里忽然多了几位小伙子。我一进门一位老师指着我对那几位小伙子介绍说："这就是负责组织给你们捐款的张老师。"

交流几句之后，才知道这几个人正是报上登的要骑自行车去沿途支援的人。他们今天出发正好路过我们学校，也不知从哪里听说我在给他们做捐款，竟然直接跑到了我的面前。

他们为首的向我讲述着他们的计划和愿望，我当时听得非常激动。他们是那么的年轻、有着这么好的青春，可他们都是男青年，他们会照顾好自己去完成这项工作吗？我首先想到了这一点，我觉得我应该帮助他们。

我马上鼓动办公室的 S 和 M 两位女教师，打算与他们一起骑自行车前行，我对她俩说："他们太年轻，照顾不了自己，我们几个女同志可以为他们做做饭，照顾一下他们的生活，我们也可以骑着自行车游览一圈，也挺浪漫。"

这两位女教师估计也和我一样被他们的激情所感动，马上就答应了。声援队领头的一听说我们几个女老师要与他们同行非常兴奋，连忙说："那太好了，有你们与我们一起同行，那号召力就更大，如果你们真的去，我们今天就不出发了，等你们一天，明天我们一起出发。"当时就有一个男青年立马反对说："她们只是说说的，我看她们不可能去，咱们还是走咱们的吧，再说咱们的出发日都已经登报了，这出发晚一天的话，别人还搞不清怎么回事的？"领头的马上说："我们可以对外说，因为有几个女老师临时决定要一同参加，所以出发晚了一天。"我马上说："你们放心，没问题，明天早晨八点你们到学校来我们一起出发。"几个小伙子听后就暂时各自回了家,打算等我们一起第二天一同出发。

我当时说得斩钉截铁,而且面不改色心不跳。我觉得我有花木兰的勇气、穆桂英的帅气、我觉得我像一名女将军,马上要去协助他们完成这个使命。

整个下午我都沉浸在激动兴奋之中,学校立马传开了我们三个女教师要去支援黄漂队的事。有些老师还给我们讲要注意的一些事项。

3. 煽风惑众

S老师比我年长四岁,下乡时就入了党。她的孩子比我的孩子大一岁,M老师比我大两岁,虽然已结婚但还没有孩子,而且当时丈夫还在部队当兵。大家一定觉得,这两位比我大的老师怎么这么轻而易举地就听从了我的鼓动呢?

虽然我比她们小,但是平时说话时她们还是比较赞成我的主意的。有一次学校开运动会,运动会结束的最后一天,喇叭上喊让各年级的老师去自由参加200米跑步比赛。我因为当时正怀孕,不然我肯定上了。因为我在上大学时,每天早上不管刮风下雪,都是风雪无阻坚持跑步,所以我的跑步功底还是可以的。

我对M老师说:"你看咱年级没有老师上去跑,你赶紧去跑啊。"她愣了一下,连忙说:"我不会跑步呀,我从来没跑过。"我马上认真的说:"什么叫不会跑步?我是因为怀孕,不然我就上了。"我这一说,M老师二话没说拔腿就跑到了起跑点,参加了跑步比赛。

因为M老师是一个很文静的老师,老师和学生们都没想到她会去赛跑,大家拼命地给她加油,她跑了一个第二名还得了一个奖品。她拿着奖品激动地跑到我的面前说:"这个应该给你,我想着你说你如果不怀孕就去跑了，所以我觉得我更应该去跑了，这可是我有生以来第一次参加运动会。"

1986 年我参加洛阳市演讲比赛，也把 S 老师给鼓动去了。所以这次支援黄漂她俩也很自然地听从了我的鼓动。当然了我也告诉了她们说我们的风险不是很大。因为我们只是沿途去照顾这些支援队队员的日常生活，但是绝不会下河里去漂的，因为我是个连游泳都不会的人，胆子再大也不会拿生命开玩笑的。

4. 罪魁祸首

晚上下班后，我连忙与丈夫商量我第二天要去做声援队的事。我的理由很简单：这些支援队小青年是为了支援黄漂队，我不能坐视不管，我应该象他们的母亲一样去照顾他们的生活。我当时根本没有考虑到丈夫的感受，一时间也没有想到女儿还小的事。只觉得我有责任必须要去照顾这些声援队员。当时我只感到血是热的。

我丈夫见劝不动我，就把我大姐给搬来了。我大姐比我大 10 岁，进门就说："你发什么神经？你孩子还这么小，你怎么能抛下家庭去干这样冲动的事儿呢？现在母亲不了了，你如果有个三长两短，让我怎么向母亲交代？"

姐姐一说母亲的事儿，我马上流出了眼泪，因为我最不能提起母亲。至今都没有勇气专门为母亲写篇文章。

过了一会儿，S 老师红着眼睛来找我，说她与丈夫吵了一架也没能说通丈夫，告诉我她是不准备去了，还说她丈夫说要来找我，并告诉我她丈夫如果来后说什么气话叫我千万不要在意。S 老师还特意说："明天早上咱们早点去校门口等着他们，给他们好好解释一下。"我答应了。

看到这种情况，我又想到了 M 老师，M 老师的丈夫还在部队，如果

第Ⅲ部　曾经

M 老师有个三长两短，我的罪状可大了。因为部队的妻子好象是要特别受到保护的。所以我决定一会儿去告诉 M 老师我们三个都别去了。

第二天早上，支援队的人准时前来接我们同行。我们只有表示了我们的不好意思，为首的小伙子倒没有说什么。那个昨天持怀疑态度的男青年埋怨了一句："看看，我说她们去不了吧，白白让我们等了一天。"我们三个人只有多捐了点钱让他们带走了。那一刻简直是难堪极了，用"羞愧难当"来形容一点都不过分。

因为当时报纸上几乎每天都要写黄漂队的消息，这只黄漂支援队也得到了新闻媒体的关注。第三天报纸上以"因意外原因黄漂支援队推迟了一天已于昨日出发"报导了这件事。

这意外原因的罪魁祸首无疑就是我了，当看到这篇报道时，我们三个女教师互相对视了一下。真乃："此时无声胜有声"。

5. 因为年轻

这件事搞得我很不自在，我在同事们的眼里似乎成了一个"狼来了"的孩子。所有这些都是因为当年年轻。

后来我又发出狂言"要三十而立"，还说"我要让这个小屋里飞出个金凤凰"（因为我当时一家三口正住在学校里一间只有 10 平方米的小屋里），估计当时也没有人会相信了吧？但是，这次我是真的实现了。

（写于 2017 年 12 月 13 日）

不应责怪

人的一生会面临很多的情。但是，有一种情是突然的让你难以接受、但也难以忘却的一种苦涩的情。但"情"的本身是无罪的，都是应该受到尊重的。

这还是当年我在矿中门口摆摊卖汽水的一件事。

1. 故事背景

1988年我在矿山厂俱乐部的对面摆摊卖冷饮。因为当时我还在学校当老师，所以我白天上课晚上去卖汽水。这件事在当时来说是有点"出格"的，甚至有点"大逆不道"。因为当时大家对下海经商的认识还没有普及。

我当时觉得我的举动一定是让很多人看不起我，觉得我是个大"财迷"，所以我每天也不愿意与别人多交流，多少有点自卑感。

由于我当时总是穿着很时髦的衣服，打扮得也很利索，摊位也收拾得非常干净，所以我的冷饮摊还是比较有"人气"的。这件事在我们矿山厂也几乎是人人皆知，成了大家饭后茶余闲谈的一个话题。

我们一家三口当时住在矿中校园内只有10平方米的小屋。这间小屋原先是学校的一间仓库，低矮阴湿。遇见下大雨的时候，家里的大盆小盆经常要派上用场去接受来自上天的"恩赐"，夜里也是老鼠们粉墨登场的"乐园"。因为我们当时还属于工龄（指工作年限）比较短的人，还分不到房子，也没有经济能力去附近农村租房子住。所以住在这样的房子也是没有办法的事，我也没有觉得不痛快。

第Ⅲ部　曾经

2. 登门来客

有一天晚上，一位穿着军装约 30 多岁的中年军人突然来到了我的房间。因为我丈夫当时是在夜校当老师，所以晚上只有我和 4 岁的小女儿在家。我当时还以为他是来找我开后门谈转学生的事，所以我把他让进了屋。

一问才知他是我们厂一位有名的大美女的老公，现在官至副团级。而且我还认识这位大美女，关系还是不错的，因为我也很喜欢美女。她比我大个三、四岁，我一直也很尊敬她，也很羡慕她是个"官太太"，夸她找了一位好老公，还与她开玩笑说她是"美女嫁英雄"。她总是说："什么英雄呀，不知道疼人，家里什么活都不会干。可不像你们家小窦那样那么会干家务活。"但我从没有见过她老公，也从来没有登过她家的门。

他先是聊了对我敢于卖汽水的敬佩，又大肆赞扬了我的经营策略。然后说他现在也在部队搞点经营，苦于缺少像我这样敢闯敢拼的人当副手。我当时也没多想，只是很轻松的与他聊起了我之所以卖汽水的初衷。他随后又说："你这么能干，又这么充满魅力，你不应该住在这样的房子里，你应该找一个能够给你提供环境好一些的人共同生活，但是你丈夫太老实，他给不了你这些的。"

原来他从他妻子那里听到了不少关于我和我丈夫的事。他还直爽的告诉我，他妻子也知道我丈夫是每周哪一天晚上不在家的。我当时还是没有听出来他话中的意思，还认真地给他讲了我和我丈夫是怎么认识的、还告诉他我没有觉得现在生活的不好、也没有感到与丈夫结婚有什么不妥之处、还讲了我非常喜欢在金钱物质上依靠自己的力量去争取"从无到有"的快乐感。他又大加赞赏地说了一些话后就告辞回去了。

我当时还以为他是看我卖汽水而出于好奇来找我闲聊的。我还觉得看来还是有人能够理解我这种"下海"行为的，还多少有点小得意起来。

3.有备而来

第三天他又来了，因为我丈夫是隔一天晚上才上课，所以今天晚上还是我和 4 岁的女儿在家。

这次我有点儿警觉了，我仔细打量了一下他：高高的个子很威武，特别是那一身军装把人衬托得很有精神。虽然身体稍微有一点富态、但显露出来一个成熟男人的魅力气魄。对我们这一代有着"军人情结"的人来说，对军人的喜爱和尊敬是发自内心的。

他进门后，直截了当的对我说："洛霞，我这两天一直在想，不管你如何想我，我也要把我想说的话说了，因为我再有半个月要辞职去海南经商了，手续已经办的差不多了。也许你会觉得突然，但是我还是希望你能认真地考虑一下，我喜欢你，希望你能跟我一起去海南。虽然你对我可能还没有感情，但是感情是可以培养的。"我一听大为吃惊，我说："你有这么漂亮的一位妻子，你怎么会想到我呢？我和她是无法比的。"他马上说："洛霞，你不懂。男人是喜欢活着的女人，而不是光看相貌。你纯洁善良，关键是你身上有一股让人奋发向上的朝气，你是一个'活着'的女人，男人需要你这样有朝气的女人的支撑。"我笑笑说："这我就不懂了，你们男人不是都喜欢漂亮的女人吗？"他说："她漂亮什么？与你相比，你脸蛋白白的红红的，散发着青春的气息，有一种青春的美。"我忙说"每个女人都会老的，我也会有青春不在的时候。"他连忙说："洛霞，你不知道你的魅力在哪里，你有文化、又是大学生，关键是你有一颗不怨天忧人、愿意吃苦耐劳的心，特别是你身上那种气质是她所没有的，我喜欢你也不是因为你长得如何？也是因为你的气质是与众不同的，而她正缺少这些，她无法与你相比。"他看我一副愣愣不解的样子，欲走近我，我连忙去抱女儿躲开了他。因为当时的我还判断不出什么真情假情的，只觉得他抱着如此的美人妻子还嫌人家不美？有点自不量力狂妄自大，有点让人恶心。我甚至觉得和他一点都不认识，他竟然这样的对我说话，是有点侮辱我。所以我有点气愤的说："这怎么可能呢？我对你一点都不了解，即使了解我也已经有了孩子有了家，我和我丈夫感情还不错，我怎么会抛下他们跟你走呢？"他马上又说："洛霞，你还年轻，感情这个东西是最靠不住的，我真的是很心疼你，为了让你能过得好一点，你丈夫不可能让你过得好，我有这个自信，如果你同意，我会想法与她离婚。"我说："谢谢你的关心，不过我不会这样做，我父亲如果知道我与你私奔，会丢死人的。"他马上又说："你不用马上回答我，我给你一周的时间考虑，我把单位电话号码给你，你如果决定与我一起去海南的就给我打电话，我派车来接你。"说完，他将一张纸条放在桌子上急匆匆地去了。

4. 不应责怪

他走了以后，我感到一种莫名其妙的寒冷，我不禁用双手抱住了双肩，打了一个寒颤。不知是激动还是被伤害？我忽然有一种"霸王别姬"的酸楚，想大哭一场。

说实话，不论是我初恋的 L 君、还是我现在的丈夫、"我喜欢你"这句话我还是第一次听到，而且是从一个我根本不认识连名字也不知道的人说的，这无疑中增加了我的不知所措和想小鸟依人的感觉。想起他那威武的体魄、充满激情的双眼、滚烫的表白、使我觉得在我的记忆中也不应该责怪他。不管他的出发点是好是坏，也不管他的行为是道德还是不道德，他使我真正的感到：有人曾经喜欢过我。

不应责怪

从那以后我再也没有看见过他，也没有一点儿有关他的消息，至今我都不知道他是否还活在人世？我几次回国也曾想回去打听一下他是否还在洛阳？但我还是没有怎么做。因为我认识他妻子，不想装着所无其事，估计他也已经从妻子那里知道我已经出国了。他当时说的那些话虽然我当时还判断不出来正确与否？但是随着时光的逝去，他的有些话还是得到了验证。

想到他作为一个男人、一个军人对一个未曾相识的少妇去大胆的说这样的话，是需要多大的勇气啊。每每想到这一点，我觉得不应该责怪他。

（写于 2017 年 4 月 12 日）

漂亮女孩

"爱美之心人人有之"这句话我最先是从小学老师那儿听到的。当时班上有个女同学长得很漂亮，但学习不是很好。可是她母亲总是把她打扮得很好看。同学们也总是嘲笑她是资产阶级的小姐，有一次同学们还把她说哭了。班主任老师站出来对同学们说："爱美之心人人有之"。

60年代末期班主任老师能说出这样的话，现在想起来老师也是够胆大的了。随着年龄的增长，我才知道"美"并不单指衣服和长相，它所包含的各种内容简直就是万花筒。

1. 原来是"她"

上了中学以后，我家楼下有一个比我高两届的女孩，整天给我讲她们班上一个长得最漂亮女孩W的趣事。据她所说：那个W女孩考试成绩简直就是零，甚至连小学二年级的算术题都不会，同学们经常骂她是个大傻瓜。可是W女孩从没有感到难为情，而且在班里还总是趾高气扬大胆地狂言："我就是长得好，你们我是你们嫉妒我"。在那个不允许谈"美"的年代，同学们也不懂W的"美"会给她带来什么样的结果？只是她的"狂言"总是遭来了同学们的攻击。

89年年底，我办好了去日本留学的手续。因为当时有关日本的信息还是很少的，所以去日本要准备点什么东西？吃住一个月要花多少钱？我应该拿多少钱去？这些问题还真是心里没有底。当时在洛阳去过日本的人很少，如同大海捞针。我千打听万打听，终于打听出来一个在设计院工作的男工程师因公被派往日本，这几天正好回洛阳家里探亲，因此我马上去敲了他家的门。

他把我让进屋里，我一看才知他正在和家里人打麻将。其中一名30岁出头的女的，我一看正是W。W看到我也有点吃惊，但终究没有说话。估计她也觉得我有点面熟，但记不起我是谁了？看到我吃惊的表情，他马上介绍说："这是我爱人，她也是你们矿山厂的"。

回家的路上，我一直在回想一个问题：他如此地俊才，怎么能找一个什么都不会的"傻瓜"女人呢？因为在当时能够公派出国的人都是出类拔萃的，所以我觉的这么聪明的男人也应该找一个聪明的女人，最起码也不能是什么都不会的"傻瓜"呀。回家后我给丈夫讲了这个问题，丈夫说："那有什么奇怪，女的吗，长得好就行。"我这才恍然大悟。看来，对于男人来说真的是都想找漂亮的女孩啊。

2. 漂亮女儿

作为一个母亲，是希望自己的女儿漂亮呢？还是聪明呢？估计所有的母亲都会说希望自己的女儿即漂亮又聪明。可是如果让母亲只能两者取一个的话，究竟应该选哪一个？这个答案估计比"哥德巴赫猜想"还要难，也就是说到现在也没人能解得出来。

我有一个小学女同学C，关系还不错的。我曾听到别的小学同学告诉我说：C总是觉得自己的女儿长得很漂亮，而且经常以此为荣。

有一次我从日本回洛阳，C叫上女儿特意请我吃饭。C打电话给我说"洛霞，我女儿已经大学毕业了，女儿中学的一个男孩子一直追她，但我有点看不上那个男孩子。你见的人多，帮我姑娘介绍个好一点的，我今天也把她带上，咱们一起吃个饭。"当时她的女儿刚刚大学毕业，准备考研究生。我如约前往，发现她的女儿确实长得不错，而且还是一个比较知性的女孩。我随便于女孩聊了几句后，就单刀直入地说道："你想找个什么条件的？给阿姨讲一下。"C同学立刻说："就是就是，跟张阿姨好好聊聊，叫张阿姨给你介绍个好一点的，你长得这么漂亮。"我看到女孩立刻有点脸红了，但她并没有责怪和顶撞母亲的意思。饭后她母亲去结账了，那个女孩立刻对我说："张阿姨，其实我已经有对象了，我妈就是不愿意，我妈光说我长得好，其实我知道我长得一般的。男朋友家里人对我也很好，还说如果我愿意就送我们俩出国留学。"我一听，真的是一个挺不错的女孩。

前年我回洛阳时，听同学们说：C 同学的女儿已经结婚了，女婿还是那个男孩。后来我一直也没有再见到 C 同学。"可怜天下父母心"找个好一点的媳妇或是女婿，是天下所有父母的心，可是什么才叫好一点的呢？这又是一个"哥德巴赫猜想"的难题吧？

3. 男女青年

我在大学上课时，有一次上完课，我看见班上有个男同学拿着一盒点心给一个漂亮的女孩，而别的学生没有份。今天是学生的期末考试。那个漂亮女孩一直心不在焉的。50 分钟的考试已经进行 20 分钟了，她一直什么都不写，还一直在用右手在左手上揪着什么？看来也是一个学习一般的学生。

女孩长得楚楚动人，我不忍心看她将会不及格。因为这个大学是中部地区最有名的私立大学，能考上这个大学的学生都是成绩不错的。于是我走到她身边对她说："你在想什么？赶紧抓紧时间写"后来见她确实是一直在写，但不知道她写的都是什么？但愿不是满纸的"他，他，他"吧？

是不是漂亮的女孩都不爱学习呢？这个结论显然是不正确的，但漂亮的女孩中学习好的比例是不高的，这一点是当过老师们的共识。当然了也有即漂亮又在学习上出类拔萃的女孩，我也见过。所以我希望所有的女孩都能够即漂亮又学习好。

随着现代科技的进步，漂亮女孩是越来越多。按理说这应该是让男孩子们高兴的事，可是往往不是这样。日本电视里经常演这样的事：男孩子好不容易找到了一个心仪的女孩，却不经意中发现了女孩是整了容的，男孩子们受不了女孩子们的隐瞒，即使被法院判定损失大批家产也要远离这个他认为不可原凉的女孩。所以对现代的男孩子来说：既要工作又要养家，还要具有鉴别女朋友或者妻子的美貌是真是假的技巧。嗨，现在的男人的困惑真是太多了。"爱美之心人人有之"谁人不想美？谁人又不爱美呢？前两天又见日本的一则报道：一个已经有两个孩子的中年有妻之夫，居然每天抱着个美丽无比、温柔可爱的充气女娃娃另立炉灶，还扬言要和充气女娃娃结婚。所以现在的男人也让更多的女人所不能理解。

做一个理性的男人吧！做一个能让男人成为理性男人的女人吧！男女之间的事是男女之间共同的课题，一同面对吧。

今天是考试。看着那个迟迟不动笔的漂亮女孩考试时的表情，我过后忍不住浮想联翩。于是决定写了这篇"漂亮的女孩"。

虽然这个漂亮女孩的考试成绩未必如我所愿，但是她的表现促使她的老师能够浮想联翩，回忆过去并有所感悟，老师还是要感谢她的。但愿她能有个美好的前程，因为她是一个"漂亮的女孩"。

4. 男人女人

所谓男人和女人？我记得我最先看到的有关男人和女人的描述是"男人是山、女人是水"这样的话，我的理解是：男人应该顶天立地，女人应该柔情似水。这句话还真的对我的人生起了一定的作用。

不管这句话是否正确？是否恰当？是否贴切？总之我不得不承认的是：这句话直接影响了我的一生。虽然我出国前做事果断、大胆刚强，但是在人面前我仍然是：文温而雅，笑容可掬。因为我时刻在提醒自己："女人是水，要静静的流淌，千万不要张扬，不可溅起水花"。当年我在矿山厂中学当教员时，被别人称之为"四个女强人"之中的一员，我极大的不高兴。因为我只想当女人，当那种文静优雅的女人。至今从我的谈吐中、文章中大家也可以看出：我对说我是"女强人"这句话是何等的反感？何等的排斥？

后来我到了日本，我仍然记得这句话，在人面前从不多言，顶多微笑一下表示我在听大家的谈话。在刚来名古屋的一次欢迎留学生的宴会上，有些女孩子过分张扬，像个蝴蝶，在宴会场上飞来飞去。我只是静静的躲在一角，反而引起了别人的注意。还被当日采访报道的记者拍了照登在了"朝日新闻"上，留学生们过后一个劲地问我："你是否认识记者？怎么整个画面好像是为你而照？"我只是微微一笑，心想：我连日语都不会说，去哪里认识记者呀？水吗，谁能不喜欢水呢？

我还记得，当年日本电影"追捕"在中国上映时，男主角高仓健几乎迷到了中国女性。其主要原因是因为他那"山的体魄、山的性格"他使中国女性眼前一亮，知道了什么叫男人的魅力？当时我还小，还不懂男人应该是什么样的？应该具备什么？更不理解千金小姐真由美为什么会爱上一个逃亡犯？当真由美骑马救了杜丘两人同骑一匹马时，杜丘问真由美为什么要这样救他？真由美不假思索的答道："我爱你"。当时我听到这三个字非常的不能接受、还非常的反感，以至于对"追捕"这部片子非常地排斥。

2017 年我在日本重新看了一遍日文原文版的"追捕"，一来是我已经长大，已经从少女进入到了中年妇女，二来我已经对日本的一些人情、习惯有了了解，三来我也有些明白了什么样的男人是有魅力的了？于是我看得如痴如醉，当真由美骑着马带着杜丘奔跑的镜头出现，杜丘问真由美为什么这样帮助他时？我心里比真由美还快的喊到"因为她爱你呀"。

读了"文人墨客"群员钟金凤写的有关男人与女人的散文，我感觉到她描述的是那么的细腻，分析的是如此的透彻，原来男人和女人还可以有这么多的分类。真的是写得很棒。

其实男人、女人、爱情、生与死等是人们永远的话题，也是永远也得不出答案的难题啊。

（写于 2016 年 7 月 25 日）

第Ⅳ部

――――――――――――――――

物情

鸽子

鸽子是美好的使者、是和平的象征、是人类喜欢的飞禽动物。鸽子也常用来形容美丽动人的女人。长篇小说【林海雪原】中的女卫生员"小白鸽"不知道赋予了人们多少美丽的暇想。所以我一直很喜欢鸽子。

在日本，鸽子是从不怕人的。不仅在公园、就是在平常的人行道上它们也是经常与人抢路的。我如果在去上班的路上见到它们时，我只会匆忙地看它们一眼。如果在下班回家的路上见到它们时，我总是会高兴地看它们一眼，并希望它们也能按时平安地回家与妈妈一起吃晚饭。

我的小女儿小的时候，每到休息日我总是喜欢带上孩子拿点面包去附近的公园里喂鸽子，所以我一直对鸽子很友好。可是最近几天我却为鸽子纠结起来。

1. 金山房屋

我在日本名古屋金山车站附近一栋叫做"金山之家"的大楼里买了一套房子租给了房客。这个房子比较大，室内面积约有 35 平方米，共有三个面向正东、东北、正北的窗户。

当时之所以买这间房子，一是因为日本房子便宜，与其将余钱放入零利息的银行和捉摸不透的股市里，不如买房租出去收租金为宜。二是因为这个房子地理位置极佳，距金山车站只需步行两分钟。金山车站是日本第三大城市名古屋的一个大站，日本铁道 JR、名古屋铁道、名古屋地铁、公交汽车在这里纵横交错。因交通十分便利，我的房子容易租出个好价钱，而且即使租不出去也不会觉得心烦，反

207

正是"金山之家"吗,中国人历来就有囤积金子的习惯的。三来是因为我每天要在金山车站坐 JR 电车去上班。这所房子所在地是我去大学上班的必经之路。我每天上班下班路过这里,可以抬头看看自己的房子。想想自己当年单枪匹马刚来日本时从一个连酱油、葱都舍不得吃的为温饱而挣扎的留学生,历尽艰辛打下了如今的一片江山,还有余钱可以买房出租,多少会有些成就感吧。于是我买下了这间房子。

这套房子是中古房(中国叫二手房),以前的房主是一直将这套房子作为办公室用的。在日本这样的房子进行一下粉刷的话是可以卖个好价格的,可是房主不想粉刷收拾就以低价出手了。当时卖房的中介公司告诉我:"简单装修打扫一下的话月租 5 万到 5 万 5 千日元是可以租出去的。"因为房子价格便宜,所以我当时想 5 万日元我都同意租出去。

我是 702 号房间,后来发现我上层的 802 号房间收拾得非常漂亮,以每月 7 万元的房租租了出去。因我的房间没有粉刷打扫,所以我就大胆的定了 6 万 8 千日元并委托另一家有名的房产中介帮我出租。我当时想:好女不愁嫁,何必粉刷费那事。这重新粉刷那可不是一笔小钱啊。如果客户找不到我不是白忙活了吗?等找到客户后如果客户决定租了我再粉刷也不迟。

没想到时隔不久不仅找到客户了,客户还没提任何要求就搬进去了。这个房子面向东北的窗户上装了一个窗式空调,是当年建房时安装的。虽然平时不用(因为房间里的墙壁上还有一个空调),但我买房后也没想要折除它。

2. 不幸鸽子

今年的 4 月 3 日早上,我还懒在床上未起。突然电话铃声飘入耳中，我连忙抓起电话一看是金山房屋管理公司（中国叫物业管理公司）的电话号码。我马上接通电话，只听对方说道：有只鸽子飞进我屋子窗式空调排水机里死在了里面，散发着味道让房客难以承受，让我赶紧设法排除。我一听吓了一跳：我哪有这本事啊？别说是死鸽子，就是活鸽子我也不太敢碰啊。因为我最怕带毛的东西，什么狗啦猫啦的我是从来不摸啊。

我问了对方如何清除？对方说："最好请专业人士。得把空调排水机拆卸打扫一下，再装个网子以防鸽子再飞进去，工事费大约 8 到 9 万日元（约合 5 千多元人民币）。"我一听心里不是个滋味，这个鸽子虽然不幸，可这能怨谁呢？它放着绿荫荫的大树林不去，干吗要往这房子里钻啊？这个钱花得真是冤枉啊。

本来我这个房子月租金是 6 万 8 千日元的，可是由于房客是以公司名义租的，是用于开办英语教室的，所以按日本规定以公司名义租赁的话公司要额外支付 8% 的消费税，这么一算我每月租金就应该是七万三千多了，房客通过中介与我协商后月租金谈成了七万日元。这可真是天上掉馅饼啊，我的房子不仅没有装修每月租金还多了两千日元，我一直庆幸我运气真是好啊。可这鸽子却让我要将多吃的吐出来啊。也就是说我每月虽然多收了两千日元，可是这次却要一下子付出这八、九万日元的代价啊。我这心里那个纠结啊真是无法形容。看来还真是应了那句话：多吃多少就得吐出来多少啊。

虽然这修理费相对于每月的房租来说也不算什么，可是为了一只鸽子去付出这样的代价也不是很情愿的事啊。这只鸽子死在我的房间里，如同我杀死了它，所以我心里很不是滋味。

从那之后，我看见路上的鸽子也没心看它了，也不觉得它可爱了，因为它去哪儿不行干吗要往我房间里钻呢？文人墨客群友赵颖与我开玩笑说："张老师，这个鸽子估计也想住进金山啊。"

在日本客户就是上帝，我虽然是房东也是不能擅自打扰房客、不能随便去敲房客房门询问的，有事的话必须通过房屋管理公司。所以我必须叫上房产中介、工事操作员、并由房屋管理公司员工带着在房客在屋的时候才能进入我的房间，以防与房客发生说不清道不明、无旁人作证侵害隐私的纠纷。

这几方面的人和时间都必须由我去联系协调，真的是太麻烦了。我联系了半天还没有定住时间，已深感精神疲劳，看来这房东也不好当啊。

我应该怎么处理死去的鸽子呢？是扔掉？还是挖个坑埋了它？因为这只鸽子平衡了我在金钱上多得的部分，它以它的死来唤醒我的良知，告诉我："不该得的东西是不能得的"。它也许是来挽救我的灵魂的，我是不是应该感谢它啊？所以这两天我一直在想：它到底想告诉我什么呢？

打了几次电话，终于确定了 4 月 11 日星期一下午两点，相关人员在我的房子楼下集合后去商讨如何取鸽子的事？

3. 青春祝贺

4 月 11 日上午我在 N 大学有两节课，上完课后已经是中午 12 点多了。因两点要开"取鸽子群英会"，所以中午回到家后我来不及做饭就拉着 13 岁的小女儿去了餐馆。在等着上菜之时，小女儿忽然去厕所方便去了，我也没在意继续刷手机。

一会儿小女儿回来趴在我耳朵上说："妈妈，我那个来了。"我愣了一下，两眼直盯着她问："真的吗？""真的。"她两眼眯成一条缝笑着回答我。我连忙问："你知道怎么处理吗？""知道，老师讲过。"小女儿满有自信地说道。啊，我终于又完成了将一个幼女送进少女行列的任务了，我终于可以舒心地喘口气了。

因为听说女儿班上的女孩子几乎都来了，而她一直没有动静，让我频为担心。我不止一次地对大女儿说:"你妹妹怎么还没有来?不会有什么问题吗?"大女儿说:"不会的,她虽然已经上中学二年级了,但她月份小,比一般同学晚来也是正常的。"可是我还是一直担心啊,嗨,有了孩子就有了喜悦、也就有了一辈子的挂念、有了一辈子的不清静啊。由此我想到了我的父母,有了我们五个孩子也是一辈子不得安静啊。天下父母都是一样的,人类也就是在这样的喜悦和不得安静中得于繁衍下去的。

饭菜揣上来了,我赶紧将我盘里的肉给她拨了一半,"吃吧,以后你要加大营养。"她没有拒绝,嘻嘻笑着开始品尝着,那模样真像是一只快乐的鸽子啊。虽然对现在的孩子来说,肉已经不是什么稀罕的东西了,但作为一个母亲,最先想到的永远是孩子,我这个拨菜的动作是不加思索的、无意识的一个本能的动作,因为母亲永远是一个情愿燃烧自己而照亮孩子的蜡烛。

在日本,女孩子进入少女时期是家里的一件大事,一件喜事,是要很认真地祝贺的。母亲不仅要告诉女儿如何对待这件事,还要给女儿买祝贺礼物。祝贺礼物是一套女性生理专用用品,包装精美、喜气洋洋、它一下子就可以减轻女孩子对这件事初次到来的惊慌和心理压力,进而轻松地去迎接青春的到来。

我一边盘算着今天什么时候去商店给她买那特殊的礼物,一边又想着她真的会不会处理?因为正吃着饭我也不便仔细告诉她如何去做?而我一会儿还得要赶去处理鸽子。哎,真是事都赶到一块儿了。只得趁她吃饭时赶紧用手机给大女儿发了个信,让她去指导妹妹吧,也让她表达一下对妹妹青春的祝贺吧。

大女儿是在洛阳出生的,我来日本以后又生下了一个儿子和一个小女儿。大女儿今年已经 32 岁了,也是一位博士,现在在日本的一所名牌大学当教员,比妹妹大 19 岁,也已经有了一个 3 岁半的孩子了,她也一定会象我一样疼爱这个小妹妹的吧?因为她也是一个

第Ⅳ部　物情

母亲了。

4. 美女房客

差五分两点，五个人（我、物业管理人，房产中介，工事操作员 2 人）在楼下集合完毕，开始浩浩荡荡的朝我的房间奔去。一支弱小的鸽子竟然需要这么多人去商量它的事，真说不清它是有福还是没福啊？我是房主权利最大，所以我必须走在前面去敲门，但我极不情愿。因为这一大群人进屋的架势有点像文化大革命时的抄家阵势啊。当年抄家的惊吓使我至今难以忘怀，母亲紧紧地搂着我，好像抄家的人是来抢我似的。

因为前几天已经事先与房客联系好了，所以我知道今天是公司社长的夫人在屋里等我们。我用日语客气地叫开了门，哈哈，一位金发碧眼的大美人开了门。她高高的鼻梁、深蓝色的大眼睛、白白的皮肤、满面笑容毕恭毕敬地将我们迎进了屋子。我心里顿时觉得一阵轻松。

进屋后首先是感到焕然一新。雪白的墙壁上点缀着几呆小花，显得大方而富有情调。地上铺了新的暗粉色雪花地毯，房间被四块屏风隔成了四个空间，摆放了七张圆桌以及凳子供教学使用。还有一个长桌是办公的地方，整个布局显得很协调。老实说，自从去年 2 月房间租给房客以后，我一直在想"他们会怎么布置呢？"好奇心促使我曾经两次爬上七楼想进屋看看，但苦于没有借口还是没敢越雷池一步，只得怏怏而退。今天我终于看到了自己的房子竟然被布置得如此漂亮，不禁喜上心来。怪不得这只鸽子想进来，估计我是鸽子的话也保不准不飞这里啊。

我将眼光落在屋内写的业务介绍上，发现这个小小的教室竟然在教 20 多个国家的语言，其中还有中国语。我忙开玩笑地说："我

212

是中国人，也教中文的，你如果需要雇我好了。"美女听后立马大笑，操着不太熟练的日语说道："哎呀，你是中国人啊？我以为房东是日本人呢，你是房东真太了不起了。"我继续问道："你教什么？"她笑笑说："我教俄语。""你是俄国人？""是的。"哎呀，真是太棒了，我一直很喜欢俄罗斯女人那高贵不凡的气质，一直苦于没有接近她们的机会，这可真是：踏破铁鞋无觅处，得来全不费功夫啊。

话语间，那几个人也完成了调查任务，向我汇报。原来不是鸽子死在里面，是鸽子飞进飞出排水机箱不仅有响声，而且留下了不少粪便，一开窗户味道很难闻（估计俄罗斯美女语言不熟练，让管理会司误认为是鸽子死在了里面，味道难闻）。原来打算清理鸽子的人无法直接打扫，得把机器卸下来打扫完重新安装。这可得费点工夫了。因为机器折卸他们不会，所以今天他们什么都干不了，下次得叫上折卸公司的人才能施工。

我听后也不想说什么了，只是让他们互相留下电话，以后他们直接联系处理算了。

5. 入乡随俗

我本来是想着今天能把鸽子拿出来，然后掉几滴"鳄鱼的眼泪"，以表示对这个不幸的"小房客"的哀悼就算完事了。可是看今天的架势决没那么简单啊。不过，我已经不想考虑这件事的因果和信息的真假？更不想考虑怎么处理？需要多少钱了？反正不管花多少钱、费多少事我都认了。因为第一，鸽子没有死在我的房间，减轻了我一些心里的负罪感。第二，房客把我的房间打扫得如此干净，装扮得如此的富有俄罗斯情调，没有问我要一分钱，对我没有一份埋怨，我还能要求什么呢？

在日本这个崇尚不给别人添麻烦、宁静自己吃点亏也不强求别

213

第Ⅳ部　物情

人的国家里，两个外国人又何尝不想也不给对方添麻烦呢？

　　4月28日，鸽子粪便清扫的预算报价出来了：10万8千日元（约个6480元人民币）。哎，不知是不是享受了世界上鸽子粪便清扫的最高待遇了？

（写于2016年5月5日）

母鸡

我一直对动物没有什么特殊的感情。这不是因为我不喜欢他们，而是因为我天生惧怕毛茸茸的东西。至今不敢买带有毛的衣服或大衣。但是我自己却对一只老母鸡倍加怀念。

1. 营养大师

1967年我上小学二年级的时候，我们家买了五只小鸡娃，半年之后只剩下了两只母鸡。一只体态略显肥胖、毛色是米黄色的，另一只体态苗条、毛色是棕色的。

原先我们一家七口人住在18平方和12平方的两间房子里。后来由于父母的问题全家被赶到只有18平方的房子里了。由于人多房子小，屋子里只能摆下一张大床两张小床，于是大姐一张小床、大哥和二哥挤在一张小床，我和三哥只有和父母四人挤在一个大床上了。当年非常羡慕姐姐自己有张床，总是幻想着什么时候我也可以自己有张小床。

虽然住得已经很拥挤了，但是这两只母鸡也挤在我们家"同吃同住"的，不仅给我们家带来了一丝生机，还为我们家提供营养：鸡蛋。

当年我们家楼房对面是一个菜店，所以我也经常去菜店捡点碎菜叶让他们美餐一顿。那只棕色的母鸡有一次还送给我们家一个双黄蛋。给我们家增添了无比的快乐。

但我对母鸡还是没有什么感情，只是照顾她们"吃饭"。我觉得很麻烦，真的不想做。母亲总是说："我给你煮鸡蛋吃。"也只有这句话才能使我耐下性子，每天侍候她俩。母亲说到做到，我们家只

第IV部　物情

有我经常可以享受煮鸡蛋，其余的几个哥哥都没有份。所以我也尝到了劳动所得的甜头。

后来我在日本留学打工时，我每天早上七点出门一直到夜里十二点才到家，除去上学，一有空闲就去打工。遇节假日以及放暑假时经常一天干两份工作十四个小时，就是觉得：劳动所得有甜头。

2. 鸡的故事

当年好像家家都养鸡。还有不少人抱着鸡在医院排队等着抽鸡血，好像说是能治什么病？我到现在也没搞清楚是怎么回事？当时只觉得鸡很可怜。

白天各家的鸡都是放在外面自己寻食。而且基本上母鸡为多。偶尔多增加一只公鸡特别是那青春年少的漂亮公鸡一出现，鸡群总要沸腾一番。那公鸡高昂着头、抖着浑身漂亮的羽毛、高耸着红色桂冠、高大健壮，阳刚之气十足。经常被一些父亲们所围观，夸其漂亮。我当时还在想："这鸡还有什么漂亮之说啊？"现在回想起来那鸡的模样真的是"美不胜收"啊。可是当时并不知道他美在哪里？只觉得他很讨厌。因为他一到来也不与"先辈们"打个招呼、更不讲个先来后到就如同发疯似的去追逐母鸡。而且总是斜着眼睛，耷拉着一侧的翅膀看母鸡，并没有给人一种美感。如果哪只公鸡路见不平、拔刀相助时，两只鸡必是一场"血战"。

当年不仅同一个楼的"斗鸡"经常上演，而且楼房间的"斗鸡"也时有发生。经常听三个哥哥讲某处某处的公鸡最厉害，男孩子们还一起凑钱给鸡买好吃的、抓虫子喂鸡，以求旗开得胜。

我们楼有一个张大哥当时是省足球队的。他休假回家时立刻遭到男孩子们的追捧。当他听说我们 1-7 楼与 1-3 楼因斗鸡起了争执时，立马带着一大帮喽罗们与 1-3 的男孩子们隔着铁门对骂（当时两幢楼中间隔着矿一小学校校园东西两个大铁栅栏门）。我们女孩子也跟在喽罗们后面喜欢看张大哥。因为那个年头能去省队踢球的都是"英雄"啊。

张大哥个头高大、威武健壮、皮肤晒得黑黑的。拿着弹弓"啪"的一声往对方射去。过了一个，马上一帮 1-3 的男孩拥着一个一边哭一边捂着流血的手的男孩来追问谁射的弹弓？张大哥立马答道："是我，怎么了？" 1-7 的喽啰们也在一旁助威："想打架吗？走，找个宽敞的地方去。"对方一见是足球明星张大哥，羡慕还来不及的，根本不敢问罪。最后以张大哥支付 1-3 男孩子的包扎费而平息了争执，因为张大哥当时已经拿工资了。看来，任何时候任何环境都挡不住男孩子们争强好盛比输赢的天性，也说明了张大哥的美名远扬。

当年偷鸡的人也不少，为了容易辨认出自己家的鸡，鸡腿上往往被主人绑上带颜色的布条，以示辩别。有一次住 3 号门小毛家的鸡忽然不见了，三天以后又在外面发现了。可是布条换了。于是小毛抱着这只鸡，一直等到天黑看谁来带这只鸡回家。结果是 5 号门的一个住户说是在谷水集上买的鸡。于是两家为了争鸡的主权大吵大闹惊动了整个楼房。

3. 结下感情

我们 1-7 号楼的前面有一大块空地。当时没有狗，所以那块空地是鸡的活动天堂。每天总有一大群鸡在那觅食、戏耍。虽然他们彼此友好，但有的时候也要受到不平等待遇。如果两家孩子打架了，鸡首先要成为被发泄的对象而遭人投石头追打。我也不止一次地看见过几个男孩子不让他们家的鸡与我家的鸡在一起玩。说我家的鸡是坏人家的鸡。所以我家的两只老母鸡经常是单独在一起的。

棕色母鸡几乎一天下一个蛋，米黄色母鸡却拿不准，因为她有点胖，走路还一扭一扭的。当时住的都是楼房，鸡总是自己上楼回家产蛋。我家住在二楼，并且是三家住一个单元，各家鸡窝都是放在厨房里的，单元大门都是只有晚上才上锁。所以鸡都是自己回窝下蛋。那个时候的鸡真的是聪明啊，各回各家下蛋，绝不会"肥水流入外人田。"

有一天我从学校放学回家，刚一拐过可以看见我家房子的拐角，就看到从距我约有五、六十米远的一团东西左右摇摆的急速向我奔来。刚开始我还没有反应过来，以为是猫的，我还有点害怕想跑开。等她离我二十米左右我才看出来是我家那只胖胖的米黄色的鸡。她一扭一扭的显得憨厚而笨重，我以为她是来迎接我的，激动的一把将她搂在怀里，然后放下。可她还是一直跟着我，不离半步。我觉得我也被喜欢心里非常的高兴，又抱起她抚摸她，想把我的感激之情都给她。因为我当时在学校被同学欺负、在楼下被小朋友们欺负，没人与我一起玩，很是孤独。当时父母被集中学习改造，一周只能回家一次，姐姐在洛一高上学，只有刚上初一的大哥每天负责两个弟弟一个妹妹的日常生活。三个哥哥都是与男孩子们一起玩，所以我总是一个人玩。

我不明白母鸡的意思，抱着她坐在楼下心里美滋滋的。楼下一楼王丽的爷爷看见后问我为什么要抱着鸡？我说是她跑来找我的，王爷爷马上说："看她脸这么红，估计要下蛋了吧？"我这才恍然大悟赶紧抱着她往楼上跑，果然发现我家单元大门是关着的，我赶紧推开门把她放进鸡窝。她果然很快就完成了任务。

后来估计她知道了我会抱她回家，于是总是在那等我，一见我放学回家，立刻飞奔过来。我于是与她的感情越来越深。

4. 当了母亲

不知从什么时候胖母鸡不下蛋了，也不好好吃饭，整天有点儿闷闷不乐郁郁寡欢的，不知是因为太肥的原因？还是为什么？父母也搞不清是什么原因？打算杀了吃了。我哪里肯让，看到别的家的母鸡带着一群孩子很是可爱，于是我整天闹着让父母也让她孵小鸡。

刚开始父母不同意，说没人照顾，再说家里也没这个地方。经不住我好话说尽、保证说了一千条，父母只得同意，于是给了我五个鸡蛋。

我用纸盒子给她造了一个小房子，铺上棉花稻草等，把她从厨房搬到了卧室，好让她安静、幸福的孵小鸡。那只棕色的苗条母鸡则是照例呆在厨房吃喝、睡觉、下蛋。

听父母说也不知能孵出几只？我才知道不是放五个鸡蛋就能孵出五只的。于是我乘父母不在，赶紧又拿了两个鸡蛋，偷偷地放在了胖母鸡的身下。

胖母鸡每天精神很好，全神贯注整天卧在那里一动不动。当外面有动静时，她马上伸直了脖子两只眼睛警惕得四下张望，两只翅膀紧紧的护住鸡蛋。除了我喂她吃东西以及帮她把鸡蛋翻一翻时（为了各个鸡蛋的受热均匀），她几乎不需要任何照顾。后来秘密终于被父母发现，父母也搞不清哪两个鸡蛋是我后来放进去的？也就默认了。我从小尝到了胆大的甜头，这也奠定了我成年以后敢于"下海"经商、独闯日本的基础。

好像是过了三个多星期吧，五只小鸡相继破壳而出。剩下的两个鸡蛋任凭胖母鸡怎么的用嘴去叨、用脚去摆弄，也没能如愿看见小鸡出壳。

胖母鸡终于升级为母亲了。她很高兴，每天带着她的儿女，口中念念有词，不停地给孩子们唠叨着什么。还为她的孩子在仅有十

219

八平方米的房子里到处找吃的。遇到我们吃饭时她总是跑到我的身边，高昂着头，两眼直瞪着我，搞得我饭都吃不好。喂她点东西，她又含在嘴里召唤孩子喂孩子们吃。她每到一处五个儿女不离她一步，简直是太可爱了。晚上睡觉时她总是用两只肥大的翅膀把孩子们拢在肚子下面哄她们睡觉。有的时候孩子不听话不睡觉还爬到她的身上引吭高歌的，她也毫无怨言耐心等待，一直到小家伙入睡，她才闭上疲倦的眼睛进入梦乡。

新生命的到来使我们家人走路都得惦着脚尖，生怕踩到她的孩子。我们家七口人加上母鸡一家六口，十三条生命在 18 平方米这个同一个屋檐下共同生活。大家彼此关爱、照应、互不侵犯，真的是一片热闹而祥和的景象。

偶尔我把棕色母亲抱起屋里，让她也一同享受美餐时，胖母亲总是立刻把棕色母鸡赶走，全然不念闺蜜之情。棕色母鸡被胖母鸡的行动吓了一跳，愣了半天没有缓过神来。我只得又让她们分灶吃饭了。

母亲是能干的、母亲是强大的、母亲是孩子们的山、又是孩子们的避风港，是我当时的感慨。我之所以喜欢孩子、并要了三个孩子，就是想当一个这样的母亲。当我自己有了第一个女儿后，我决心一定要给她好的生活，再苦、再累、再难我都不怕。

5. 无力回天

正当我沉醉迷恋于欣赏这一群可爱的母子时，我们楼前的空地要建篮球场了。一些树被砍掉、推土机也毫不留情的把鸡的活动天堂搞得惨不忍睹。鸡的生态环境被破坏，不少人家把鸡杀吃或送人了，丢鸡现象也时有发生。我家舍不得那一大家子的母子。就把鸡整天关在家里不让她们出门。

胖母鸡一家好像还挺高兴，在家悠哉悠哉的。可漂亮的棕色母鸡在家里一刻不停还上蹿下跳的像个假小子，有时还竟然跳上我们家放暖水瓶的大桌子上。我估计一定是因为她长得漂亮，在外面被"白马王子"宠坏了，不然她怎么如此的不安静？为此她招来了家人的白眼。很让父母生气。

当时姐姐已经下乡了，于是母亲就和姐姐商量，让姐姐把这些鸡带到农村去。因为家里实在容不下棕色母鸡在家里的如此任性。

任凭我怎么哭闹也无力回天，胖母鸡还是含泪与我道别带着她的儿女和闺蜜依依不舍的远走它乡去了。姐姐答应我会写信汇报她们一家的生活情况。

过了不久，据姐姐信上说，胖母鸡带着孩子在姐姐住的地方生活得很好。白天姐姐们上工时，胖母鸡就拜托"闺蜜"一起帮着照顾孩子、带孩子们在外面玩。晚上姐姐们收工时她们也会自己回家。两只母鸡每日勤于耕作、早出晚归其乐融融的。我也就渐渐放下了心，适应了她们不在我身边的生活。

棕色母鸡已经不会下蛋了，胖母亲也老了，瞎了一只眼睛。所以棕色母鸡承担了帮这一家老小带路的重任。

可是好景不长。有一天不知怎么回事，身材苗条的棕色母鸡没有回家，姐姐在附近找了两天也没有找到。姐姐很沮丧，也没有办法。瞎妈妈只有自己带着孩子出门。一切生活照旧，姐姐也没多想。

有一天姐姐正在田间地头干活，一个农民告诉姐姐说发现井口处有你们家的鸡赶都赶不走，是不是有小鸡掉下去了？姐姐赶紧回家在一口井边发现了胖母鸡和三只小鸡。无论姐姐怎么叫瞎妈妈，她也没反应，只是围着井边转，悲哀的叫着。姐姐才知道确实是两只小鸡不幸掉进了井里。估计没有棕色母鸡的带路，瞎妈妈眼神不好，带着孩子走到了井边，两只小鸡不幸掉了下去。

后来农民打水把两个小鸡的尸体打上来了。瞎妈妈一个劲儿地

第IV部　物情

去用脚拨弄他们，可是已经无力回天了。瞎妈妈非常悲伤难过，以后也不怎么吃饭了，身体越来越弱几乎走不动了。

姐姐给母亲写信说非常的后悔，后悔不该让她们再跑出院子就好了。姐姐又问母亲要不要把鸡带回家？母亲说你们自己处理吧，再拿回来小霞又不愿意了。这些话是隔了很久以后母亲才告诉我的。

后来这只胖母鸡以及她的孩子都怎么处理了？母亲一直没有告诉我，我至今都不知道，估计是母亲和姐姐说好了不告诉我吧？

不过，我也从来没有想过再追问她们的下落。当年胖母鸡那一扭一扭来迎接我的姿态，也永远刻在了我的心里，我只是感觉到她们一家好像还在世上。

（写于 2019 年 3 月 7 日）

扔不掉的自行车

我们常听说扔不掉猫、扔不掉狗的，因为它们总能找到主人的家跑回来，让主人难以割舍。可这自行车自己又不会跑，怎么会扔不掉呢？

我就有辆自行车，三年来我一直想扔它，可就是扔不掉，至今仍在我家楼下自行车车库里放着，令我怜惜不已，不知如何是好？

1. 独有情种

六十年代下半期自行车还是奢侈品，谁家孩子能骑个自行车，那可是十分的显眼、招人羡慕的事。当时自行车并不是富裕家庭的象征，而是"清白"家庭的象征。因为当时是供应制，什么都是凭票供应，所以没有自行车购买券再有钱也是白搭。

"三转一响"（自行车、缝纫机、手表、三五牌座钟）是当年姑娘们结婚时对男方提出的要求，如同现在提出的房子车子的要求一样。各单位在分配"三转一响"这些物品的购买券的原则是：第一，没有历史问题的清白职工。第二，尽量照顾即将结婚的年轻人或有结婚子女的老师付们。第三，靠运气抓阄决定。

因为我的父母都属于有历史问题的人，所以我们家是没有份的。三个哥哥整天无不羡慕地看着工人农民家庭出身的孩子寄自行车所流露出来的羡慕、失落、凄凉等交织在一起的复杂表情，让父母看着非常的心酸。二哥还扬言："如果我们家买辆自行车，我每天擦它100回。"所以我从小就对自行车无比渴望，觉得它是一个美好生活的象征。以至于现在我对家中的汽车连摸都不想摸，更别说学开车了，但对自行车却独有情种、疼爱有加。

223

我经常听父母念叨孩子们对自行车的渴望，并为不能满足孩子的这些要求觉得很对不起孩子，所以这些言语严重的刺痛了我幼小的心灵。我母亲过早地去世了，当时母亲还未到办退休手续便撒手人寰，永远的失去了这个令她一生都想让孩子们得以自豪的机会了。我当时刚过 26 岁，母亲的去世使我发愤一定要撑起这个家庭来。也是我后来一定要把二哥三哥办到日本留学的动力。因为我一直想替母亲补偿她那颗内疚之心，也想让我们家扬眉吐气。

于是我开始抓紧时间自学日语，寻找可以出国的机会。因为当时日本经济处于巅峰时期，大批的日本游客来华旅游，给了我与他们接触的机会，实现了我的出国之梦。

2. 如获至宝

直到 1968 年大姐大哥下乡家里还是没有自行车。因为我父亲出身地主、又是当时中学的校长，正是批斗对象。所以大哥一到学校，就被骂成是地主的狗仔子，经常带伤回家，很让父母担心。于是父母就让还是上初中的大哥随在洛一高上高中的大姐一同下乡到了偃师县李村公社杨湾大队。当时与大哥在一起下乡的知青中有人有了自行车，还把车子骑到了农村下乡的地方。我大哥就用人家的车子学会了骑自行车。我清楚的记得有一次姐姐从农村回来探家，还抹着眼泪对母亲说道：看见弟弟骑着别人的自行车那股高兴劲，心里十分的难过。姐姐当时确实非常懂事了。

父母也希望能让儿子也把自行车骑到农村，可买不到啊。父亲当年身为校长，但属于劳动改造阶段，矿山厂中学还自建了一个烧砖窑，准备自己烧砖盖学校校舍，于是父亲成了烧砖工人。

父亲也顾不上面子了、四处奔走到处打听，终于在 70 年前后家里用 120 元钱迎来了孩子们日夜盼望的一辆二手自行车。这辆旧自行车是从哪里买到的我不知道，只是记得父亲在于母亲商量买车时的兴奋表情，完全是一种他们终于有资格当父母的那种表情。这个表情后来在恢复高考以后我家三个孩子均考入大学时的表情是一样的。令人心酸、令人感动、也更令人发奋。

自行车的到来使我们孩子如获至宝。车子在我们家也享受了最好的待遇。不仅每天有人为它洗澡擦身的、而且也是不停的上油抹油的，让它吃得肥头大耳铮光发亮，俨然如新车一样。还没等我们看个明白，大哥就专程回家把车子寄到了农村去扬眉吐气了。全然不顾二哥三哥以及我这边的嗷嗷乱叫。

当年每到晚饭后，楼房间的空地里都会出现这样一番景象：父亲在教孩子、教妻子学自行车。父亲们或是站在车子后面双手扶着车子后座，或是站在自行车的右侧，一手扶把一手扶着车座，用身体抵着或用双手拽着不断倾斜的车子，犹如一座泰山。

我的父亲因是批斗对象，所以父母很少出门。父母总是站在窗口，眺望着在外面学习自行车的二哥三哥，脸上堆满了微笑。

3. 更新换代

直到 1974 年二哥下乡、1975 年三哥下乡后，那辆车子才得以闲置家中。我偶尔也会骑一下，但不常用，多少有点惧怕感。因为母亲总是对我说："骑什么车子呀？走着去算了，万一摔个腿断胳膊折的一辈子后悔。"

我听别人说过，捏闸容易使车子仰翻，所以我骑车子从来不用闸，以至于我汽车的速度很慢，与走的速度也差不了多少。

后来我下乡在公社当文书时，有一天骑车下班回家的路上遇见个大下坡，刚开始坡还不太陡，我骑着骑着坡陡了，车子如野马般飞起来，吓的我也不敢捏闸怕翻车，可这样下去又怕撞到别人。

幸好当初路上行人不多，所以我就把车子骑得在路上左拐右拐的来降低速度，然后我就身子一侧故意摔倒，算是终于停下了车子，车蹬撞坏了车链瓦，不仅车链子掉了、我也挂了彩。一直到大学三年级于丈夫开始谈恋爱时我才问了车闸这件事，因为丈夫给我最大的感觉就是有安全感，在他面前我可以毫无顾忌地想问什么就问什么。我也如梦方醒的知道了：原来用车闸竟是这么的简单、这么的安全。从此那辆车几乎成了我的专用。

1983 年元月我结婚后，非常羡慕二六型那种小型女士的车，虽然当时自行车已经不需要凭票了，但经济条件不允许，名牌的什么飞鸽牌、永久牌自行车就更是不敢想了。

83 年暑期，矿山厂教育中心打算找四位矿中数学老师暑假去给厂里的职工讲数学课，我听说后赶紧拽着当时在职工学校当数学老师的丈夫找到负责人自愿报名。一天两节、一节五块钱。当时虽然是天气炎热，而且我也正处于妊娠反应期，但为了能挣钱买一辆心爱的自行车，夫妻二人干了一个暑假，总算是将一辆洛阳手表厂生产的墨绿色二六型自行车请进了家门。

88 年开始有下海经商这一说了，但大多数人还是处于观望状态。我又和丈夫开始在武汉路的康滇路门口赶紧摆了个冷饮滩，两人一边上班一边兼顾卖冷饮，并迅速"脱贫"成了当时还为数不多的"万元户"。88 年年底我终于去买了一辆飞鸽牌红玫瑰色的二六型自行车。我每天骑着它有一种新娘子坐大红轿子的感觉，那个心里的美呀真是无法形容。

89 年年底，我接到了日本 N 大学录取通知书。为了凑足学费和盘缠只得把那辆我心爱的红玫瑰色的自行车卖掉了。我虽然不情愿，但也没有办法，因为当时对于我来说多带点钱是最重要的了。

90 年元月我到了日本后，还非常怀念那个红玫瑰色的自行车，因为我还没骑够的。

4. 于心不忍

刚到日本，因为没钱只得节衣缩食。除最基本的消费之外，我连葱和酱油都舍不得吃，就别说买自行车了，每天步行四十个多分钟去上学。后来一位在中国认识的一对日本朋友须藤夫妇（因为我当时在中国是自学日语，所以经常利用休息日和寒暑假到观光地去找日本观光客人对话。须藤夫妇就是我在洛阳白马寺认识的日本游客）特意从东京来名古屋看我。见我没有自行车，须藤妻子立刻让丈夫一个星期后来名古屋出差时将她家的那辆自行车带给我。算是解决了我的上学步行问题。

我一直很喜欢红色的车子，但是日本人不太喜欢颜色刺眼的车子。除了小孩骑有红色的以外，通常大人用的车几乎都是黑色的或是银色的。因我丈夫平时是开车，有时也要用下自行车，所以这十几年中我虽然也买过两次新自行车，但都是银色的。以备丈夫及孩子们急用时也可以用。

2002 年搬入新居时，居住楼房的最低一层都有停车位以及自行车库，只是位置数量有限，我们住的楼一家只可以放置两辆，多余的车子可以放在比较远的地方但很不方便，所以我一直未能如愿买颜色漂亮的自行车。但这也是没有办法的事儿，一个母亲做什么事儿，要先考虑到丈夫和孩子的需求，这也是天经地义的，没有什么委屈不委屈的。

2010 年我们夫妻投资创办了"名古屋福德日本语学院"，主要招收打算来日本留学上大学或读研究生的外国学生，中国学生也是招生对象之一。我的一个年长我十几岁的上海的一位朋友听说后把他的两辆自行车给了我，说是他们夫妇年龄大了现在不骑了放在家里也用不上，扔了也可惜了，干脆给学生让学生骑吧。他还特意指着一辆粉红色的车子对我说："这是我老婆的车子，只骑了几次，很好的车子，还做了登记。你别给学生你骑了算了。"

在日本买自行车时，为防车子被盗，可以作个登记（一次性收费 300 日元，约合 20 元人民币），然后车上就可贴上登记扫码标志。如果车子丢了或被别人捡到，一扫码就可以知道车主人是谁，警察会立刻通知失主前去领车。日本警察经常拿着扫码机，一看到有形迹可疑的人骑自行车的话就会叫停，把他的车子扫一下码，确认一下是否是本人的车子，警察用这个方法抓了不少偷车以及不法滞留的人。因为考虑到朋友的车子如果让留学生骑的话，万一学生遇到警察被发现骑车人与登记的名字不一样的话，警察要打电话给朋友的妻子确认，这样将给朋友的妻子带来麻烦。为了让朋友安心，我把我的车子放到了学校备用，骑了那辆粉红色的车子。

就这样一晃几年过去了，虽然风吹雨淋，但是日本自行车的钢非常好，一点都不生锈。虽然车的内胎外胎都换了一遍，但是我还是没有换车的意思，总觉得他像我们家的一个成员一样。丈夫还连讽刺带挖苦的说："这个车的闸已经不行了，你一个大教授几年不换一下车，都像你这样不买东西，这经济怎么上去啊？"儿子也在一旁帮腔说："妈，这个车真的不能再骑了，你得为这个家考虑你的安全。"好像我犯了什么错似的。其实他们哪里知道我对自行车独有情种，心目中那自行车可不比汽车的地位低的。

儿子在外地上大学，逢年过节回家时总要埋怨他爸一句："怎么还没有给我妈买一辆新自行车啊？"看来我的自行车真是到了不得不换的地步了。可是该怎么处理这俩车呢？如果交到政府回收废品处，那车子迎来的将是粉身碎骨啊，我有点于心不忍，因为它已经跟了我快七年了。

5. 难以扔掉

日本有的地铁口在一定范围内可以放自行车，以便大家乘坐地铁方便。我每天上下班也是将车子放在金山车站附近，因为想处理这个车子，所以三年前我每天车子也不上锁，期望着哪天有需要车子的人骑走算了。

在日本如果捡到东西不上交，被发现后将于"偷"同样论罪，所以在日本即使丢了钱包捡回来都是常有的事儿。我和丈夫的钱包都相继丢了好几次，但都能"完璧归赵"。所以，要想让自己的车子"被偷"还真不是件容易的事儿。

终于有一天我发现车子不见了，丈夫高兴的说："终于可以给你买车了"可是第二天我走到车站正准备进站口时，突然发现熟悉的它竟然横在我的眼前，好像在流着泪说："你怎么不要我了？"我吓了一跳，赶紧把它往里放放，答应等我下班回来接它回家。

日本以前也过中国的农历年。明治维新时为了与西方接轨改成了每年的元月一日为大年初一。企业年终结算以及税收也是以每年的 12 月 31 日为终点结算期。可是新社员入社、新生入学却仍然一直沿用每年的 4 月 1 号为新年度、新学期开始。搞得外国人还真得适应一段。

2018 年 12 月 21 日是学校放寒假前的最后一天上班了，下班后我把车子放进我家楼下的车库。第二天我准备骑车去买年货时，竟然发现我的车子不见了，我在四周找了一圈也没找到，于是我心安理得地对丈夫说："车子不见了，破财免灾了。"丈夫说："正好，咱今天晚上就去买车子，省得它又跑回来了。过几天儿子该回来了，也免得他再埋怨我不买车了。"我说："算了，不用买了，我也不想骑了，走着去上班挺好。就二十多分钟的路程。"丈夫马上又说："那怎么行，你不骑儿子回来还要骑的，没有车子不方便。"于是当晚就去买了一辆二六型银色的车子。

可是我一直还想着我那辆粉红色车子，就是不想骑这个新车子，摸都不想摸它。倒是儿子回来过年时骑了几次，也算没有冷落它。只是我到现在每天是走着去上班，一来是为了锻炼身体，二来也真的不喜欢这个新车子。

半个多月过去了，我想着这个车子这次是真的离开我了。不管它去到了哪里？结局如何？总之眼不见心不烦吧。我心里虽然不忍心，但也总算安静下来了。

2019 年 1 月 11 日【文人墨客】群的周金太和刘继东来名古屋参加由中国驻名古屋大使馆主办的春节演出活动。12 日演出结束后，13 日我带着他俩去购物。我们三人正走在大须商店街时，突然小女儿打电话告诉我：她在大须地铁站发现了我的自行车。还没等我告诉女儿下来怎么办，女儿就挂断了电话。

我听后欣喜若狂，马上把这事告诉了刘继东，说我丢失的车子又找回来了。回到家后我问小女儿，怎么发现我的车了？女儿说她一出大须地铁口，正好看见了这俩车子。因为车子的链子已经掉了，于是她没法骑只有推着回家了。我马上说："你干嘛要把它推回来，放在那多好啊？"小女儿马上说："你可以去交到废品收购站，怎么能让车子放在那里呢？"于是，这辆车子又欢天喜地回到了我的车库，我也不想掏钱去给它治"伤"了，因为我也不想再骑它了。

两周前我家信箱里塞了一张一家公司的广告页，上面写着他们公司要免费收大件以便废物利用，包括自行车。我赶紧告诉丈夫，让他明天一大早按上面所写的时间、地点把车子放到我们楼下扔垃圾旁边的地方，以便让人家收取。丈夫第二天早上还特意起个大早把车子擦了一下，想把它漂亮的"嫁"出去，以求得到"丈夫"的疼爱。

我下班回家也特意看了一下扔车子的地方，发现没有了我的自行车。我心里一阵安慰，觉得它终于被重新利用，可以在新主人那享受宠爱了。

可是晚上丈夫下班回家后第一句话就说："车子没有扔掉"。我很奇怪，我说："不会吧，我刚才看没有啊。"他说他刚才看见了还在那里，他又把它推回了车库。原来丈夫阴差阳错地放错了扔车子的地方了，这个车子真的没有被收走又回来了。

我有点不相信它会回来，马上跑到楼下去看了一下，果然它被丈夫放在了上层车位。看着它那坚强不屈的身影，我不禁打了一个寒颤、吓出了一身冷汗。它似乎被赋予了生命，它那张开的两个车把似乎是张开的两个双臂，它那两个车轮似乎在朝着我跑来，它一边跑一边高喊着："洛霞，我不想离开你，洛霞，我爱你。"我猛然醒悟到：它不是车子、是想来保护我的而且具有极强生命力的一个卫士啊。于是我张开双臂拥抱了它，飞快的跑回家对丈夫坚定的说，"这怎么扔都扔不掉，看来它命里注定离不开我们了。干脆我们不扔它了。明天我就带它去治病。"丈夫也赞同地说："是啊，还真奇了怪了，好，不扔了。"

车子在车棚里安心住下了，让它护卫着主人去圆梦吧。

（写于 2019 年 2 月 23 日）

快乐的裤子线

好久没有买裤子了。总是一堆一堆地买裙子。丈夫总是说："已经没有地方挂了，一辈子都穿不完了。"我也总是说："谁说买了就必须穿？女人吗，就是对着家里一排排挂着的衣服还总是找不到合适的衣服。"

前两天上街竟然突发奇想鬼使神差地买了条裤子。穿在身上特别的舒服，尤其是那两条笔直的裤腿线就像个舞蹈演员在欢快的起舞，这又勾起了我对少女时代的回忆。

1. 裤子线

70年代上半期，女孩子们穿的裤子基本上都是布料的。每每看到结婚的新娘子或者是谈恋爱的姐姐们穿着什么"迪咔"、"迪确良"、"毛料子"的裤子所显示出的两条笔直的裤腿线，总是会让未婚女孩子们流露出羡慕的目光。也盼望着自己快些长大，也能穿上那漂亮的裤子。特别是那两条"经久不倒"的裤腿线简直就像魔鬼一样紧紧地抓着少女们的心。

我还记得有一次我大姐对我大哥讲："我们单位的一个小伙子去见女朋友时，总是把裤腿线弄得笔直坚挺，简直就像能切豆腐一样。"后来我发现我哥哥的裤腿线也开始笔直坚挺起来了。

大哥第一次交的一个女朋友是洛阳老城人。人长得很漂亮也很勤快，烧得一手好菜。每到大哥休息日时，她总是来我们家给我们家做可口的午饭和晚饭，我父母也很喜欢她。

有一天哥哥突然有事，就让她带我去看电影。路上她对我说："我们单位的一个姑娘的男朋友从上海给她买了一条裤子，料子非常好，裤腿线别提有多直了。"我当时还在上中学，听不出她的话外音，所以也就没当回事儿，回家也没对母亲和哥哥说起。过了一段，听母亲说哥哥的女友与哥哥吵架了，埋怨哥哥不给她托人到上海买裤子。哥哥说："你又没说过让我托人到上海买裤子呀？"她说："我对你妹妹说过的"，于是她把对我说的话讲给了哥哥。我哥哥马上说："我妹妹那么小，她能听出来吗？你可以直接告诉我吗。"我大哥是家里的长子，个子高，人也长得英俊，有点心高气傲的。不久女方便首先提出与我哥哥结束了这场恋爱。

1978 年大哥考上大学后，她马上又托人来讲情，可是这次我大哥是怎么都不愿意了。因为当年的大学生都是身价高一倍的"白马王子"啊。

2. 土法上马

由于当时学校上课也不学什么内容、也没什么考试、女孩子们经常在学校便互相交流如何打扮自己的诀窍。那可真是动脑筋想办法有条件要上、没有条件也要上的年代。

因为当年家里面一般是没有熨斗的，如何才能使裤子有两条笔直的裤腿线呢？通过交流得知把裤子叠好放在床单的下面，在上面睡上一夜就可以押出两条快乐的裤子线了。于是女孩子们纷纷效仿，一到学校，就开始互相攀比看谁的裤腿线笔直？

由于都是布料裤子，裤腿线是一天就没了影子。为了尽量延长裤腿线的"寿命"，女孩子们别说蹲了，就是坐也不敢弯曲双腿，而是把腿放直，"二郎腿"就更是没有了踪影。如果一不小心碰歪了"裤腿线"，那将是件有点让人伤心的事。可是布料裤子，再怎么细心呵护，寿命也只有一天。所以每天晚上压裤子就成了女孩子们必修的"功课"了。

第IV部　物情

后来我大姐学起了栽缝自己做衣服了，家里买了可以用火烧的熨斗，大大地延长了裤腿线的寿命。又由于随着化纤布料走进了千家万户，压裤腿线也就成为一个历史了。

3. 魅力永远

随着直筒裤、喇叭裤、牛仔裤的更新换代，裤腿线已经不那么被人重视了。但是当年裤腿线给女孩子们带来的神秘感和快乐感是难以忘怀的。不过不得不强调的是：即使在现在，在重要的场合里，男士们那笔挺的裤子和裤腿线还是会给他们增添不少魅力的。不信的话，你可以观察一下。

现在的女孩子想怎么美、怎么打扮都可以了。不仅化妆品应有尽有，假眼毛什么的这个假，那个假也是前赴后继层出不穷的。更有甚者整容、吸脂肪、深身上下"修修补补、敲敲打打"的也已经不足为怪了。可是70年代前期的女孩子可是只有几件布衣服，家庭情况好一点的每逢过年才可以添件新衣服，所以姑娘们也就只有在衣服的式样上，裤腿线上下功夫了。

（写于 2016 年 6 月 15 日）

洗衣机

1. "老鼠"吃变蛋

我的母亲非常勤劳、也很坚强。每到星期日（当时是周休一日），母亲总是洗洗涮涮的，忙个不停。父亲也总是一大早赶到涧西区五号街坊菜市场买点鸡、鱼、肉等，以便将午饭做得丰盛一些。然后顺便带点油条、小笼包子作为周日的早餐。所以当年我很喜欢过星期天，那种期盼远远超出了对星期天可以不上学的喜悦。

后来姐姐哥哥们下乡，每次回家总是不空手。特别是二哥、三哥每次从乡下回家的时候，都要掂回来四、五只鸡。我在家中是老小，所以很盼望哥哥姐姐们能经常回家。我当时还以为农村到处都是鸡鸭鱼肉的，还特意跑到姐姐以及哥哥们下乡的地方去住了几天，结果是"乘兴而去、扫兴而归"。没两天就赶紧跑了回来，因为实在受不了那黑灯瞎火、以及天天吃红薯的日子，只是那乡间的水果确实很诱人。去姐姐下乡的偃师县李村公社杨湾大队那里玩时，生产队长在派活时特意指派一个与我年龄相仿叫"桃"的女孩去看桃园，并让这个女孩带着我在桃园亲自摘桃吃的情景，我至今难以忘怀。真的是善良淳朴的人啊。

1976 年矿山厂指派我父亲去汝阳县负责知青工作。有一次父亲从农村回家时带回来 100 个变蛋（好像是 5 分钱一个）。当时只剩我和父母三人在家住了。我很喜欢吃变蛋，特别是那金黄透明，悠悠颤颤的像晶体一样的蛋清，真的是太好吃了。我几乎一天"偷"吃一个。

有一天父亲去床底下去拿放在那里的变旦，突然说："这变蛋怎么少这么多？"因为我一直很怕父亲，怕父亲训我，于是我连忙说：

235

"不知道，估计是老鼠偷吃了吧？"母亲听后马上说："这老鼠还偷吃变蛋啊？"我心中暗自好笑，赶紧跑出门去，后来回家后父亲也就没有再追问下去。估计父亲也拿不准老鼠是否真的吃变蛋吧？去年我二哥来日本玩时，我才与二哥第一次讲了此事，引得我二哥哈哈大笑。丈夫更是大喊冤枉道："原来我和老鼠同床共枕了三十多年啊。"

2. 洗被单

母亲是个很爱干净的人。听母亲讲：大跃进的时候，虽然工作很忙，但母亲总是把五个孩子收拾得干干净净。如何孩子弄脏了棉衣裤，母亲总是连夜拆洗从不留第二天，幼儿园的阿姨经常夸母亲能干。

大姐下乡从农村回家小歇时，总是自己将带回来的被单等清洗干净。可哥哥们就不同了，他们左手掂鸡，右手将脏被单也同时带进了家门。不过母亲总是很高兴的给哥哥们洗着被单和床单。一边洗还一边对我说："咦，霞，你看看，简直就是黑水啊。"虽然母亲洗被单很辛苦，但是我可以看出母亲的表情是自豪的、内心是喜悦的。有时父亲也帮母亲洗一下，我人小力薄洗不动，便总是在旁边陪着母亲说笑，有时候玩点吹肥皂泡泡。有母亲在身边是孩子最幸福的时候，所以我很喜欢看母亲洗衣服。当年各个家庭的母亲都是家里的一台"洗衣机"啊。

上高中以后，有一次父母拌嘴，母亲气得不给父亲洗衣服，后来我给父亲的衣服洗了，过后父亲高兴地说了好几遍："霞也会给我洗衣服了。"

母亲一直为她能拥有五个孩子而自豪。母亲的这种情绪直接地影响了我，使我感到了有孩子的快乐和自豪，也使我在日本打拼时不顾上学、打工的辛苦又将两个孩子带到了人世。

我对拥有三个孩子的自豪也真接影响了我的大女儿，她也很喜欢多要孩子。前一段大女儿的婆婆来日本与我在微信闲聊中说道："窦雪去东京开个会，也要去看看她弟弟，回到家又想到她妹妹学英语的事，有个大姐姐真是弟妹们的福气啊"。

是啊，父母是孩子们的老师，这句话千真万确。

3. 洗衣机

放暑假了，该开始家里的大扫除了。每次往洗衣机里放衣服的时候，我都会想起我母亲当年使用第一代洗衣机时的情景。

洗衣机刚问世时，在它带给妇女们喜悦以及减轻妇女劳动量的同时，也带给妇女们一些模糊不清甚至是怀疑的感觉。首先是衣服能否洗得干净？第二是衣服是否会被洗坏？当时我已经结婚了，我多次劝父母买一台，母亲总是说："听人说，有人用了觉得洗得不干净，还不如用手洗。"

人们在接受新事物时总是要有个时间和过程的。后来洗衣机已经开始悄悄进入普通家庭了，市场上也可以买到了，父母家里终于摆上了一台洗衣机。当时还没有全自动的洗衣机，都是半自动的。要将洗好的衣物拿出来放到另一个筒里才能甩干。母亲用了以后，一个劲的夸洗得干净、省事、然后就给孩子们打招呼，让我们把要洗的东西都拿回家用洗衣机洗。

我再次看到母亲在为孩子们洗衣服。只是现在她不是坐在小板凳上揉搓而是站在洗衣机旁，当甩干的滚桶飞转的时候，我总能看到母亲脸上流露出来的一丝忧虑：因为母亲担心衣服被甩坏。

后来我自己也买了一台小天鹅牌的全自动洗衣机，而且是全自动的。当时我在矿山厂中学校园内里住。由于屋子里没有水管，所以洗衣服时要把洗衣机搬到外面接上水管才能洗。

当年像我们这个年龄的年轻人家里有洗衣机的人还是不多的。同住在我们院里的几位年轻老师，时常要借用我们家的洗衣机去洗被单床单的。有时候他们不好意思张口，就在我们用洗衣机洗完之后，他们赶紧把他们家里的东西也搬出来乘着洗洗。

现在的年轻人结婚，更是家里用品几乎是一应俱全，有的还嫌不够。这样就少了许多夫妻共同奋斗改变一穷二白现象的乐趣。还有的小夫妻结婚后几乎就没有开过火。这样的生活态度怎么可以增进夫妻间的感情呢？其实，所谓夫妻感情是要通过日常生活特别是困难面前的相互体贴来培养的，那种追求浪漫式的谈恋爱只是一层中看不中用的美丽纱巾啊。

现在的孩子要什么有什么、想吃什么就吃什么、少了很多对生活期盼向往的乐趣。现在年轻人所希望，所奋斗的东西到底是什么呢？

给孩子东西不如为他们创造能让他们奋斗的环境。我是这样想的、也是这样做的。

（写于 2016 年 8 月 3 日）

著者紹介

張洛霞（ちょうらっか）

出　　身：中国河南省洛陽市

1982年：(中国)洛陽大学卒業(数学専攻)
1990年：来日
1995年：南山大学大学院経営学研究科経営学専攻(博士前期課程)修士学位取得
1999年：南山大学大学院経営学研究科経営学専攻(博士後期課程)単位取得
2001年：経営学博士号取得
現　　在：至学館大学　教授

専　　門：流通経済・マーケティング

圓夢

2019年4月6日　　初版発行

著　者　　張　洛　霞

定価(本体価格2,200円+税)

発行所　　株式会社　三恵社
〒462-0056 愛知県名古屋市北区中丸町2-24-1
TEL 052 (915) 5211
FAX 052 (915) 5019
URL http://www.sankeisha.com

乱丁・落丁の場合はお取替えいたします。　　　　　　　　　©2019 Rakka Cho

ISBN978- 4-86693-059-6 C0098 ￥2200E